異端論争の彼方へ

埴谷雄高―花田清輝―吉本隆明とその時代

目次

II

III

〈帝国〉はけっして滅びない（二〇一三年）……225

序

本書は一つの敗北をめぐる物語だ。

教訓を示すためではない。ましてや、寓話の試みでもない。そして、敗北にまつわる失意が洩れでることは避けられないにしろ、弁明のためでもない。

主要には、三人の文学者、埴谷雄高―花田清輝―吉本隆明の軌跡が描かれる。肖像画ではない。墓碑銘でもない。本書はしばしば彼らを審判台に立たせるだろうが、それは、彼らの時代を後代の高見から訴追するためではない。わたしはむしろ、彼らを陽気な同時代人として、かたわらに同期させつづけたい。

彼らのフィールドは、かつての信奉者の多いさにもかかわらず（あるいは、その故に）、すでに蒼然とした時代相をおびている。現在通有している常識的な文学観・政治観では、彼らをうまく捕捉できないだろう。ここに関しては、古い思考の枠組みをあてはめて思考するよりすべがない。それらは、以前は自明で有効であったものの、今は錆ついた外国語と見まがうかもしれない。

彼らの全仕事を「絶対少数者の文学」という枠組みに分類することは――絶対的な無力感にとらわれるにせよ――可能だ。

喜劇―笑劇―悲劇

彼らの演じたドラマは何だったのだろうか。一般人の感性で了解のつく単純化は成り立つのだろうか。高尚で深刻めいた彼らの表情を、たとえば舞台上の役者の身ぶりに還元しても、大きな誤差を生じないで済ませられるだろうか。――彼らの個性に、彼らの全仕事と彼らが時代相から分担された役割を加味して、大衆ドラマに見立ててみる。答えは、意外と単純だ。

埴谷は喜劇、花田は笑劇、吉本は悲劇。

見立てはこうなるが、いくらかの註釈は必要だ。埴谷の喜劇は、いわば笑いを禁じられた喜劇だ。大方は悲劇と勘違いするだろう。喜劇だとは気づかない観客は、どこで笑ったらいいのか戸惑ううちに、やがて憤懣をおぼえる。演じている当人の欲求では不条理な観念劇が進行している。観客も当人が導く方向にしたがい、難解にして晦渋な身ぶりをそのものとして、荘重に受け入れることになる。笑いは、ずっと後に不意に襲ってくるか、あるいは、永久にやってこないか、どちらかだ。

花田の笑劇は、笑いを疎外する点では似ているが、当人が笑われることを半ば自覚している点がちがう。だが、幇間芸に徹するには当人のプライドが高すぎるから、茶番とはいえない。乾いた、日本人離れした哄笑が彼のものだ。ここでも、観客はどこで笑ったらいいのか反応するのに難渋する。バラエティ番組やミュージカルなどいろいろ取り入れて騒がしい時期もあった。観客の鼻面を引きまわす人の悪さでは埴谷よりも上手だが、芸を磨けば磨くほどスケールが縮小していった哀しさがある。哀惜を呼び起こしはしても悲劇性とは無縁だ。

一方、吉本の悲劇役者ぶりは、何の説明も必要ないほどにわかりやすい。個性とぴったり適合し、はみ出るところがない。悲劇的人物を好んで語る語り口にも裏表はなかった。日本人好みの感傷とヒロイズムを自然と体現している。こうした通俗イメージは、通俗なりの弊害を持つ。何からの悲劇なのか――肝腎のところがわかりにくいのだ。観客はその疑問には立ち止まらず、ただ、悲劇性に自分勝手な主観を投影させて満足する。悲劇ほど愚昧な大衆に好まれるという定理の有力な供給源に、吉本は変じてしまう。また、吉本の眼をとおすと何でもかんでも悲劇に見える。悲劇人ではない埴谷も花田も、彼は理解できずに終わった。

忠誠と幻視のはざまで

「忠誠と幻視」という時、これら二つの言葉は、埴谷と花田にかかっている。本書では、忠誠は、日本共産党とその主導による文学運動を対象とした忠誠を意味している。時代が隔たってしまっているので、こうした前提事項から説明していく必要がありそうだ。忠誠という言葉の使い方は、一種の宗教的な印象を、特に若い読者に与えるかもしれない。宗教と共産主義運動の一時期（二〇世紀のなかば以上を占める）とのアナロジーは確かに考えられ、あながち的外れとはいえない。しかし、事柄が、ごく限定的に、政治的文学が有効だった一時代（文学の政治性がこのうえもなく顕わだった一時代、といいかえてもよい）に関わっていることは、曖昧な一般化には流せない。

そして、日本共産党という時、現在の議会少数政党から完全に切り離れた「歴史的存在」としてイメージされねばならない。かつて革命を先導し、扇動する前衛集団が存在した。その集団を、歴史記述として日本共産党と呼ぶ、ということだ。本書は、現在からははるかに遠くなった時代の特定領域の文学について記述する。それは異貌のかたちを呈しているかもしれないが、決して特殊なケースではなかった。古来どんな思想体系の発展史にも、正統と異端の抗争は見つけられる。二〇世紀を縦断した共産主義運動にも、その痕跡がいたるところに残っているのは当然のことだ。

「忠誠と幻視」を対位法で記したが、これは、埴谷と花田、二人のどちらかが一貫して忠誠に関わり、もう一人が幻視を分担したことを意味するのではない。組み合わせは途中で入れ替わっている。変わらなかったのは、両者が常に対極にあって対立しつづけたという点だ。

二人は同年に生まれているが、その経歴は、とくに、戦争前にあたる彼らの青年期においては、かけ離れている。埴谷は非合法時代の日本共産党の活動家として、数年の忠誠の時期を通過した。忠誠からの離脱を生涯の文学の基点に置いたが、花田には、そうした原体験の形跡がない。二人の交渉がはじまるのは、戦後のことだ。埴谷は党への批判的な姿勢を保持し、花田は党への忠誠を開始する。忠誠はそこから彼の死までつづいた。

花田には極度な韜晦趣味があって、その意味では、忠誠と幻視とをともどもに諧謔的に使い分けたという評価も成り立つ。両義的な（もしくは、曖昧模糊とした）仕事を残している。ただ、本書では、彼の忠誠は不毛だったという観点に立たざるをえなかった。諧謔のポーズに学ぶべきものはあったにしても、彼の忠誠の硬直性を支持することは困難だ。

ここでいう幻視は、多くの点で埴谷の仕事に向けられたものだ。別面からいえば、彼は幻の党を幻視しつづけるという独自の方法によって、たった一人の忠誠を一貫して、渇望するかのように示した。

「忠誠と幻視のはざま」という時、後半の「はざま」にかかってくるのが吉本の位置だ。

党と共産主義文学運動の権威が（最初ではなく、最終的に）地に堕ちた時期、蒼白な面持ちの吉本は登場してきた。あるいは、それらの権威を（最初ではなく、最終的に）叩きつぶすことを使命として、彼は黙示録の蒼白の騎士のごとく現われた。これは一つの悲劇性の刻印だった。本書は、吉本の出立の位置が、埴谷と花田の錯綜したストラッグルのはざまにあったという理解から、問題を解いていく。

三人の関わったものは明確に、異端論争だった。彼らが同調し、批判を応酬し、背反していった時代を新たにたどり直していくことが必要だ。彼らの喜劇－笑劇－悲劇は、すべて正統と異端とに関わる。ある種の循環性を持っている。彼らの対立は、現在の観点からは「共同性」として読み解いていくことが出来るだろう。党は忠誠に値するのかしないのか。答えは今も出ていない。答えは今も踏み迷っている。

マルクス主義の神は「死んだ」。神は死んで久しい。宗教とのアナロジーにしたがえば、結果的に、新しい神は降臨してこなかった。必要なのは、マルクス主義の、あるいは、レーニン主義の再生という簡単明瞭な目標であるはずだが、この点でも、掛け声ばかりやかましいうちに歳月が飛び去っていった。そしてソヴェト連邦が崩壊した。ロシア革命の起こった一九一七年からソ連崩壊の一九九一年までを「短い二〇世紀」と定義する歴史家の説は、神の「死」をシンボリックに語ってやまない。社会主義の倒壊は、理念の上でも、現実世界においても、絶対的に確定した。歴史のページをめくり返すことは誰にも出来ない。

本書が主人公として選んだ三人は、それぞれに「神」への批判者だった。粗雑な現象論としていえば、「神の死」によって、彼らの左翼反対派としての原理的な位置も、対応物を喪うことによって無に帰した。

彼らは強烈な教祖性を放っている。作品の重要さからして当然にしても、その価値以上の、合理を超えた光輪に、彼らはつつまれている。カリスマは最も早く退場した花田のほうから消滅しつつあるものの、評価が転換することは今後とも起こらないだろう。つい近年まで存命していた吉本がいまだに、「修辞的な現在」においても強大無比のカリスマ力を保持しているのは、不思議なことではない。だが、この件についていては、少し先走りになるにしても、ここで一言しておいたほうがいい。

吉本は、共産主義運動の転換期に現われ、偶像破壊者としての戦跡を（見事にと形容できる戦いぶりで）残した。彼が攻撃した愚劣の数かずはいずれ崩壊したはずだから、彼を白馬の騎士と見立てる解釈は客観的に妥当なものではない。それは論理的に明らかだ。しかし、異端論争とは――感情的にとらえるかぎり、もっと明快なものだ。初期吉本の仕事は、共産主義運動の異端から出立して正統に戦いを挑み、勝利した、と概括できる。異端が正統にとってかわる――それが弁証法の初歩的な理解だ。偶像破壊者としての吉本の一貫性は、彼を、連続的に、新たな偶像の地位に押し上げることを妨げなかった。事態はなかば、吉本自身には関わりきれない回路で起こった。しかし、悲劇役者と一体化した吉本は、こうしたありふれた弁証法的帰結を、むしろ誇りをもって全身的に受け入れたのかもしれない。

《おれが愛することを忘れたら舞台にのせてくれ／おれが讃辞と富とを獲たら捨ててくれ》と彼が詩に書きつけたのは、この弁証法がまだ途上にあった時期のことだ。時代が飛び、「資本主義の勝利」が確定した時、偶像破壊者としての吉本の像もまた無傷に、なし崩しの「勝利」を得た。二つの勝利を互いに無関係の現象としてとらえることは正しくない。彼を預言者として崇めた者らまで現われる、一九八〇年代の倒錯的な光景が、彼のとりあえずの着地点となる。彼は「おれが讃辞と富とを獲たら、もっと讃辞と富をくれ」と、詩句を訂正するべきだった。

三つの論争とその循環性

三人の組み合わせは、要約すれば、つごう三回の論争の応酬を残している。

「一」は、埴谷‐花田論争。一九五六年を中心とした。テーマは、すでにふれたように、党、忠誠、異端審問に関わっている。

「二」は、花田‐吉本論争。一九五七年から六〇年にかけて。テーマは、戦争責任、戦時下抵抗、世代と、新たに吉本のほうから提起された。

「三」は、吉本‐埴谷論争。一九八四年。隠れたテ――マは、資本主義の勝利（吉本にとっては、おぞましくも最終的な勝利）だった。

このように簡略に並べてみると気づくことだが、三人の異端論争は一種、循環的な様相を呈していた。論争というものは、おおむね該当する論争文のみ追いかけても、全体像をつかみそこねる。当然ながら、その前後があり、論争に到った両者の個性がある。そこまで視野を拡げないと、不備な台本で演じられる気の抜けた芝居を観ているような不満をおぼえるにとどまる。素材としてあるのは、複数の作者による未完成の「作品」でしかない。「三」については、応酬されている内実そのものが貧しいことが、誰の目にも明らかだ。結末が、吉本と埴谷の訣別に終わったので大きな話題性はあるのだが、論争文だけを読むかぎり、その深層まで追跡したいと思わせる衝迫はすでに、どちらの文体からも喪われている。これが記録されたのは一九八四年、ジョージ・オーウェル（一九〇三～五〇年）の書いたディストピア小説『一九八四年』（一九四九年）にきざまれた未来の年号だった。オーウェル的悪夢の顕現、とでもいっておくのがふさわしいトピックだ。だが、いかに陋劣な外観を呈していようが、そこに刻印された（むしろ、刻印されなかった）事柄の重要さまでが損なわれるわけではない。

その意味を充全にくみとるためには、過去にさかのぼって、彼らの異端論争の源を突きとめねばならない。

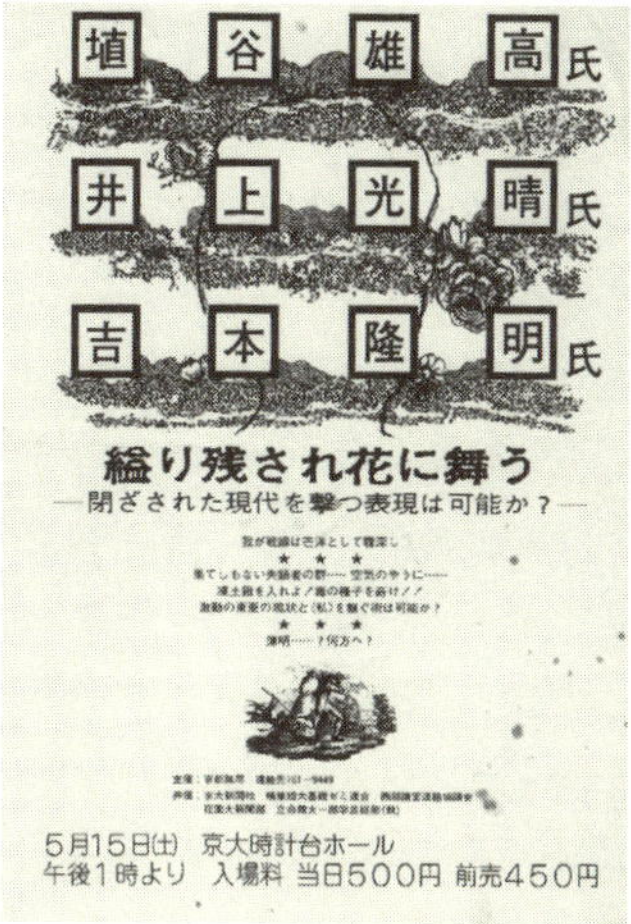

最初に指摘しておきたいのは、「三」が二〇年以上前の「二」の未決の論点を不徹底に引きずっていたことだ。そのあいだの時期、埴谷と吉本は「友好関係」を保っていたわけだが、「友好」は早晩、決裂していくはずだった。ことは両者の個別の個性によるものではない。簡略にいえば、異端論争に関わった者らには訣別しかありえない。訣別が遅れて出現してきた、ということだ。「二」において、埴谷は吉本の側についた。吉本の勝利を宣告したのも埴谷だった。埴谷の公正でない介入は「二」が「一」とほとんど連続し

ていたことからも説明できる。「一」は不徹底な対立に終わり、「二」の結果、埴谷―吉本の同盟関係が恒常化したような成り行きになったが、「二」の不徹底は、二人の同盟にもそのまま持ちこまれていった。その同盟によって、両者の絶対的な対立が消え去るには到らなかった。彼らは、ただ、異端論争がその当事者に負わせる宿命にしたがっただけなのである。

対立は循環し、非和解に還った。

本書の構成

本書の構成は、以下になる。

Ⅰ「三人の異端審問が始まる」は、三人の表現者としての出発点を探る。埴谷は一九三三年、花田は一九四一年、吉本は一九五四年、とそれぞれ定点を仮設して、宿命の貌つきが彼らのうちにどのように訪れたかを明らかにする。作品としては、『死靈』序曲、『復興期の精神』、『マチウ書試論』を選んだ。

Ⅱ「異数の世界におりていく」は、三つの異端論争そのものをあつかう。「一」埴谷―花田論争に対応するのが第四章「花田清輝よ、そこには厳粛な愚劣があった」だ。前史として、埴谷と花田がきわめて親密だった戦後間もない一時期、そして、花田が多くの論争者を相手にした「モラリスト論争」と通称された一連の論争を考察する。それに介入した埴谷の花田批判は、外には、ソヴェト連邦におけるスターリン批判に併走するが、埴谷自身にとっては『死靈』の長い中絶を内的に決定づけるマイナス方向に作用した。

「二」花田‐吉本論争に対応するのが第五章「ぼくは拒絶された思想としてその意味のために生きよう」だ。これもまた、論争そのものより、そこに到るまでの前段階に注目するほうが実り多い。

さらには、そこから「三」吉本‐埴谷論争につなげるには、長いながい註釈の章を必要とする。第六章「死者の数を数えろ」は、吉本主義の第一次構築期にあたっているが、それを主要に論じることは避け、忠誠を捧げられた党と文学者とが展開した骨肉の抗争をみる。第七章「俺たちは彼らを〈あちらの側〉に預けておく」は、『死霊』第五章による埴谷の奇跡的な復活と、その要因となった現実の諸事件に光をあてる。それらを視野におさめて、やっと「三」に向かう準備がととのう。

第八章「資本主義は勝利することによって、資本主義はすべてに勝利する」が「三」吉本‐埴谷論争とその周縁を走査することになる。章タイトルは、文法的におかしいが、筆者のミスや誤植によるものではなく、故意に試みたパロディのような認識だ。この時期、資本主義の勝利はいたるところで狂騒的な文言を垂れ流していた。勝利した者が勝利を宣言すれば、それはトートロジーを呈する。何をどう語ろうと、致命的に同語反復に次ぐ同語反復の同語反復なのだ。吉本の言説もまたこうしたトートロジーの重層であることが、次第に顕著になっていく。吉本主義の勝利にふさわしい絶景だ。

本書の、文学史的記述のパーツはここで、いったん終わる。

Ⅲ「〈帝国〉はけっして滅びない」は、現在の時にもどってくる。三〇年の時が経過し、本書の三人は、さながら聖者たちのごとく退場してしまっている。三〇年の歳月には、偶然以上の意味はない。私情をいえば、それだけの歳月をついに生き延びてしまったことの始末にただただ驚くが、下らない感慨を書き連ねても傍迷惑なだけだろう。「歴史は終わった……云々」というポストモダンの寝言はあまり耳にしなくなったにしろ、「歴史は繰り返す、二度目はみすぼらしい茶番として」といった繰り言はまだ鮮度を保っているようだ。

同じマルクス(一八一八～八三年)を引き合いに出すなら、「あらゆる社会の歴史は、階級闘争の歴史である」を想起するほうが、よほど生産的だろう。勝者の夢に酔った前世紀の八〇年代から、三〇年、階級闘争を負けに負け、負けつづけてきた結果として現在がある。メシアとしての社会主義の夢は完膚なきまでに潰え去ったが、資本主義の煉獄もまた想像を絶する領域に人びとを押し流し、その血ぬられた本質を露骨にむきだしつつある。

われわれは、絶望も希望も担保になりえない時代に生きている。「絶望の虚妄なることは正に希望と相同じい」という魯迅(一八八一～一九三六年)の言葉があまりにも美しかった状況は、完全に過去のものになった。現在は、虚妄の虚妄なるは虚妄の虚妄であることに同じだ、といったトートロジーが言葉遊びではなく、何か意味があるかのように、真面目に論議されるような時代だ。

それもまた、過酷な階級闘争の一つの風景だ。われわれは、一方的に行使されてくるばかりの闘争にさらされている。つねに、もどっていかねばならないのは、現在なのだ。

I

三人の異端審問がはじまる

第1章

俺は何か悟ったような気になったぜ

埴谷雄高

（一九三三年）

俺は何か悟ったような気になったぜ。ぷふい！　ところでそれは、俺が怖ろしい疑問を見出し得たと云うのみに過ぎないのではないか。（埴谷雄高）

1　自同律の不快をつぶやく

埴谷雄高（一九〇九〜九七年）の最も初期の作品は『不合理ゆえに吾信ず』であり、雑誌『構想』に、一九三九年から四一年にかけて発表された。戦争期の産物であり、書物のかたちにまとまるのは戦後のことだ。ジャンルとしてはアフォリズム集とするのが一般的だが、短編小説のあつかいになっているケースもある。断片の一部は、後に埴谷の一回性の大作『死霊』のなかに転用されている。独立した作品というより、過渡的な習作として受け止めるべきだろう。

（『埴谷雄高全集』版のテキストはタイトルを『死霊』とし、すべて旧漢字を使用している。本書では、引用・要約部もふくめ、これを現代漢字に直した。ただし、死霊および、主人公名の三輪與志の二点のみ、旧漢字を当てた。）

『不合理ゆえに吾信ず』は、この時期の埴谷が、苦悶のなかに、自らのテーマを表出するにふさわしい形式を追い求めていたことを跡づける。『死霊』の人物たちは、これらの断片を呪文のごとくつぶやく。この時期、埴谷のなかに死霊たちが発生してきて、苦しげなつぶやきをつぶやき始めていたと理解できる。


この者らを解放してやらねばならない。だがこのような死霊たちを解放しうる文学的形式はあるのか。いや、形式よりも先立って、厄介な死霊たちに適合する言葉を、文体を、日本語を発見することが急務だった。

既成の形式では語りえない、語りにくい、彼のテーマとは何だったのか。

端的にいえば、自己《ゼルプスト》の究明だ。自我を自我として語る方法なら、近代の日本文学の短い伝統のなかに見つけられたろう。彼はそれに飽き足らなかった。自己《ゼルプスト》を自然に、自然主義的に、語るのではない。自然に語りうるものは自我であって自己《ゼルプスト》ではない。自己《ゼルプスト》は語るのではなく、究明しなければならぬものだ。そこから始めようとした彼は、あえて哲学を選ばず、文学のなかに自らの活路を定めた。先覚者の例はない。彼が位置したのは、自己《ゼルプスト》をテーマとして設定したことのない文学的伝統の途上だった。彼は、後に彼を有名にすることになる「自同律の不快」というイメージを編み出すが、それは、たんに、彼が『死靈』と名づけた作品の最初期の構想にようやく立ちえたことを示すにすぎない。

『不合理ゆえに吾信ず』の冒頭のページには、《賓辞の魔力について苦しみ悩んだ……》というつぶやきが発されている。「わたしは－わたし－である」と書かれたごく卑近な文章例があるとする。この例でいえば、三分節目の「である」という語尾が、賓辞つまり述語になる。これに「苦しみ悩む」とは、ある命題について、きっぱりと断定が出来ないことを意味する。「である」に魔力があるという意識そのものがすでに異常感覚だ。狂気の兆しだ。自らの実体であるはずの、自己《ゼルプスト》が彼方にある。『死靈』のなかでたえず変奏されることになる「おれは……」と発して「……おれだ」ときっぱり閉じることの出来ない苦悶――自同律の不快の内実――は、まずこうした表出を持った。

ここでの埴谷の困難は二重にあった。思考そのものがかたちを見つけにくいこと。そして、それを生成していく手持ちの言語がないこと。形式と内容の双方が、それぞれに彼を立ち往生させていた。「賓辞の魔力」といっても、日本語の文法構造によって、それを正確に取り出すことは不可能ともいえた。思考を純粋に追いつめれば、述語を使うことの禁止に行き着く。「である」を差し止められたセンテンスでは、何事も語ることが出来ない。

思惟の無垢さを護ろうとするなら、『死靈』の主要人物の一人のように「默狂」になるしか途はない。そして、失語への意識的な投企は、文学的にいっても社会的にいっても、無意味にならざるをえない。敢然と言葉をうち捨てた狂人は、自らを語るすべを持たないからだ。もし彼が語りうるなら狂人ではないし、語りえなければただそこにいるだけの無言居士として場面に登場するしかない。逆説としては面白いが、埴谷が立たされていたのは、そうした遊戯の場ではなかった。

では、賓辞への禁忌など、戯言にすぎないのか。述語を使わないという方法論は論外なのか。ちがう。いってみれば、『不合理ゆえに吾信ず』は、タイトルの段階で、逆説をあっさりと跨ぎ越えている。「吾」という主語と「信ず」という述語は、作品に書かれた内容にしたがうのなら、簡単には結合できない。恐るべき深淵が両者のあいだには口をあけていて、一直線にはつながらない。これが連結できるのなら、「わたしは－わたし－である」というセンテンスも自然に出来上がるではないか。こうした自然主義的かつ野蛮な野合が、ある断片においては《それ自身宇宙であるような賓辞の乱用》として告発されている。この断片は、「それ自身宇宙であるような」が「賓辞」のみへの修飾辞なのか、「賓辞の乱用」への修飾辞なのかわかりにくいが、引用者までが宇宙的な混迷を共にすることはないので、いちおう後者だと解釈しておく。――述語の乱用、断定の濫発は慎まなければならないのである。それが、さしあたっての埴谷の不安定で不安な位置だった。

ここまでを要約整理すれば、「私」をいかに描くかという問題にまず埴谷は突き当たった、ということになる。それが「昭和一〇年代」半ばの、彼の出発点だった。その特異性を際立たすために、あえて自己《ゼルプスト》という用語で異化してみたのであり、彼の位置そのものに絶対的な特異性が特権的に在ったのではない。昭和一〇年＝一九三五年の「私探し」という（埴谷の眼前にあった）風景をざっとさらってみることで、その位置はさらに明視できるだろう――。

わずか数年前には、プロレタリア文学が一般文壇の小説よりもずっと多数の読者を獲得していた。文学における盛況は、革命の現実感を掻きたてて止まなかったろう。また数年して、共産主義運動からの転向者の一群が転向小説と称された作品を産することになる。壊滅したプロ文系の作家たちが転向小説という新趣向に逃げこんでいったが、そこに目覚ましい作品的達成があったとはいえない。社会主義リアリズム流派の潮流も方向を見喪えば、転向心境小説という意匠によって私小説的伝統に先祖返りしていく他なかった。この点、政治運動の潰走とも相俟って、歴史は、じつに惨憺たる軌跡を残している。

この時期、最も深く「私」の造型を成功させたのは、『雪国』（一九三五年、初出）の川端康成（一八九九〜七二年）だった。川端が転向小説にたいして明敏な批評を残しているのは偶然ではない。『雪国』は、一編のみでも完結しているふうな短編小説が連結して一個の長編となり、しかもそのどこを切っても同じ質感をそなえている、という玄妙な作品だ。完成には一〇年余を要している。完成を困難にした要因の一つが、「私」をいかに描くかの試行錯誤だったと思われる。終わっているのに終わることが出来なかった。

川端の「私」はゴーストだ。ゴーストという自己《ゼルプスト》を、川端は伝統小説の保守的な受け手にも許容しうる方法で呈示した。小林秀雄（一九〇二〜八三年）のような達人は、ゴーストを「がらんどうの人間」というレトリックで弁別し、骨董品を愛でるような手つきで「珍重すべき」と評して、それ以上の深い解読を、達人らしく狡猾に回避した。小林の直観はそれでも、比較的には優れたものだったといえる。

『雪国』の主人公は「徒労だ」を繰り返す。その意味はきわめて多様だが、日本的叙情の幅をはみ出さない科白だ。一方、『死霊』の人物たちは「あっは！」と「ぷふい！」を連発する戦術をとった。意味定かでない感嘆詞に絶望的なメッセージをこめた、とも解せる。

川端のゴーストは埴谷の死霊とシンクロニシティを持つ。『雪国』は、日本的自我の実情を示す物語の、当時としての最良の作例だった。こうした作品の成功を視野に入れておくことは無駄ではあるまい。他の判例は比較として用をなさなかった。後代からの視点によって精査してみても、同じ結論になる。当時の埴谷が『雪国』をしかるべき位置づけで参照できたとは思えない。

2 転向からの非転向という独自性

自己《ゼルプスト》の奪還に向けての埴谷の言語闘争を簡単にたどってきた。だが、これは、抽象的に追ってみても豊かな収穫を得にくい。共産主義運動に身を投じ、投獄され、転向して釈放された埴谷の体験を横にとりのけているからだ。転向心境小説との関連について少しふれたが、もちろんそのアプローチのみでは不充分だ。

論題は、第二部の分析と重なり、いささか前倒しになるが、別の観点を導入してみる。埴谷の転向の独自性について評価を決定づけたのは、『共同研究　転向』の「戦前編」（一九五九年一月）だ。思想の科学研究会による共同研究の成果は、「戦中編」「戦後編」とつづき、現在でも六分冊のかたちで普及している。また同研究の中心だった鶴見俊輔（一九二二年〜）と藤田省三（一九二七〜二〇〇三年）の単独執筆分は、それぞれ『転向研究』『転向の思想史的研究』としてまとめられ、それぞれの著作集に収められている。彼らの仕事を参照しつつ、賓辞の魔力に苦悶した埴谷の像を広い社会的観点から跡づけてみよう。参照するのは、藤田「「昭和八年」を中心とする転向の状況」と、鶴見「虚無主義の形成」である。

昭和八年──一九三三年。この年の初頭、小林多喜二が留置所内で白色テロを受けて死亡し、数カ月後、日本共産党の最高幹部だった佐野学と鍋山貞親が転向声明を出す。歴史の上では、決定的な総敗北の転換期として記録される。藤田は、《不動の星座としての共産党の人格的シンボルであった佐野・鍋山の転向》は、彼らが《前衛党のあるべき正しい路線であると考えた点で……単なる個人の思想転向》にはとどまらなかった、と規定している。指導者が党の総敗北を認め、打倒対象であった天皇制国家への屈服と降伏を公表したのだ。彼らの声明は、「総転向の時代」の幕開けだった。いかに転向すればよいかの模範を指導部が下部党員に示し、大量転向の途を切り開いた。司法当局は、佐野・鍋山の屈服・改悛・懺悔としての転向路線を、治安維持法に勝る効果を発した、と歓迎した。

戦前社会は、過酷な弾圧法と白色テロルを駆使するのみでなく、転向者を「温かく」抱き取る天皇制均質共同体を受け皿として用意していた──。転向の時代は、おおよそ以上のように概括できる。藤田らの研究は、集団的転向の対極に、特異な個人的ケースとして埴谷を置いた。転向という時点にとどまり、自己の内部世界に沈潜し、徹底した懐疑を外部世界に向ける。《転向の非転向というべき途》を選んだ。
鶴見の論文は、共通する転向認識から進んで個別作家論の掘り下げとなっている。まず、最初期の作品『不合理ゆえに吾信ず』と短編「洞窟」を手がかりとして、埴谷の基底的イメージが取り出される。これらは《一九三三年（昭和八年）の時点における埴谷に特殊の一回かぎりの体験に根をもつとともに、その後今日までまたおそらく今日以後の世界の動向にたいしても展望を可能にするような高い樹木に育って》いく、と鶴見は高く評価する。

この埴谷論は、以降おびただしく産される埴谷論の基本をなす文献だが、哲学者による社会思想研究のかたちで先鞭がつけられたことに特徴がある。これは、埴谷個別の側からみても、埴谷をもその一部として容認した日本文学の側からみても、看過できない事実過程だ。鶴見の論考は、どこまでいっても文学論ではなく、それを参照する者もそのことを承知している。もし問題があるとすれば、その点なのだ。

鶴見は《転向の事実、転向時の処世方法、転向を支えた精神について、埴谷はかくすところなく、しかし、つねに抽象的に語っている》と書く。その率直かつ硬質なスタイルの実例として、埴谷の「歴史のかたちについて」（一九五四年一一月『近代文学』）から、かなり長い引用がある。訊問調書がどうやって出来上がるかについての、体験に基づいた証言だ。そして、総敗北の時代に埴谷が自己《ゼルプスト》をよく支えきったのは「狂気」によるのではないか示唆したうえで、その不屈さをルネサンス期の近代科学の先駆者に比している。ここでいわれる「狂気」は比喩でなく、ごく素朴な意味で使われているのだが、国民社会の絶対多数が狂気に走っていた時代に「正常」でいることがいかに困難かと想像してみれば、無理なく意味は伝わるだろう。

つづいて鶴見は「転向の動機について」注目する。アナキストとして出立した埴谷がなぜそこから転向してレーニン主義の中央集権的前衛党に身を投じたのか。それに関して埴谷には、自伝風ともいえるエッセイがあり、やはり独特のスタイルで回顧されている。若い埴谷はレーニン（一八七〇～一九二四年）の『国家と革命』に論争を挑み、それを理論的に転覆する文書を準備する。

そのとき、同時に、並行して、第一部は、マフノのウクライナ、コムミュン、第二部は、クロンシュタットの叛乱、第三部は、第一回コムミンターン大会におけるエマ・ゴールドマンとアレクサンダー・ベルクマンの退場から第一次五ヵ年計画まで、という構造をもった三部の戯曲を、私は書いた。

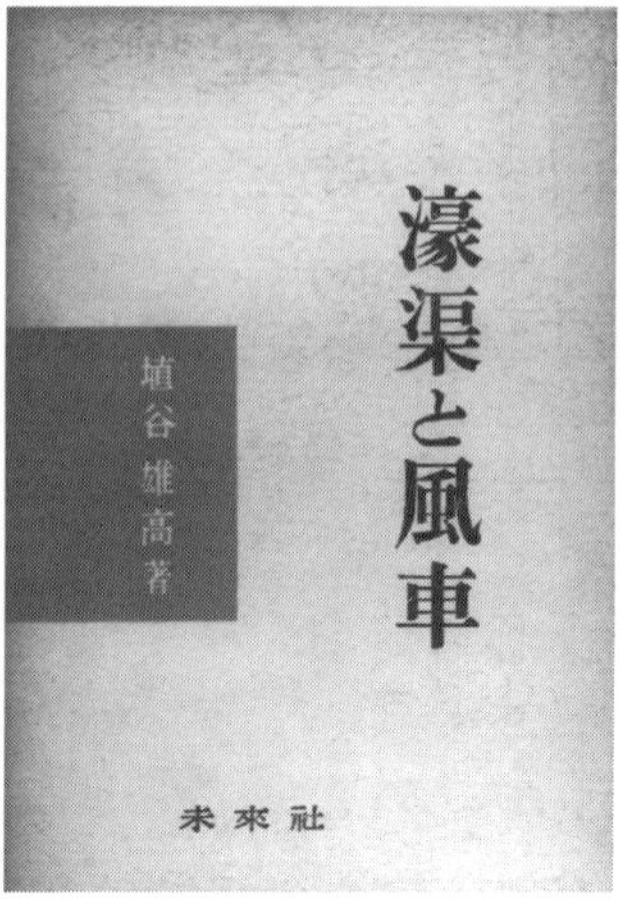

この部分は「永久革命者の悲哀」（一九五六年五月『群像』）から、引用は『鞭と獨樂』（一九五七年六月）による。埴谷の評論エッセイ集としては『濠渠と風車』（同年三月未來社　上図は函）にはじまる二冊目（奇矯な漢語を二個並べたタイトルは「何を云うたか」の異名にふさわしい高踏的なイメージを放ち、計十九冊が刊行されていく。同趣旨のタイトルの「対話集」も十二冊を数える）。

エッセイ「永久革命者の悲哀」については、四章で主要に述べるので、ここでは、鶴見の埴谷論に関するところに限る。埴谷は、このエッセイで、レーニン論破をめざした理論文書と、三部作の壮大な戯曲を同時並行で執筆したと書いている。戯曲のテーマは三部とも、ロシア革命の初期の「裏切られた」項目に関わっている。これらの原稿の現存は今のところ確認されていない。これが花田の「自伝」であれば、誰もがただちに偽書だろうと反応するはずだ。だが、虚構を仕掛けて独りにやにやするのは埴谷の作法ではない。この執筆の件は事実なのだろう。傍証となる証言は他にも見つけられる。

問題は、この箇所を引用する鶴見の方法論にある。第一に、要約引用になっている。内容が曲げられているわけではないが、鶴見のリライトによって、埴谷の原文の微妙なニュアンスが抜け落ちる結果になった。第二に、引用の流れによって誤解を拡げるおそれがある。埴谷がアナキズムからボリシェヴィズムへの転向を語った部分は、主観のドラマを展開しているのであり、「転向事実について」鶴見が原文を長々と引用した箇所の事実報告と同列に置くことは出来ないはずだ。その点を、しかし、鶴見は無造作に列記してしまった。

埴谷はこの箇所で、自分の入党は「党を神格化」する幻想と無縁だったことを示している。鶴見はその論点の延長上に、埴谷の党組織からの離脱転向にもいっさいの幻想がなかったという評価をつけ加える。そこに稀有の独自性があるというわけだ。結果的には、埴谷自製の埴谷伝説を補強する役柄になった。これは鶴見の善意の読みちがえなのだろうか。いや、あえていえば、埴谷のレトリックに隠れた巧妙な術策にまんまと嵌められたようにも見える。多くは、文学作品を社会思想の法則から読み解いていく時に生じる、小さくはない誤差なのだろう。誤差をわざわざ拡大する必要もあるまい、という認定もまた有力かもしれない。

なぜ本書は、鶴見の引用の手つきという瑣末にもみえる事柄にこだわっているのか。理由は別にある。三人の異端論争のテーマを追跡しつつ気づいたことだ。埴谷、花田、吉本の三人に最も近接し、しかもその三者にたいして比較的公平な評価をくだしている同時代人は鶴見だった。他にこうした位置を保持している者はいない。鶴見が三人の異端論争のすべてのキーを解除してくれるとは思わないが、かなりの部分で手がかりを与えてはくれるだろう。

藤田と鶴見の所論では、転向過程において日本共産党批判を呈示しえた者として、埴谷と並んで椎名麟三（一九一一〜七三年）の名があげられている。これも、文学を社会思想の尺度で裁断するといった典型なのだが、椎名に関しては、とりわけ誤差が甚だしく生じてしまう。誤差というより、椎名作品が発する道化の狂気（埴谷の狂気などより、もっと生々しい爆発）をすべて黙殺してかからないと、転向研究による図式化が成り立たないのだ。この点を遡行していくと果てもないので、後段にゆずる。

ここまで、思想研究という仕事を参照しながらも、そのなかで文学作品が変形をもって論じられることの不当を指摘して段落となった。では、文学作品『死靈』を小説として読むとはどういうことなのか――。

ここに片づけておかねばならないような行きがかりだ。

3 『死霊』「序曲」一章を読む

『死霊』序曲の問題を考えるにあたって、その成立過程をみておくことは必要だ。最低限の記述を以下に並べる。

「序曲」と仮に名づけたのは、現行の作品全九章のうち、第一章から第三章までのパーツ。雑誌『近代文学』の創刊号（一九四六年一月）から連載され、ほぼ休載なく連載された（雑誌は正確には月刊ではなかったが）十八回分である。一九四八年と五六年に二度、単行本化（後者は誤植だらけだったという証言もある）されたが、「刊行した版元は必ず倒産する」とか、その種の埴谷伝説のみが後世に伝わったほどには、普及しなかった。だが『死霊』といえば、この「序曲」を指すのが通例となった。一九七五年に、著者が続編を書くまでは――。

いまだに「序曲」のみを『死霊』の核芯とする評価はあるのだろうが、本書がそれに組みするわけではない。「序曲」をここに切り離して考察していくのは、たんに論述の都合による。

この小説のストーリーを章ごとに追っていくことから鑑賞を始めていきたい。

一章は、厳しい暑気にみまわれた夏の終わり、とある精神病院から始まる。「××瘋癲病院」と伏字がらみで神秘化された病院には、十二支を型どった永久時計が設置されている。名づければ「どこにもない場処」だが、戦争前の首都であることは、だいたい見当がつく。

主人公、三輪與志がここを訪れたのは、兄高志の友人矢場徹吾が未決囚監房から病院に移送されてくるのに立ち合うためだ。「黙狂」と呼ばれる矢場の病状は、故意に曖昧化されている。與志は婚約者の津田安寿子とここで待ち合わせ、三輪の祖母の埋葬式に出席する予定だが、それは後のこと。

人物紹介なかばで、物語は過去に巻きもどされる。五年前（むろん、年数は明記されない）、與志は高等学校の寄宿舎にいた。小図書館に居住する黒川建吉が友人だ。同じ学校にいた矢場は、何者かの使いの女（この正体は、ずっと後の七章まで伏せられている）に呼ばれ、失踪する。與志は黒川に婚約の件を語る。津田家の安寿子（十三歳、この年令だけは特権的に表記される）に不思議な想いを寄せられた。死霊同士の男女の愛の物語は、特別のロマネスクに飾られる。それとは別に、與志と黒川が奇怪な存在論を私語しながら散歩する深夜の公園のシーンは、「序曲」の白眉だ。彼らは「宇宙的な気配」に官能する魂の同志なのだ。「他に異なった思惟形式があれば……」「存在が恥じ入る呟きはどこから生じるのか……」「悪しき無限の領域に踏み入る……」などなど。どちらが問うてどちらが黙しても同質の対話を彼らは交わす。一気に、『死靈』のテーマは求心力を放ち、異様な高まりをみせる。

次に、作者は作者視点で、他の登場人物を介することなく、高志の行状を報告していく。厳密な方法論によって進行していくようであるが、『死靈』のナラティヴは、この部分のように、わりとルーズなところも残している。高志は自宅で検挙されたさいに爆弾で証拠物件となるものを破壊した。病臥する身になって仮釈放され、自宅にもどった高志は、二階に蟄居し、ただ祖母だけの介護(?・)を受ける。高志がいかなる犯罪者になって仮釈放されてきたかを、作者はもちろん、間接的に語って浮き上がらせる方法をとっている。三輪家の烈女であった祖母が死に、物語の時制は現在にもどってくる。

病院には、高志の友人の精神科医、岸博士がいる。彼は與志と《自同律の不快》について議論する役割も持つ。《虚体》、《自己意識の外に逸脱する》など、言葉としての論点は、早々と呈示されている。これらが埴谷風難解さに読めるのは、具体物との関連づけを示すことを作者が拒否しているからだ。埴谷は、その方法を神秘化と称したり、血肉をそなえない死霊たちの観念ドラマを志向すると主張して、自ら自作を正当化することに努めた。病院の患者として、「ねんね」「神様」と呼ばれる姉妹が紹介される。

静謐な議論が一段落すると、首猛夫が登場し、騒がしいお喋りで一座をさらうことになる。彼は明らかにドストエフスキイの『悪霊』から換骨奪胎されて造型された人物で、五日間の狂騒（構想段階では五日間だったが、完成作では三日間に短縮された）の指揮棒を握る役割を担っていた。彼は高志や矢場の仲間として、二人の位置の説明役もこなす。『死霊』の人物は概して容貌描写をごく少なく、類型的にしか与えられていないが、半分「生霊」であるかのような首ったけの首猛夫は例外ともいえる。当初の構想はどうあれ、埴谷はこの人物に現実の戦後文学者をモデルに擬していたのではないかと思えるふしがある。——この件は後で述べよう。

とまれ、首は「sad bad glad mad brother」という謎の言葉を残して、外の世界に飛び出していく。後には、古びた病院の扉を閉める激しく重苦しい音が響く。最初の章を閉じるにふさわしい、表現主義映画風の大仰な効果音だ。サイレント映画なら字幕が数秒はさまれる段取りだ。サッド、バッド、グラッド、マッドの四人兄弟とは？　この秘密は、七章にいたってやっと首の口から明かされるわけだが、ここで先回りに明示してもかまわないだろう。――彼らは三輪家の呪われた四兄弟。高志、與志に加え、首と矢場。『死靈』とは、彼らが自らの出生の根源を根絶やしにしようと画策する悲痛な身ぶりの観念ドラマなのだ。彼らが自己否定《ゼルプスト》の言葉を、手を変え品を変え、繰り出してくればくるほど、彼らの恰好は滑稽さを増す。悲痛な私語をつぶやけばつぶやくほど、『死靈』の喜劇性は、読む者を粛然とさせていく。

いや、先走りは禁物だった。

4 『死靈』「序曲」一章を読む

一章は、三輪家と津田家の交渉史から始まる。過去にさかのぼる。これも、客観性をよそおった作者の語りによって語られる。《私達の物語は両家にまつわる現代史なのである》といった不用意な一行が読者を興冷めさせ、戸惑わせる。これは――死靈たちの発生論を指し示す一行なのか？「どこにもない場処」に現代史なるものを付与する作者の意図は何なのか？

ともあれ、両家の交渉の最新版として、恋人たちのゴースト・ストーリーが、さらなる精度をもって語り直される。與志の「虚体」に将来的に応答するために、十三歳の少女にどんな虚無が用意されている必要があったか、作者は形象化に努める。幸いにして、この部分は鬼っ子を産してしまった津田夫人の俗物的なフィルターを通して提出される。彼女が夫の康造に向かって憤懣をぶつけるシーン（全集版では一〇二ページ）の秀逸さは類をみない。津田康造は、警視総監の職にあるという設定で、チェスタトン的アクロバット論理を受け持たされるのだが、首猛夫の攻撃に対抗するよりも、夫人にたいして上の空の返答をしているほうが不思議と精彩を放っている。
津田夫人の活躍はなお続き、真夜中の三輪家訪問の場面となる。これは過去の情景なので、まだ存命の三輪家の当主である広志（悪徳陰謀政治家にして、諸方にタネをばらまいて死霊の息子たちを産した色魔、そして津田の盟友）が夫人を受けて立ち、「一日一悪」のモットーを披露する。つづけて、夫人は大学生だった高志から與志（娘の許婚者になってしまった薄気味の悪い十八歳の男）の薄気味の悪い逸話を聞かされる。
同じ頃（と指定されるから、これも過去形の情景）、話題の主、與志が夜の街を独り歩いている。ふたたび彼は自同律の観念にとらわれる内的独白を繰りひろげる。一章の真夜中の対話と照応して、観念ドラマとしての『死靈』は突発的なクライマックスを迎えるのだ。彼はつぶやく。つぶやきにつぶやき続けていく。

あっは！　存在と不快が同義語であるこの世界は、忌まわしい繋辞の一つの端と他の端に足を架けて、悲痛な呻きを呻きつづけているのだ。誰がこの呻きを破って、見事な、美しい、力強い発言をなし得るのだろう。

これはまた『不合理ゆえに吾信ず』の呻きの継続だ。同じく断片として呈示される。だが、小説中の人物である與志は、夜の独白者に終始するわけではなく、帰宅し、将来の義母と奇妙な交歓を体験させられる。夫人に背を押されるように、與志は、十三歳の痩せこけた少女と抱擁を交わす。それは、あらゆる肉体的接触を嫌悪する青年が持った、エロスのない、虚体論的な抱擁だった。

――以上の「交渉史」を語って、物語は、一章の終わった場面につながっていく。

病院を飛び出した首猛夫は、神出鬼没のエネルギーを発揮して、津田邸に現われる。彼は警視総監に観念上の宣戦布告を宣して、論戦をかわす。テーマは、死の時代を生きることの困難の周縁を旋回していく。津田夫妻は三輪家の祖母の埋葬式に出かけるところだった。首猛夫は墓地へと向かう津田家の自動車に便乗し、相手を津田夫人に取り替え、とめどない饒舌を繰り出していく。執拗に長い彼の科白から、自ずと、彼の目覚ましい活動歴や獄中体験の一端や高志との関係などが知らされてくる。彼は最後に、質問の悪魔《フラーゲ・デーモン》と睨みの悪魔《ブリック・デーモン》の謎かけを残し、自動車からひらりと飛び去っていく。この一連の場面後半の津田は、もっぱら聞き役に徹している。

夫妻が墓地に着くと津田老人（安寿子の祖父、亮作）が正体の知れない二人の男と、またしても哲学問答を交わしている。人物が交替しても観念を追う内実は同じ、ということになるか。一人は黒服、一人は青服。彼らの正体は最終の九章、安寿子の誕生会の場面でやっと明らかにされ（かけ）る。簡略に説明すれば、彼らは津田老人の狂気の脳髄のまわりをぶんぶんと飛び回る幻想の羽虫だ（ろう）。『死霊』の登場人物すべてが人間以外の逸脱者であってみれば、彼らが人間の言葉を喋り、人間の姿をまとっているのも、べつに奇異とするところではない。ただ、作者の欲求では、とことんまで神秘化・曖昧化を貫いていたかったのかもしれない。その点では、『死霊』も古風な小説だ。『死霊』の発表当初の文学的な新しさは、かつて存在しなかった潮流を現実化したが、その流れにあるわれわれの現在から見た時、もはや『死靈』も古びていた、ということになる。ゴーストにしろ、意識体にしろ、幻覚の擬人化にしろ、現代の小説はますます自由闊達な造型を手に入れている。較べれば『死靈』は、古色蒼然たるリアリズム小説に映りさえするのだ。

二人のうち黒服のほうが、ノックアウトされるボクサーの例をあげて「意識の外」に出る症例を語る。ここは統一感の殺がれた印象を与えるのだが、重要なのは、黒服の口から発される《あちらの側》というイメージ(哲学的概念)だ。「あちらの側」とは何か。それは――第五章が書かれた時に、初めて作者によって明示的に提出されたイメージ(哲学的概念)だったといえる。しかし、それは、作品内で明確なつながりを構築しえていないため、ひどくつかまえにくいものに終わっている。後につづく章(六章以降)は、その構築を堅固に鍛えることが出来なかった。作者の思索にしたがって読むかぎり、『死靈』は望ましい読解にたどり着けない類いの朦朧たる作品だ。こうした作品を難解というのは当たらず、明晰さを欠いた作品とするのが適切ではないか。

いや、急ぎすぎてはいけない。

ストーリーの進展を片づけるのが先だ。

第二章は、墓場のシーンに若い恋人たちが参加してきて終了する。二人の貧相な「小鬼たち」はいつの間にか消えている。電車のなかで赤ん坊を見た與志が不機嫌に沈んだ、という逸話を安寿子が語る。理解しがたい娘の行状を詰る津田夫人のけたたましい科白によって、第二章は騒がしい軽喜劇のように幕を閉じる。

5 『死靈』「序曲」三章を読む

第三章は、黒川の屋根裏から始まる。運河のある都市の一角。貧民窟と歓楽街をかたわらに、上流には「××橋」(これも、伏字によるロマネスクな命名だ)、秘密の印刷工場があり、暗い地下室という探偵小説風の背景がついている。『死靈』のストーリーの中心をなす地理圏が、ここから始動してくるわけだ。

孤独な黒川の日常にいる隣人は、食事の世話などをしてくれる鋳掛屋の朝鮮人と、屋根裏に出没する蝙蝠しかいない。『死靈』の主要人物のほとんどは、こうした牢獄のような狭い密閉空間に居住する引きこもり人だ。とくに「序曲」においては、点と点、密閉空間を基底に場面が構成されている。舞台劇にそのまま移し替えられる進行といえる。その屋根裏部屋には、また別の因縁話が付随しているのだが、由来は後の章に少しずつ語られていく。

黒川の屋根裏部屋の平穏を乱す闖入者は、もちろん首猛夫だ。そして二人のあいだに、何度目か(小説のなかで)の対話が交わされる。一人が《存在が存在たりえなくなった無限の涯の地点》を語り、他の一人がその聞き手にまわる。ストーリーに挿入される観念論争は循環的だ。一章、二章、三章と積み重なり、論点が前進するのではなく、行きつ戻りつの印象が強い。それは「虚体論」のはらむ属性であるとともに、作品を実質以上に難解なものにみせてしまう。

対話の終わりに、黒川は《貴方は何を策らんでいるのか》と首を問いつめる。答えずに去っていく首は、黒川を訪ねてきた與志とすれ違う。同じ問いが與志からも発される。やはり、首はその問いを外す。彼は陰謀煽動者の役柄だから、常に何かの策らみを腹に持っている。そんな人物に「何を策らんでいるのか」と訊くのは無意味な儀式だ。死霊たちの会話には、こうした儀式ばった繰り返しが散見される。

與志は鋳掛屋に楕円のロケットを修繕してもらう。この小道具は四章、五章（ひいては、物語の全域まで）と、重要な使われ方をするのだが、ここが一つの布石となっている。そして二人は、運河のほとりに散歩に出て行く。時刻は夕方を迎えている。暮れなずむ街で二人は、病院で会った「ねんね」を見かける。「ねんね」は歓楽街で夜の商売に出かけるらしい。黒川は彼女を《処女の淫売婦》と規定する。彼女の護衛役である「筒袖の拳坊」という人物も遠景に現われる。しかし、この二名の詳細は、以降も物語の関心に入ってくることなく消えてしまう。

ここでの主要な要素は、次第に外界をつつんでくる濃密な霧であり、濃霧の街路を彷徨い歩く死霊たちのとりとめもない現存だ。夕闇とともに、晩夏という季節感は薄れ、代わりに視界を閉ざす濃密な霧が降りてくる。霧霧霧……。霧のなかに第三章は、茫洋として閉じられる。濃霧のなかに『死霊』序曲はフェイド・アウトしていく。

朦朧たる世界にふさわしい幕切れは、「序曲」のみが完成品のように取り出されることを決定づけてしまった。

6　『死靈』伝説とは何か

先にいいかけたように、観念小説『死靈』の観念展開は明晰であるとは受け取りがたい。論理の積み重ねは構築的ではなく、循環的だ。一歩前進してはよろめいて、二歩後退し、またよろめく、といった進行になる。

第一章を読むかぎりでも、矢場という人物が「あちらの側」に敢然と踏み出してしまったらしい、という構図を感じ取ることは出来る。その手がかりは、矢場を語る與志と黒川の対話とか、矢場の思考を語って聞かせる首猛夫の回想とかに明瞭だ。これらは対話の形式はとっているものの、思考の流れはまったくの独白を呈している。一人が「真空の拡がりに身を投じたらどうなるか」と問うと、もう一人が「自己《ゼルプスト》の傾向と重みによって動いてみせる」と答える。首猛夫が矢場の踏み出しを語る一場は、『死靈』のなかでも最も心躍る素晴らしいシーンだ。

さらに、第三章での首は《ぷふい、やつはとうに踏み出している!》と断言する。『死靈』の人物には、それぞれの役割があり、観念と同調する深度を異にしているはずだが、彼らの対話はしばしばその差異を曖昧に流している。問いかけと答えによって、一段高い地平に論議を進めることが出来ない。『死靈』は、読まずに通り過ぎれば別の人生があったかもしれないと思わせる世界観にあふれた作品だ。そのことは疑いないが、その衝撃は、決して完成度の高さがもたらす満足ではない。むしろ、この作品の喚起力の多くは、回答を構築的に示すところにはなく、不断に問いかけ問いかけ、執拗に問いかけ、答えに到るよりも立ち往生しつづける、熱情的な断片の、その不合理きわまる蒙昧な力によると思われる。

『死靈』を「序曲」だけで充分とする評価には、最終章まで根気よく踏破できないという怠惰の正当化が混じるにせよ、それなりの根拠がある。本書はそれに賛成しないが、かといって、否定もしない。埴谷は刊行された「序曲」の「自序」で、物語の主導音すべてが提出されたこと、しかし物語はまだ何も始まっていないことの二点を強調した。だから、「序曲」以外のなにものでもない、と。だが、それは、すでに作者から独立してしまった作品にたいする作者の身勝手な願望を示すだけのようだ。作者自身が自作品の良い読者に必ずしもなりえないという例は、ありふれた事象かもしれない。『死靈』の「自序」は作家論の手がかりとされることも多い熱烈なドキュメントだが、自作を読み違えている作者のエゴの実例とはいえないだろうか。

ストーリーは、確かに、何も始まっていない。だが、自同律の不快に関する一連の議論はどうか。それは自己否定《ゼルプスト》のヴィジョンをめぐる画期的な問題提起だった。問題提起のみで必要にして充分な衝撃であったなら、「序曲」はそれのみで完結できるはずだ。物語の主導音が出そろったところで「終わって」しまっても不都合はなかった。

「序曲」のみを追いつつ、かなり先走って、作品評価全体に踏みこんだ論述になってしまったが、ここで、とりあえず強調しておきたかったのは、作者自身が試行錯誤に踏み迷っているテキストを前にする時、それに歩調を合わせて迷走する読み方は不毛でしかない、という原則だ。

第二章は、ざっと見たとおり、より雑多な、混雑した進行になっている。作者は小説を観念の道具として使いこなそうとしたが、小説という雑駁で中間的な形式によってかえって翻弄されているところが目立つ。疑いもなく素晴らしい場面はあるにせよ、その前後をとおしてみると手際の悪さを看過できなくなる。煌めく天才と凡庸な書き手が交互に現われてくるような展開に判断を曇らされてしまうのだ。

一例を示す――。首猛夫を自分たちの自動車に同乗させることを津田夫人が勝手に独り決めした場面の後、作者はこんな年代記的ファミリー・ストーリーのような一行を付している。《若し限りなく静謐な、平和な夫婦生活というものがこの世にあり得るとしたら、この津田夫婦なども、その珍重すべき一組として数え上ぐべきだったろう》と。

これは、いったい、何なのか。普通一般の風俗小説になら、一ページごとに出てきても不思議のない感想だ。しかし、このような日常性が、たとえ一行でも、「戦後文学の極北」と称された非妥協的な観念小説に紛れこんでくるとは！

この感想は、数十ページ前のシーンを受けたものだ。娘が得体の知れない男の許婚者になったことへの憤懣を、津田夫人は、まるで夫の責任だとなじるかの勢いで夫にぶつける。このシーンを、わたしは先に、秀逸だと書いた。ジェーン・オースティン（一七七五～一八一七年）の『高慢と偏見』（一八一三年）の第一章を想起させる意味で秀逸だ。『高慢と偏見』は、要するに、十九世紀の「婚活」小説なのだが、驚くほどに末長く読みつづけられている。『高慢と偏見』の、この冒頭の部分は、夏目漱石（一八六七～一九一六年）の『文学論』（一九〇七年）が写実法の手本と示したことでも有名だ。数ページを引用し、漱石は《此一節は夫婦の全生涯を一幅のうちに縮写し得たる》と激賞している。

まさか埴谷がこののんびりした小説世界に影響されているとは考えにくい。だが、漱石のいう《夫の鷹揚にして、婦の小心なる、夫の無頓着にして婦の神経質なる。夫の和諧の範を超えずして、しかも揶揄の戯を禁じ得ざる、婦の児女の将来を思ふて咫尺の謀に余念なき——悉く筆端に個々の生命を託するに似たり》という一節は、『死霊』第二章の津田家の一シーンにも当てはまるのではないか。これが『高慢と偏見』のベネット家のシーンに似てしまったのは、もちろん、たんなる偶然かもしれないが。

わたしがここでいいたいのは、一点のみだ。

小説という自由闊達な形式を、「序曲」執筆時の埴谷はまだ充分に制御しうる段階には立っていなかった。曖昧な読み取りを読者に許す（曖昧さを読者に納得させるのとはちがう）表出を多々残している。観念のドラマが循環性に陥っていたことに加えて、この技法的な拙劣さの痕跡は、やはり作品全体の力能を弱める結果になった。

『死霊』は「序曲」刊行時から伝説化した作品であり、そのかぎりで、絶対少数者にのみ通じる硬質世界であるという特権的位置に祭られる傾向にあった。それはそれで一つの文学的風景として認めうるが、その思考実験の成果を無批判に鑑賞することは望ましくない。一個の作品を神格化しても、『死霊』はしかるべき応答を返してはこないだろう。

7 椎名麟三における忠誠

その点を確かめたうえで、藤田・鶴見の転向研究に立ちもどってみる。それらが、小説という雑駁な形式のうち、社会思想的な側面のみを静的なモデルとして取り出した営為であったことは、指摘するまでもあるまい。もちろん、そうしたアプローチがあってもいいし、狭い視野で小説を味読するよりも有益である場合もある。だが、マイナスに作用するケースも生じるだろう。

転向研究の一つの大きな柱は、日本共産党だった。党といえば、日本共産党を意味する。党への忠誠を貫くのか、それとも屈服の途を転がり落ちるのか。政治的転向には三つの類型がある。一、獄中非転向者（もしくは、死亡者）。二、転向屈服者。三、偽装転向者。

一は、戦後の解放とともに指導者の位置に立った。党の新たな人格的シンボルに（一時期）なった。二は大多数の「佐野・鍋山」的路線転向を指すが、この部分が戦後ふたたび党に帰順した（二段階に転向した）ので、禍根を残した。三は少数者の例で、それぞれの特殊さが転向研究の対象となった。転向の非転向（転向した内面にとどまり続けて動かないこと）という文脈で、埴谷と椎名麟三が列記されていた。

椎名の戦後第八作「深尾正治の手記」（一九四八年一月）は、党への屈折したイメージが言葉として表出されている点で、分析には都合のいい作品だ。この小説は、獄死した共産党員の手記という体裁で進行する。手記は、彼の模範的党生活者ぶりを活写するのではなく、むしろ、彼の脱落と逃亡と堕落と虚無の日々を報告していく。党は徹底的に、彼の外部にある。「その名を呼べば必ず傷つく」といったイロニーの彼方にそびえ立っている。裏返しにされた忠誠、ともいえるだろう。

椎名は戦後に現われた書き手のうち、下層プロレタリア出身の最初の作家だ。レーニン帽をかぶって「自分は生粋のプロレタリアだ」と自己紹介したというエピソードも残っている。彼がその事実を単純に誇っていたとは思えない。裏返しの忠誠といった錯綜した感情を秘めていた、とは想像できる。椎名といえば、戦後第一作「深夜の酒宴」（一九四七年二月）の晦渋にして滑稽な質感をもとに語られることが多い。木賃宿に下層の人びとが群れ集まって絶望の日々をおくる。外はいつもどしゃ降りで、舞台劇のような閉塞感が強い。戦後初期の流行に合わせて実存小説ともいわれたが、その規定からははみ出すものが多すぎるように思える。観念的という外観もそなえていたので、埴谷と並べられるわけだが、埴谷にある抽象的な究心性はまったくない。そもそも椎名を観念小説と分類するのが間違いなのだ。

椎名の描く人物の行動や科白は、突拍子もなく、脅威を感じさせる点では狂人に近い。語尾に断定の「……のだ」を連打する強圧的なリズムと、飛躍の連続。重苦しさは格別だが、どこか陽気な世界が片隅にある、と納得させられる。

手記の筆者、深尾は、一夜、胃痙攣に苦しんだことから書きはじめる。その時《唯物史観が僕の胃痙攣に何の役にも立たなかったこと》にひどく傷つく。これだけなら、今日の読者には、さほど奇抜な連想ゲームには感じられないだろう。小説は、しかし、次のようにつづく。《しかしそれが唯物史観の罪であろうか。まして（中略）僕の精神の罪である筈がない》と。これが椎名の文体だ。

ここから始まる木賃宿の物語には、テキヤ、物乞い、鰻釣りの名人、元巡査部長、党の同志を売ったスパイなどが登場する。特段のストーリーは用意されていない。深尾はスパイ杉本と不思議な糸で結ばれている。党への忠誠心を喪ったと語る杉本は深尾の影のような人物だ。深尾が杉本を追えば、杉本もまた深尾を追ってくる。蛇が自らの尾っぽを呑みこもうとするように、彼らは互いに追いかけ合う。

杉本は深尾に向かって、党批判を繰り返す。誰の罪でもない、党が悪いのだ、と憎しみをぶつける。最後に同志を密告し、去り際に、大声でさけぶ。「共産党万歳！」と。「深尾正治の手記」という小説は、結末近くのこの一行を梃子にして、ぐるりと大きく旋回する。

戦後初期の時点で、党への内在的な批判が小説に表われてくるのは、まだ珍しかった。椎名は戦後、党に復帰したわけではなく、自分の内面的時間に踏みとどまって、党を批判した。批判はこの小説にみるかぎりでは、具体性をともなわず、時代を隔てて読むと、衝迫力はすでに薄れている。歴史文書に化している。ただ、裏切り者の口をとおして発される「共産党万歳！」の響きだけは、耳を離れない。憎悪と忠誠は紙一重だ。いや、椎名においては、まったく一体化している！

裏切りを遂行するためには、それに先立って党に献身していなければならない。いったんは党を愛する必要がある。裏切るより仕方がなかったと告白する杉本の言い分は、小説に書かれた部分からは、あまり納得できるものではない。言葉を尽くしても説明できない、と作者も諦めている様子がある。だから裏切った党に向かって万歳を叫ばねば済まなかった。こうした形象は、観念としても実体としても、どれだけの説得性を同時代的に獲得しえたのだろうか。長い歳月を隔ててしまえば、さらに了解することは不可能に近くなる。

党への忠誠は椎名にとって単一な世界観ではなかった。単純な忠誠はそれを捧げる対象を必要とする。椎名が追い求めようとあがいた忠誠は、対象抜きにそれ自体として成立する忠誠だった。すでに椎名のなかで現実の日本共産党は彼方に去っていたと思われる。その数年後にこの国の文学の一角を蒼白に沸騰させる、現実の「日本共産党批判」というテーマと、椎名は無縁だった。

椎名の思索が途切れた延長に、埴谷の幻視、ありうべき党への幻視がある。幻視するかぎり、彼の忠誠は純粋に保たれ、自己完結するだろう。

第2章

生涯を賭けてただ一つの歌を

花田清輝

（一九〇九〜一九七四年）

からみあっている生と死をひき裂き、決然とそのどちらかを捨て去ることによって、もはや生きてもいなければ死んでもいないものになってしまった我々は、はじめて歌うことをゆるされる。生涯を賭けて、ただひとつの歌を——それは果たして愚劣なことであろうか。（花田清輝）

1　花田清輝とメタモルフォーゼ

花田清輝（一九〇九〜七四年）への追悼文を書いた埴谷雄高は、二人の戸籍上の誕生日が明治四三年一月一日であることから回想を始めている。同時代人の親密さと気恥ずかしいような生存意識と。

二人は戦時下を非国民として生き延び、戦後も日本ナショナリズムから身を遠ざけて生き延びた。ところが、親が出生届を元旦の日付に出す「日本的風習」にしたがった点でも共通していた。それは、戦後に出会った二人にとって思いもよらない「啓示」だったのかもしれない。

埴谷と花田の文学思想は対極にあった、とするのが定説だ。本書もそれに沿って、対立点をより本質的な要素から列挙していくことにする。二人の論争を考察するに必要な予備知識は、その作業によって整う。ただ二人の「対決」が出会いの最初から決定的だったとするのは、甚だしい誤解だ。むしろ彼らは、双子の兄弟といってもいい「仲の良い」時期を、一時期にかぎるが、共有している。蜜月時代の考察は、論争を再構成するに先立って、絶対に欠かせない作業だ。この点を始めに強調しておきたい。少なくとも埴谷の側では、蜜月の時期について率直すぎるほどに語っている。花田が同様の回顧をほとんど残していないのは、彼のひねくれた性格によるところも多少あるだろうが、「私情」を排除する（そのポーズを取るだけでも）彼の制作流儀による。

埴谷‐花田‐吉本が順繰りに跡づけた対立論争の軌跡は、いずれも、抗争以前の親密な期間からの延長に起こっている。親密さは短く終わる場合もあり、長く継続する場合もある。ただ、花田と吉本が一時期にしろ「仲が良かった」ことを示す直接の証拠物件は見つからなかった。この件は後の章にゆずる。論争文に残された吉本の苛烈な攻撃性に目を奪われると、正確な理解にいたらないおそれがある。――そのことだけは注意しておきたい。

埴谷と花田の対極性で、最も根幹的な項目は、疑いもなく自己《ゼルプスト》の究明だ。それを拠り所にすることなしには、一遍の自己主張も成り立たないような確固たる自己《ゼルプスト》。日本的自我など犬にでも喰われてしまえ、という立場。そんな出来合いのものにすがっても、私小説の伝統的牢獄・牢獄的伝統から脱け出すことはかなわない。彼らの自己《ゼルプスト》は解放されない。

椎名麟三の場合は、両者の中間あたりに位置すると考えられる。椎名は狂人めいた道化師ばかり登場する歪な小説を戦中に書いていたが、それが自然主義リアリズムの枠内にあるかぎりでは成功できず、ドストエフスキイ的リアリズムに突き抜け、戦後混乱期の世相に相乗りしえた時、一気に開花した。彼の描く登場人物はすべて作者の分身だ。狂人とも道化師ともつかぬ作者の自画像の投影なのだ。小説空間に解き放たれたかぎりで、椎名の自己《ゼルプスト》は、一定の安息に導かれただろう。彼の小説が正しく理解されたとは思えないが、少なくとも受容はされた。繋辞（述語）の問題で久しく宙吊りになっていた埴谷には、こうした「自然の勢い」で小説を制作するという選択肢がなかなか訪れてこなかった。

自己《ゼルプスト》は単独の言葉として、宙空に浮いている。それに錘をつけて地面につなぎとめてやる述語がない。見つからない。椎名の初期の文体が「……のだ」を喧しく連打して止まらないのは、述語を見喪うまいとする怖れの裏返しかもしれない。素朴にいっても、「……のだ」の多様は不細工にみえる。見つめているうちに埴谷的存在論的不快にとらわれそうになる。だが、それを外せば、自己《ゼルプスト》は頼りない風船のようにふわふわと宙空に舞い上がってしまうだろう。

自己《ゼルプスト》の危機にたいして、花田はどのような戦略をとったか。彼は『復興期の精神』の中ほどの「群論――ガロア」に書く。

……すでに魂は関係それ自身になり、肉体は物それ自身になり、心臓は犬にくれてやった私ではないか。（否、もはや「私」という「人間」はいないのである。）

花田というと、必ず引き合いに出されてくる一節であり、引用すること自体すでに手垢にまみれてしまうような箇所だが、従来とは異なる観点から照明をあててみたいので、写しておく。――これは「私」の欠損を、「私」が損なわれてしまった嘆きを指示しているのだろうか。括弧でくくられた一文は、そのように読める。そうであれば、この認識のどこが埴谷の「自同律の不快」と異なるのか。まるきり同じではないか――という疑問が浮かぶだろう。この点は、「私」という不徹底な出来合いの用語が使われていることから生じる誤解といえる。誤解というより、もろもろの読み方がありすぎる混雑状態というのが近い。

花田がここで表明しているのは、端的に、自己《ゼルプスト》が過剰にある現状だ。「魂は関係それ自体・肉体は物それ自体」に変容した。変容した結果、自己《ゼルプスト》は、無数にある。無数にあるとは、単体としてはない（消滅した）ということだ。心臓などという日本人好みの、精神とも物質ともつかない厭らしいモノは犬の餌だ。いったん犬の消化物という形態に変型《メタモルフォーゼ》することをとおして、有機物質↓無機物質の循環回路に組みこんでしまうのがよろしい、と。

――先立って、注記しておけば、吉本はこの一節を、ファシズム体制への滅私奉公という文脈で読み取った。私を消して公に仕える、という誓約だ。たしかにそう誤読させる要因は、困ったことに、この花田の文章には強く内在している。だが、本書は、こうした（誤）読解を採らない。

ここにあるのは、動物ー植物ー鉱物という変身願望の、花田的な見果てぬ夢だ。それ以外のなにものでもない。自己《ゼルプスト》への遡行に苦闘した埴谷の、まさに対極に位置する。引用文にある（カッコ）で括られた註釈は、花田らしからぬ弱気の説明だ。前文を読み誤ると、ここも「書いてあるとおり」にしか読めない。最も花田とは遠い恣意的な読み取りに終わってしまう。花田は、ここで、自己《ゼルプスト》はいたるところに遍在したのだから「どこにもない」と、断固たる表明をしている。犬の糞になって、やがて分解し、地の糧となり、風に舞って宇宙に融解する。「私」という主語の、温暖モンスーン地帯的湿潤さによって意味を脱色される傾きはあるにしても、花田は、「どこにでも存在しえる」自己《ゼルプスト》の、法外な夢を語った。それ以外の何も語ってはいない。

さらにこの論点を進める前に、『復興期の精神』という作品の成立に関してなど、基本的な情報を整理しておくほうがいいだろう。

2 『復興期の精神』を読む

埴谷が後続世代の転向研究者に提供したような運動経験の履歴は、花田にはない。埴谷が花田との同時代人性に感嘆しているのは、探偵小説や映画に惑溺してきたサブカルチャー趣味の共有に関してであり、非合法活動家時代の回顧についてではない。

花田の第一作は「七」（一九三一年五月）として知られている。懸賞に応募したモダニズム読み物だ。この時期は、埴谷がアナーボル論争を背景にした三部作の戯曲を書いていた時期に重なるだろう。図書館にこもった『死靈』の一人物によって書かれたようでもあり、同じ頃、初期のファルス小説を書きはじめていた坂口安吾（一九〇六～五五年）にも近接する。そのまま順調に読み物作家をつづけていれば、久生十蘭（一九〇二～五七年）のような正体不明の書き手になったかもしれないと想像させる。

次に花田の名が活字世界に登場したのは、社会評論家としてだった。一九三五年を基点に、雑誌『東大陸』に断続的に発表された。「非常時局と中産階級の行方」「日支事変と列国の帰趨」などであり、死後の『花田清輝全集』第一巻にまとめて再録された。『東大陸』への執筆は三九年までつづく。その傘下で同人雑誌『文化組織』を四〇年に発刊し、文芸エッセイを毎月発表しはじめる。右翼国家社会主義者の集団に所属し、公私の活動をともにしながら、「真意」を巧妙に隠した作品を発信する。翼賛か、抵抗か――。力点を偽装転向におくなら、これは、一つの稀有な文学的抵抗のケースである。戦後も一貫した花田伝説の基点はここに発する。花田伝説とは、つまり、右翼か左翼かはっきりしない、ダブル・スパイのような人物という評価だ。ダブル・スパイの生き様は本人も気に入っていたようだ。

『文化組織』に掲載した七編のエッセイに一編と、短編小説「帽子について」を加え、第一評論集『自明の理』を一九四一年に刊行した。「帽子について」は花田の二番目の小説だが、読み物から、よりルーズなエッセイ風小説に崩れている。帽子は花田にとって仮面（贋人格）の比喩だ。帽子をかぶり替えるようにイデオロギー信条を取り替える――というイメージで使用される。単行本収録にあたって「悲劇について」と改題された。借り物思想＝帽子＝悲劇、といった連想イメージだろうか。

『文化組織』連載のエッセイは、なお継続し、「楕円幻想」（一九四三年一〇月）で終わった。花田はこの十九編に、特別の愛着をもって「ルネサンス的人間の探究」というタイトルを付している。エッセイ集が一本にまとめられるには、戦後の四六年一〇月まで待たねばならなかった。花田伝説にしたがえば、これらのエッセイは真意のつかみにくいペダンチックな外貌をそなえている。じっさい、一度や二度読んでもさっぱり理解できないページが連続する。だが、そこに埋められた作者の悲痛なメッセージの一節を見つけ出すことは、それほど難しくはない。たとえば、連載としては六回目の「歌――ジョット・ゴッホ・ゴーガン」（四一年九月、一〇月）の一節。

高らかに生の歌をうたい、勝ち誇っている死にたいして挑戦するためなら、失敗し、転落し、奈落の底にあって呻吟することもまた本望ではないか。生涯を賭けて、ただひとつの歌を――それは、はたして愚劣なことであろうか。

ここに溢れている花田の真情を疑う者は誰もおるまい、と思えるのだが……。わざわざ「――」をつけて反語を註釈的に貼りつけるのが花田のスタイルだ。歌舞伎役者なら大見得を切って、客席からの歓声を浴びるところだが、花田の場合は疑問符を宙に放り投げる（ポーズをとる）。二重否定や反語の苦手な読者は煙にまかれて畏れ入ってしまう。

較べて、「楕円幻想」の末尾は、捻りをくわえることなしにストレートに語っている。

……描きあげられた楕円は、ほとんど、つねに、誠実の欠如という印象をあたえる。風刺だとか、韜晦だとか、グロテスクだとか——人びとは勝手なことをいう。誠実とは円だけにあって、楕円にはないもののような気がしているのだ。いま、私は、立往生している。思うに、完全な楕円を描く絶好の機会であり、こういう得がたい機会をめぐんでくれた転形期にたいして、心から、私は感謝すべきであろう。

これは、真情そのままの告白と読んで、誤差はないだろう。楕円は転形期を生き抜く思想の基本戦略だ。焦点を二つ保持して状況に対応していく。真円とは、要するに、一つの点に拠ってしか思考できない硬直したイデオロギーのことだ。その限界を率直に述べたこの一節は、文学的抵抗の記念碑ともいえる。しかし——文体としては、真円そのものなのだ。「立往生している」という現状について、花田は付記で、もういちど繰り返しているほどだ。楕円が二つの焦点、二つの仮面(帽子)を持つなら、その一方の顔しかさらしていない。

楕円は、翼賛と抵抗、その二つの焦点、二面性の説明でもある。この立往生に先立って、花田は「抵抗者」としての重大な危機にみまわれていた。雑誌『現代文学』の文芸時評「虚実いりみだれて」(一九四三年九月)が筆禍事件を起こしたのだ。——右翼の壮士に襲撃され殴られたうえ、一晩、同じ留置場に入れられた。さらには詫証文まで発表させられた。『現代文学』の主催者である大井廣介(一九一二〜七六年)の証言によれば、花田は「絶筆」を決意した。花田自身による回想証言もある。これは、花田が「正体を見破られた」ことに深刻な動揺を示した、と解するべきエピソードだ。彼の偽装の芸はいとも簡単に破られた。選りに選っていちばん見破られたくない相手に目をつけられてしまった。その事実は彼の誇り（抵抗者としてのプライドではなく、偽装者としてのプライド）を決定的に蹂躙したことだろう。抵抗という営為は、その時代に囚われた者にとって、何の実効性をもたらさない。あるいは、一生涯、誰に伝わるとも保証されない秘かなメッセージを、狂熱の文章に綴って壜のなかに詰め、それを海に流しつづけるだけの自己完結的な手仕事に終わるかもしれない。その孤独に耐えるとしても、予期せぬ方角からきた動物的な暴力は、あまりにも理不尽な攻撃と思えたのではないか（もしその行使者が唯一の読者だったとしたら……）。

「ルネサンス的人間の探究」は、テーマをひと通り走破し、一段落したようだが、外圧によって孤独な探究を可能にする環境を破壊されたとも解釈できる。時代は昭和一九年にさしかかり、日本帝国主義の敗北は、ますます接近してしてきていた。

参考のために『復興期の精神』への評価の一例を、ここに紹介しておく。鶴見俊輔の「花田清輝の戦後」（一九七一年一月『思想の科学』）で、文庫版『復興期の精神』（七四年六月　次頁図版はカバー）の「解説」として転載された。早い段階で埴谷への評価を決定づけた鶴見は、花田にたいしても水準の高い分析を残している。その特徴は、どちらの対象にたいしても、論者として距離をおいた解説（研究）に徹しているところだ。これは、鶴見という思想史家の流儀でもあるが、怜悧な解説にとどまっているからこそ教えられる点が大きい。もう一つ目立つのは遅効性だ。花田への反応としてかなり遅れている。「解説」が再録されたのは、花田の死の数カ月前だった。書き出しは《二五年おくれた書評として、私は、この文章を書いている》だ。

時を熟成して理解を深めたというのが普通だが、二十五年間、理解できないで過ごしてきた、と告白しているわけだ。これは、花田への凡庸な読者（わたしがそうだった）の反応を代弁しているようなところがある。当時、流通していた花田の七巻本の著作集には（鶴見も指摘しているが）収録文章の発表年月が省略されていた。いつ書かれたのかわからないものを読まされると、とくに花田の文章相手では、理解がいっそうとどこおるのだった。そのような著者にたいして感じる忌々しさを、鶴見の解説はうまく探り当てている。

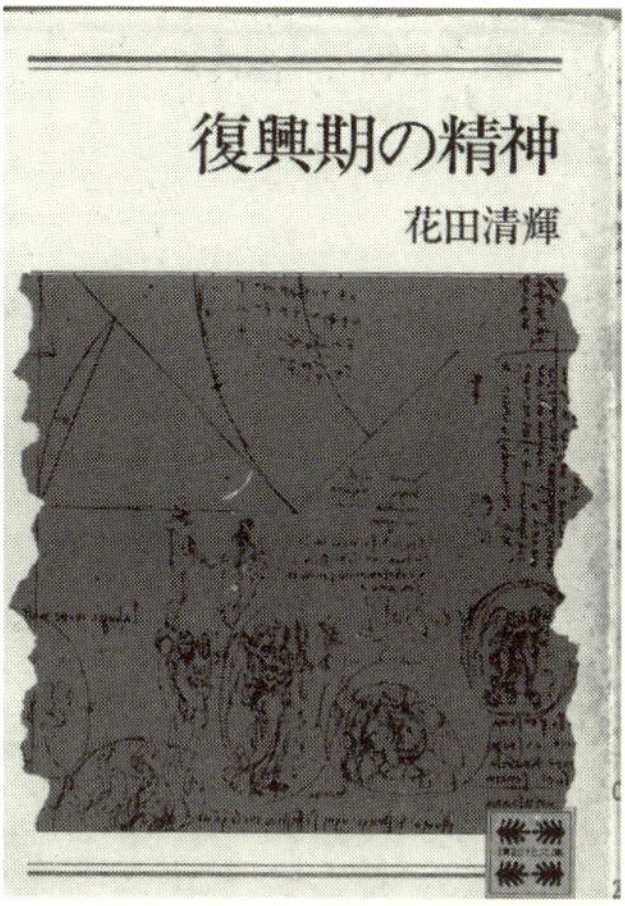

鶴見は『復興期の精神』を《伝記風の評論とも言えるが、むしろ思想史を素材とした小説》だと断定している。なるほど、小説と受け取ることによって、このエッセイ集で腑に落ちなかったことの多くが了解できてくる。その意味で、練達の書評であり、有益な解説だと思う。しかし、わたしは、『復興期の精神』を小説としてはもちろん、小説もどきとしても読めなかった。
逆に、『死霊』を小説としては読んでいないらしく見える鶴見が、『復興期の精神』を小説として読む、とわざわざ宣言するのか。その使い分けの理由に興味がわいてしまった。あるいは、やはり、花田を理解できないことへの巧妙なエクスキューズかもしれない。——この点は、後の章で考えることにする。

3　無数のわたしが存在する

自己《ゼルプスト》の過剰について、花田は、一点だけ、直喩に近いかたちでイメージ化した文章を残している。「わたし」と題された短いエッセイだ。発表は雑誌『近代文学』の一九四八年一月号、評論集『二つの世界』（四九年三月）の「跋」として再録された。

「わたし」という用語はやはり、近代的自我のイメージが強いので、そこに引きずられやすいが、「わたし」を自己《ゼルプスト》に置き換えることによって、花田のいわんとするところは明瞭になってくる。花田はまず、満員電車に乗り合わせた乗客が全員それぞれ「わたし」自身の自己《ゼルプスト》である、という比喩から始める。

わたしという一人物のなかには、さまざまなわたしが、まるで身うごきもできないほどぎゆうぎゆうに詰めこまれており、その結果それらのわたしは、たとえ隣りにいるやつの挙動が、すこぶる気にいらないばあいでも、とにかく黙って立ちすくんでいるほかはなく、あたりにみなぎっているもやもやした不穏の空気さえ無視するなら、わたしのなかのいろいろなわたしは、ほとんどひとりのわたしのように至極おだやかであり、（後略）

引用すると、全文が一つながりにずるずると切れ目がない作りなので、途中までとする。とにかく、満員電車のなかで、全員わたしであるうちの一人のわたしと、他の一人のわたしが喧嘩をはじめ、駅に降り立って決着をつけることになる。その派手な喧嘩の模様を、作者であるわたし（花田）はそのまま評論に転用した。ところが、すると、読者は、その喧嘩する二人のみが花田を形成する自己《ゼルプスト》だと思いちがいしてしまう。だが、花田にとっては、駅に降りた二人以外の、まだ満員電車の車輌に詰めこまれっぱなしの多数の乗客も、またかけがえのないわたし−自己《ゼルプスト》なのだ。それを忘れてもらっては困る、というわけだ。

いささかけたたましいが、分身が無数にいる情景に仮託して、エッセイ「わたし」は、花田の自己《ゼルプスト》を語っている。試みに花田は、各分身に、花田一号、花田二号……と番号でもふっていたのかもしれない。満員電車の一車輌という以上、おそらく、花田一〇〇号を軽くこえるくらいまでは、カウントできたことだろう。

これもまた、一つの狂気だ。現代風に、解離性人格障害（多重人格）などという術語を当てはめてみても、面白くはない。埴谷や椎名と同様の、戦後的な、存在論的狂気だ。しかし、花田の場合も、一貫性をもって「狂って」いる。先に引用した「群論」の一節とも、矛盾なく符合する。つまり、「ルネサンス的人間の探究」とは、ダンテなり、レオナルドなり、マキャベリなりの文献を自己《ゼルプスト》に見立て、精いっぱい自己《ゼルプスト》を語った転形期の自画像だと読める。それが、自己《ゼルプスト》はあらゆるものに遍在すると宣した花田の言葉による実践だ。

埴谷は自己《ゼルプスト》をつなぎとめるべき賓辞の貧弱さに苦悶した。花田は逆に、あっさり自己《ゼルプスト》を捨て去ることによって自己《ゼルプスト》を回生させようとした。対極にあっても、二人の位置は全宇宙を何周もまわったところで重なるだろう。戦後に出会った彼らは、すぐさまそのことに気づいたはずだ。互いに相手の貌に見たものは、最大の敵＝最強の味方、という怖ろしい二重性だったろう。

4　戦後は望ましい戦後ではなく

戦後は花田に何をもたらせたのか。後の章のテーマとなるが、ここで前提的に考察しておく。埴谷にとっての戦後の時間は、『死靈』の執筆を可能にしたという側面だけにかぎっても、解放の意味がある。だが、花田にとっての戦後は、一種の望ましくない、呪われた時間だった。このことは、彼が戦争協力者だったり、戦時利得者だったりしたからではない。また坂口安吾の短編「戦争と一人の女」（一九四六年一二月　検閲による削除不完全版）の主人公のように《もっと戦争をしゃぶってやればよかったな。もっとへとへとになるまで戦争にからみついてやればよかったな》と夢想していたわけでもない（引用は、無削除版から）。単純化していえば、戦後は花田には適応しにくい社会だった。戦後は、正体不明の偽装者でありたかった彼にとっての「幸福」を、少しも用意してくれなかった。彼の不幸は、彼だけの不幸というのではないが、そこにある。

自己《ゼルプスト》の過剰に関するイメージは、埴谷との対比から照明を当ててみたけれど、花田において特別に重要な側面ではない。「生涯を賭けてただ一つの歌」として、何を彼は歌いたかったのか。無数に遍在する自己《ゼルプスト》とは、いってみれば最終最後の到達点のイメージだ。埴谷にあてはめれば、虚体となる。そこに行き着くまでの過程に、花田の歌がある。自己《ゼルプスト》はただちに、即時的に無数の自己《ゼルプスト》であることは出来ない。満員電車の乗客という比喩は一時の思いつき以上の形象力はそなえていない。自己《ゼルプスト》は、別のものに変容しなければ、変身《メタモルフォーゼ》というプロセスを経なければ、無数に分解することは出来ない。有機物から無機物へ――。つまり、変身願望こそが、花田のただ一つの歌だった。それを花田は歌ったのか。

ここで、反訴の声が横合いから入るかもしれない。メタモルフォーゼを、その願望を歌ったのは埴谷のほうではないか。花田ではなく、埴谷のほうではないか、と。もちろん、わたしは知っている。『死霊』第二章には、夜の闇を彷徨う主人公の内的独白として、次のような素晴らしい一節があった。

風と樹、俺が毎夜見つづけていた自然は常にあのように身を処して、やがて一つの力強い発言をするのではないか。あっは、そうではないのか。太初から終末へと至る存在の変身《メタモルフォーゼ》――マグネシウム、ソヂウム、ヘリウムへと辿る見事な、美しい変身《メタモルフォーゼ》を重ねる力は、宇宙を動かす最も単純な秘密な力ではないのか。そうだ。ぷふい！

忘れがたい一節だ。だが、『死霊』は変身《メタモルフォーゼ》の物語ではない。変身《メタモルフォーゼ》を語って語って語りやまない物語ではあっても、変身《メタモルフォーゼ》そのものの物語ではなかった。

『復興期の精神』が戦後になって初めて刊行された時（一九四六年一〇月）、戦後発表の一編が追加された。「変形譚――ゲーテ」（四六年一月『近代文学』創刊号）である。

戦後の第一声だが、ここに、早くも、花田の戦後的失墜が明瞭に刻印されてしまっている。他ならぬ、変身物語という花田の自家薬籠中のフィールドにおいて、変身願望の熱烈な歌において、それは起こっている。そのことが、何より残念だ。「変形譚」は、古今の変身物語を渉猟するところから始まる。文体的には、先行する戦中作品との断絶はみられない。例示を並べた後、花田は、そのどれもが非科学的だと一刀両断してみせる。何故なら「変形の方法」について記していないからだ、と。こうした颯爽たる展開の華麗さも、一定のレベルを保っている。そこから、花田は、ゲーテ(一七四九〜一八三二年)による「変形の認識方法」に高い評価を与え、多くの言を費やしている。要約すれば、それは、拡張と伸縮を交互に繰り返す楕円運動なのだ。しかし、このエッセイはゲーテ讃歌に閉じられていくのではなく、強引な転調によって、思いもよらない結論に飛躍していく。例示した非科学的な変身物語を科学的に補強すればどうか、という方向の結論だ。この論法そのものは花田一流のレトリックであり、ここに戦後的失墜がみられるわけではない。

問題はその結論部の図式的な「真円性」にある。花田は、例示した変身物語の主人公すべてが「有閑階級」だったと、あまり本質的でない発見を最後に出す。変身物語がすべて主人公の死で終わると途中で指摘するのは意味がある。しかし、結論部で、《人間が、人間以外のものに変化した場合、それから脱出する道は労働以外にないのだ。ここに、変形の実践方法がある》と誇ってみせるのは、どうか。ここには、ただ、プロレタリアートの自己解放というマルクス主義の俗流の導入があるばかりだ。こうしたイデオロギーは久しく弾圧をこうむり、戦後になって解禁された。花田は、解禁された道具をさっそく駆使して、「ルネサンス的人間の探究」の続編を書いてみせた。才気はもちろん並々ならぬものがある。しかし、思考はずっと退行している。論法の外枠は同じでも、その内実にこめられたものは緊張を喪っている。、偽装——己れの本音を隠す、という一義の原則が、戦後の解放によって取り去られた時、花田の作品は、直線的かつ真円的なところに帰着してしまった。

5　わたしは鉱物になりたい

「変形譚」が底の浅いものに終始してしまった理由は、もう一点ある。動物‐植物‐鉱物への変身《メタモルフォーゼ》をごっちゃに並列してしまったことだ。これでは、花田の変身願望そのものが雑然としているような誤解を受ける。カフカ（一八八三～一九二四年）の毒虫に変身する男、ジョン・コリア（一九〇一～七九年）の食肉草に変身する男（この例は花田はあげていないが、補った）、アポリネール（一八八〇～一九一八年）の壁に変身する男。彼らがそれぞれ別の世界に属することを明らかにすることなしには、変身譚を語っても正確さに欠けるだろう。しかり、アポリネールの壁のなかに閉じこめられた男は、山田風太郎（一九二二～二〇〇一年）の忍者「塗り壁」となり、マルセル・エイメ（一九〇二～六七年）の「壁抜け男」となって転生を果たした。真円的思考の貧しさが、そのようなイマジネーションの豊穣さの肥やしとなったとは思えない。

花田には「動物・植物・鉱物」（一九四九年一月）と題した、優れた坂口安吾論がある。

これは、タイトルにもかかわらず、坂口を動物に擬して疾駆する論考で、トライアングル・イメージの他の二点は、最後の一行に言及されるにとどまった。これは、花田に動物に変身する願望が少しもなかったことを裏面から証明するだろうか。植物への変身願望は、「変形譚」では脚注のような残念な記述にとどまってしまったが、花田が尾崎翠の小説にふれた時、かなり直截に語られたのだった。

しかし、鉱物への想いは？

それに向き合うのは、後の章にゆずろう。つまり、花田の最も豊かな可能性は、埴谷との蜜月時代に花開こうとしたのだ。エドガー・アラン・ポオ（一八〇九〜四九年）への偏愛を、彼らは語り合い、語り尽くせず、競作によってかたちあるものにしようと画策した。埴谷は断崖と虚空について書き、花田は鉱物について書いた。作品は彼らを決裂させた対立の証しであるのか、それとも、奇妙な同質性を証する恒久の生命を持つのか。その前段階から、後日譚までふくめて述べていくためには、章をあらためなければならない。

第3章

おれが讃辞と富とを獲たら捨ててくれ（一九五四年）

吉本隆明

西と東の二つの大戦のあいだに生れて／恋にも革命にも失敗し／急転直下堕落していったあの／イデオロジストの顰め面を窓からつきだしてみる（鮎川信夫）

1　関係の絶対性とは何か

本書の進行においては、吉本隆明（一九二四〜二〇一二年）は、はざまに位置する者として、先ず立ち現われてくる。彼は「後から来た者」だ。忠誠にも幻視にも、身を置く場処を見つけられなかった。正統と異端の世界に焦点をさだめるのなら、吉本は一個の異邦人でしかない。だが、それは、彼が正統と異端の掟とは完全に無縁の徒であることを意味しない。それどころか、彼自身の思想が正統と異端という枠組みのなかでのみ生長することを、いわば宿命づけられていた。つまり、吉本に焦点をさだめるのなら、正統も異端もまったく別の紋様をもって拡がっていくだろう。それは、埴谷と花田のかかわった異端論争とは明らかに異なったものだ。吉本に即するかぎり、埴谷と花田とが異邦人にみえる、許しがたいパリサイ人の相貌をおびる、という絶対的な構図が出来上がる。

彼をとおした忠誠と幻視の物語は、独自の語り方を要求する。基調は悲劇であり、主人公は一人だ。他の二人が関わった挿話はすべて脚註にしりぞき、別の色調と歪みを呈することになる。三人の遺した忠誠と幻視の物語が、三者三様の陰影に隈どられ、それぞれの角度からちがった景観をみせることに不思議はない。だが、吉本の（物語の）独特さは、その排他性にある。排他性は、三人の圏内で特別の強さにみなぎっている。他と共存しない。受け取り手は、どちらかを選ぶしかない。──吉本か、他の二人か。中間はないし、どちらも認めるという中庸の賢明さも許されない。

敵か味方か、だ。吉本を追う者は誰しもが二者択一を迫られる。しかし、拒絶して背を向ける者に襲いかかるほどの酷薄さはない。少なくとも、初期の吉本に、そうした残虐な（スターリン主義的）権力志向はなかった。彼はただ、対手に拒絶するか、加担するかを求める。全か無か。この直情は、むしろ、多くの支持者を彼のまわりに集める方向にはたらいた。吉本の立ち姿は、思想の全身的な生理ともいいたいような潔い像をみせる。思想は肉体であるというメッセージを体現した者は、この国の左翼にはごく稀にしか登場しない。初期吉本は、その数少ないヒーローの位置に立ち得た。

吉本は、忠誠と幻視の物語を、彼独自の欲求において書き換えてしまったことになる。だが、それはじょじょに起こっていった過程であり、その結果にもとずいて考察しても、事態を理解することから遠ざかるばかりだ。忠誠と幻視の物語の初期の仕様に立ちもどってみることが必要だ。最初から吉本が主役だったわけではない。彼を脇役に配して、どんなふうに物語の幕があいたかを確かめてみなければならない。

――彼は「後から来た者」として現われた。すでにあった忠誠と幻視の物語にたいして、吉本は異邦人だった。居心地悪く、外側に立って眺めていた。埴谷と花田とのはざまに立つ、そのことの意味が納得できていたとはいいがたい。彼はその媒介者ではないし、ましてや調停者でもない。二人のあいだに立って、バランスのよい解説的観点を提供するのは、鶴見の役柄であって、吉本の任ではなかった。はざまに立つ者として容赦なく過酷な引力を受けた。最初はそのように始まった。

引力とは、反撥力でもある。過酷な引力は、過酷な衝突力を引き起こした。引力が、不可避に彼を二人に衝突させた。衝突が偶然の所産のようにみえるとしても、本質はそうでない。彼らの衝突は、一つの絶対の結実だった。吉本好みにいえば、宿命の必然の鎖が彼らを結びつけていたのだ。

比較的初期の「埴谷雄高論」(一九六〇年三月)は、《すぐれた対立者はいないか、対立者はいないか……》という呪詛のようなつぶやきから、書きはじめられている。この時点で、花田・吉本論争はおおかた決着がつき、巷間の岡目評定では、吉本は花田を完璧に叩きのめしていた。次に吉本の標的になるのが埴谷だったとしても、それは、思想抗争史という観点のみからみるなら、何ら奇異なことではなかった。逆にいえば、吉本と花田の衝突がうまく回避され、鋭い緊張のもとに二人の対立構図が保たれる、といった可能性もありえたのだ。ほとんど埴谷の晩年に近く、吉本と埴谷の論争（低劣な言葉の応酬）が現象したさい、彼らが「一戦を交える」時を逸したのだと感じた者は少なくなかったろう。二〇年は遅れた……。時を逸しさえしなければ、彼らの、互いを追撃する言葉は、表面上の酷薄さを支えるにふさわしい内面の重みと輝きを発していた、と思えたのだ。

そのアンチ・クライマックスは、《みえない関係が／みえはじめたとき／かれらは深く訣別している》という吉本の詩句を、ある無念とともに蘇らせるものだった。

埴谷と吉本の対立は、表向きの「友好関係」のうちに沈潜しながらも、最終的には痛ましい様相で、決裂として現実化してしまった。訣別にふさわしい凛とした言語装置を整える力すら持ちえず、一九八〇年代のニッポン金満社会の片隅にぼうふらのように記録された。衝突と訣別とは、吉本の個性に沿うかぎり、ある抗しがたい必然性を帯びていた。そのように納得しても、遅きに失したという感はぬぐい去ることは出来ない。

いや……。とにかく、まず始原からたどり直してみよう。

2 『マチウ書試論』と近親憎悪

『マチウ書試論』（一九五四〜五五年）は、他の何であれ、宗教思想研究の論考ではない。そこに刻印された「反逆の倫理」「関係の絶対性」という標語は、以降の吉本自身の全軌跡を規定し、また冥い予言を確定する、一つの紋章だった。激しい内部抗争をとおして「自立の思想的拠点」を築いていく原始キリスト教の成立史を追跡した論考は、逃れようもなく論者吉本自身の冥い宿命の相貌に規定されていた。自らの思想の出立、そして思想の確立のために次つぎと「対立者」を求め、その「対立者」を撃破していかねばならない宿命。それらの現在と未来とを、吉本は余すところなく予見していたのだろう。

マチウ書なる文書のいかがわしさにふれた後、吉本は記す。

……マチウ書の、じつに暗い印象だけは、語るまいとしても語らざるを得ないだろう。ひとつの暗い影がとおり、その影はひとりの実在の人物が地上をとおり過ぎる影ではない。ひとつの思想の意味がぼくたちの心情を、とおり過ぎる影である。

こうした宿命感の自己確認は、吉本が同時期に書き残している詩編にも、容易に見い出せるものだ。（なお、吉本詩の引用は現代仮名遣いにあらためた。）

明らかにわたしの寂寥はわたしの魂のかかわらない場処に移動しようとしていた……

ぼくは秩序の敵であるとおなじにきみたちの敵だ……

ぼくはでてゆく／冬の圧力の真むこうへ……

ぼくがたおれたらひとつの直接性がたおれる／もたれあうことをきらった反抗がたおれる

……

不服従こそは少年の日の記憶を解放する／と語りかけるとき／ぼくは掟てにしたがって追放

されるのである……
　もしも　おれが死んだら世界は和解してくれ……

　そして「マチウ書」について語る文体の、その「マチウ書」という主語を、作者自身に差し替えても、何の齟齬も生じることはない。思想を語ることの直接性は、吉本主義が青年を惹きつけてやまない秘密の有力な要因だろう。吉本を読む者は、ある悲劇を背負った人物の肖像を、まず突きつけられる。悲劇がどうして起こったのか、その由来は主要な関心に入ってこない。悲劇はただ、自然物のように、そこに現前している。読者は、悲劇に立ち向かう者の勲し、そのヒロイズムのたたずまいの清冽さに対面させられる。

『マチウ書試論』の底に激しく流れる、もう一つの主調音は近親憎悪だ。対立者を求める吉本は、見つけ出した対立者に親近感をいだくことはない。仇敵を探し当てた復讐者さながらの憎しみをぶつける。いや、事柄はそれほど単純ではない。憎悪こそが彼の親愛の感情なのだ――と、逆説的にいってみるほうが正確な理解に近づく。同胞を愛せない。憎しみをとおしてしか愛せない。なので、同胞は彼を遠ざけるばかりだ、と彼は寂寥にとらわれる。

《ぼくが真実を口にすると　ほとんど全世界を凍らせるだろうという妄想によって　ぼくは廃人であるそうだ》という詩句を読んでも、力点は、後段の「妄想」や「廃人」には少しもこめられていないことに気づく。「妄想」とか「廃人」とかが、逆説を弄するために使用されているのではない。「真実を口にして全世界を凍らせる」男＝吉本――という主体が、この詩句の前面にある。彼はそれを少しも妄想だとは思っていない。「廃人」とは、他からの無理解にさらされる状態を指すにすぎず、自分をヒーロー視するナルシズムの裏返しの用語だ。逆説が持つ奥深い言語的空間と彼は無縁だ。自分が「全世界を凍らせる」のなら、全世界のほうは反撥してきて彼を拒絶し、追放するだろう。その予感を「妄想」や「廃人」という言葉イメージで探った。基点に発しているのは、変わらぬ寂寥だ。

悲劇がここにある。この悲劇は、一人の男の一生涯を規定する。ほとんど彼の自己《ゼルプスト》そのものに一体化している。この悲劇を悲劇一般として解消することは出来ない。彼の時代の子としての悲劇だ。むろん誰しもが時代の子だ。であるにしろ、そのことを彼のように、全身的な誠実さで背負った者のみを、悲劇の主体者と尊称すべきだろう。

忠誠と幻視のはざまに置かれた吉本は、そのはざまの過酷さを、彼の総力を尽くして暴きたてた。双方から衝突してくる埴谷と花田に応答を繰り返しつつ、自らの「自立点」を確保した。《ひとつの思想は、それに近似している他の思想にたいして、かならず近親憎悪を抱くという原則》と吉本がいう時、その原則が思想一般にあてはまると同意することは難しい。彼があるイデオロギーにたいする忠誠を問題にしているのだと了解することで初めて、その原則は腑に落ちてくる。『マチウ書試論』の文脈からはもちろん、それが書かれた当時の日本の共産主義運動という背景は取り除かれている。しかし、そのものを行論のなかに当てはめることなしに、『マチウ書試論』の充全な解読が出来ないことも確かなのだ。

……原始キリスト教の思想的な独自性は、ユダヤ教にたいするはげしい近親憎悪の表現のなかに、もっともよくあらわれている。

この一節もまた比喩的な表出であるように読める。「原始キリスト教」および「ユダヤ教」は、他の思想イデオロギーと置き換えることが可能だ。いや、置き換えられることを論考自体が要求している。熱烈に渇望している、とすらいえる。こうした文体は読者に理解を求めるのではない。共犯的な官能を求めるのだ。

《原始キリスト教はそれがどのような発想であれ、ユダヤ教派をたおせばよかった》として、吉本は、マチウ書の筆者がヘブライ聖書やユダヤ教典から教義の剽窃を繰り返したことに執拗に注目する。宗教的言説が先行する教義を批判し、批判をもとに深化することによって発展していくのは、一般的な過程だろう。吉本は、そのプロセスを教義の剽窃として特異化し、剽窃の心理的動機が根深い近親憎悪であった、と断定する。

行論は要約しうるような明解なものではなく、蛇行し、やはり晦渋な印象はあるのだが、たえず揺りもどされるように表われる「思想の暗い影」のイメージによって、作者の思考を追うことは困難ではない。『マチウ書試論』が古代宗教の発生系統史に関する客観的な記述であるのかどうか知らない。それは瑣末なことでしかなく、本書は、ここから思想者吉本の原風景を取り出せば充分とする。

> 律法学者やパリサイ派にたいするマチウの作者の、蛇よ。まむしの血族よ。という憎悪の表現はここ（エサイ書五九の五）からヒントを得たのだが、原始キリスト教の攻撃的パトスと、陰惨なまでの心理的憎悪感を、正当化しうるものがあったとしたら、それはただ、関係の絶対性という視点が加担するほかに術がないのである。（傍点原文）

ここに引用したのは『マチウ書試論』の、高名な末尾部分だが、結論が閉じられたというカタルシスをいっこうにもたらさない。叙述とすれば揺りもどしであり、繰り返しになっている。結論は途上で出ているので、特に必要なく、関係の絶対性というキーワードが突如、浮上してきたような構図だ。循環的な論法がとりあえずの終着点にたどり着いた。後に残るのは、ページのすきまから立ちのぼってくる作者の寂寥感だ。この寂寥感は、埴谷、花田のように抽象度の高い硬質なものではなく、吉本という人格に属している。人格の誠実さとほとんど同一化している。

これは、吉本主義の強靭さを支える大きな要素だが、同時に、度しがたい通俗性の源泉にも連なっていく。

3　近代的自我の行方

埴谷と花田のうちに対照的にみたような、自己《ゼルプスト》との格闘は、吉本には見い出せない。自己《ゼルプスト》を確保することの苦悩に、吉本が苦しんだ形跡はない。吉本が「わたし」と表出する時（センテンスのなかで主語が省略されていても）、一人の男が明瞭に立っていることがわかる。これは、優劣をいうのではなく、個性の差異でもある。同様の抽象度の高い思想にかかわりながら、吉本の抽象はその現存在と密着している。埴谷にしろ、花田にしろ、その思考の抽象性は、彼らの個性から飛翔する高みにも達している。その飛翔の華麗さは彼らの教祖性を大いに補強してもいるが、逆に、あまりの飛翔ぶりに（特に花田の場合は）人間的不信を強めさせる方向にはたらくこともある。

吉本の場合は、「人格＝思想の暗さ」というイメージで一貫していて分裂はない。彼に信頼を寄せる心理的構造はまったく単純明快なものだ。その点でいえば、三人のうち、吉本だけが異なった文化圏の住人であるかのようにすら思える。別のいいかたをすれば、吉本は、日本近代の自我を疑うことなく「わたし」を立ち上げることの出来た表現者だ。自己《ゼルプスト》の成り立ちについて、吉本が通過した断絶と連続とは、看過しがたい重要な問題をはらんでいる、と思える。

戦後文学は、日本近代の連続性にたいする全身的な否定を突きつけた精神の共同性だった。この国には、孤立した例外的個性を別にすれば、そうした「全否定の共同性」は存在したことがなかった。戦前プロレタリア文学の例はあるが、政治主導という局面が強すぎるため、いくつもの留保をつけなければ議論の俎上には乗せられないだろう。

否定の一側面として、本書は、埴谷と花田における自己《ゼルプスト》の苦闘に照明を当ててきた。二人と対比させると、いっそう際立つことだが、吉本にはこうした苦闘の跡がない。痕跡すら欠片もない。結論的にいえることは、吉本が近代的自我なる「虚構物」を一点の疑いもなく連続的に引き継いでいた、という厳然とした事実だ。吉本には、埴谷の自己《ゼルプスト》も花田の自己《ゼルプスト》も、理解の外にあった。吉本は、一般的には、戦後文学の批判的継承者として位置づけられている。だが、自我の断絶と連続という観点からみれば、これは、まったくの誤解というべきではないだろうか。

自明とされてきた定説は、もう一度、議論を組みなおし、再検討されたほうがいい。

吉本にとって絶対だったのは、彼が、埴谷－花田の引力圏のはざまに位置していることだった。それは、吉本の「わたし」が自明の自我であるのと同様の、理不尽な絶対性を彼に突きつけてきた。世代の差異の問題と、吉本の資質に帰せる問題とがあった。繰り返すが、はざまに位置しながら、彼は理解者ではなく、酷薄な対立者だった。

吉本と埴谷、花田との年齢差は十数年。常識的尺度でいえば、一世代の隔たりがある。埴谷、花田は、一九三〇年代初頭に成人となり、戦争期を偽装転向者、非国民として通過した。吉本は、その戦争期に青年期が重なった、戦中派だ。戦争に兵士として動員され、人命的損失も多くこうむった。「二十歳より以降の人生を想い描けなかった」戦争世代だ。世代的発言としては、戦争の惨禍の「最もたる被害者は自分たちだ」というポーズを自然と採ることが出来た。この宣言は、犠牲に供されていった兵士たちを根拠とするため、反論が封じられるという特徴がある。吉本自身に従軍体験があるなしにかかわらず、戦争体験を語ることは特権的に保証される。ここに依拠すれば、先行世代による自己《ゼルプスト》の苦悶は空虚な戯言でしかなくなる。「俺は……」と言いかけて立ちすくんでいる埴谷的人物や、「俺だ俺だ俺だ」が充満する花田的人物の跳梁は、神経症的な存在論というより、悪質な冗談として映っただろう。

吉本の初期の詩集や『マチウ書試論』にあふれているのは、それらと対極的にある自我の惨劇の

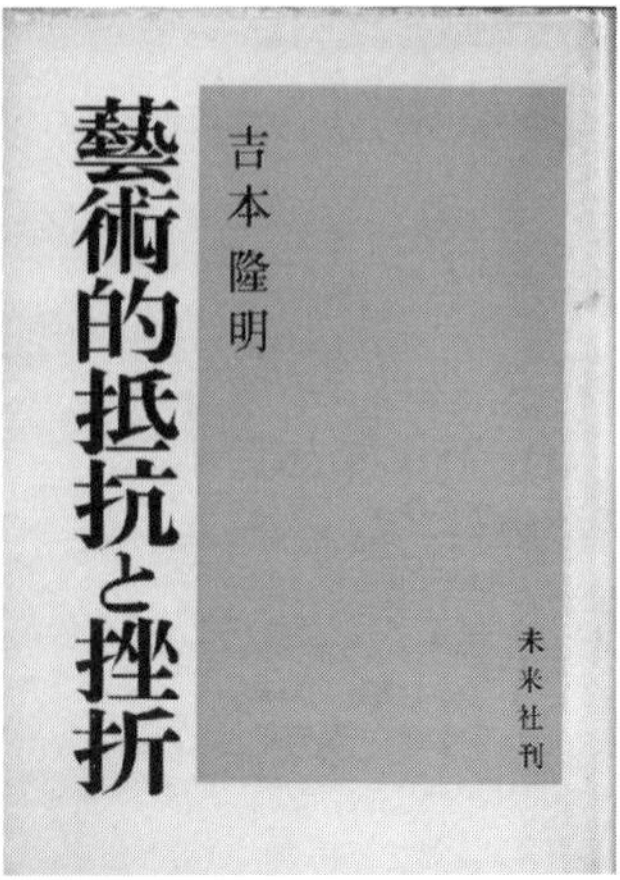

記録だ。自我も、惨劇も、それ自体として疑われることはない。それを語る語り口も絶対の実在だ。「わたしは……」といいかけて、述語が消滅したり、飽和してしまったりすることはない。彼は歌う。歌といっても、花田の屈折した歌とはかけ離れている。自我として「自立」することを一度も疑われたことのない「わたし」による、自我解放の言葉だ。それが表出されてくるメカニズムは直接的で、見えやすいものだ。

近代的自我による表出は、初期に並ぶ評論にも、地つづきに連続していることが確認できる。吉本の評論集の第一と第二、『芸術的抵抗と挫折』『抒情の論理』（五九年二月、六月　左図版はカバー）は、『死霊』や『復興期の精神』の最初の刊行がそうだったように、不朽の歴史を刻みつけている。彼の文学思想は、『近代文学』の埴谷、平野、本多、そして花田に、竹内好（一九一〇～七七年）などの摂取から形成されている。もちろん、批判的な継承だ。彼らの仕事を最高の鞍部で受け継ごうとする。すると、絶対に彼には受け入れることの出来ない原則がある、ということになる。少なくとも、吉本の主観においては、それは絶対だ。

そうした批判的継承の構図を解釈する、最もわかりやすい説明は世代論だ。吉本自身が次第にこの世代論を強く主張するにいたったことも、そのわかりやすさを補強した。しかし、すべてが世代論の物差しで片づけられるほど、世界の構造は単純ではない。単純な解釈に居直ってしまえば、世代論は一つの有害な思いこみのドグマにしかならないだろう。じじつ、正統と異端論争は、そのドグマによって著しく貧しい「教訓」に成り下がってしまったままだ。それを解放せねばならない。

他に、吉本の文学思想形成に強い影響を与えた者として、彼よりいくらか年長の鮎川信夫（一九二〇〜八六年）と島尾敏雄（一九一七〜八六年）があげられる。吉本が、鮎川と島尾について書いた作家論は、彼の仕事のなかでも、際立った緊張をみせ、最高の水位に達している。一つには、彼が前世代について書くさいに不可避に表われる審判性から免れていることがある。審判性は、吉本の文脈で受け入れるかぎり、絶対的な正当さに支えられている。彼が「一つの思想の通りすぎる冥い影」を、この上もなく雄弁に実践しているからだ。だが、論理では超えられない懸崖を、彼は、しばしば詩人らしい直観で軽々と飛びこしてしまうことがある。そのとき表われるのは、簡便な図式だ。世代論というわかりやすく通俗な武器なのだ。

鮎川や島尾にたいする時、彼の審判性は表われず（表われても、別の対象に向き）、文体は、彼の最もナイーヴな自然性にしたがって流れていく。文体と人格とは美しい調和をみせ、間然するところがない。

加えて、鮎川との共同性は双方向的なものでもあった。その結実は、二人による互いへの論考を一冊にまとめた『鮎川信夫論・吉本隆明論』（一九八二年一月）に読める。これは、右から読めば鮎川信夫論、逆さにして、また右から読めば吉本隆明論になるという、二部構成の造本のつくりとしても面白い。その一節を例にとろう。

わたしは、丁度そのころ、生活上の問題と女の問題とがからみあったところで、死ぬか、逃亡するか、あるいはこれに耐えられなければおれはどんなことにも耐えられないはずだと自分にいいきかせて……

これは、『鮎川信夫戦中日記』（一九六五年一一月）の解説として書かれた文章の一節。ここだけ取り出してみると、いささか私小説的傾斜もあるけれど、要するに、鮎川がいかに信頼に足る詩人であり、文学者であるかを「論証」している行論のプロセスなのだ。パーソナルな信頼や交友を論証の道具に使ったりすると、たいていはつまらない身辺雑記にしかならないが、吉本の鮎川論には、そういった卑しさがない。彼はそこから、野間宏の『真空地帯』（一九五二年二月）がいかに優れていない「通俗小説」であるかを主張していく。これは、彼の戦後文学「総否定」の具体的な根拠が、一作品の評価をとおして表われている部分でもある。

「恋にも革命にも失敗した顰め面のイデオロジスト」とは、鮎川の自画像だったとともに、吉本の一時期の写実像でもあった。彼の前世代との抗争の骨肉の「正当性」を支えた日常の、私小説風な回想を、彼は、鮎川論のなかに自然と溶かしこむことが出来た。

また、「島尾敏雄の〈原像〉」（一九六七年四月）の一節。

人間と人間との〈関係〉のなかで、傷つくのはいつもよりおおくの心を与えたものである。

またよりおおく〈関係〉の意識の強度を体験したものである。

島尾敏雄論は、『吉本隆明全著作集』9『作家論 III』（一九七五年一二月）としてまとめられた。引用部からは、島尾論がたんなる作家論にはおさまらない奥行きをそなえている点がよく読み取れる。作家論の背後に論者吉本の私小説的感慨もふくみこみ、さらには、「対幻想論」として抽象化していくプロセスがきざまれている。対象が彼に、それを書かしめた。「関係の絶対性」が吉本をして、そのような論考の高みに引き上げた、といってもいい。

4 死の国の世代の使者

『マチウ書試論』につづいて、吉本は、「高村光太郎ノート——戦争期について」（一九五五年七月）を発表。文学者の戦争責任論の口火を切る仕事となる。これをふくめた『文学者の戦争責任』（五六年九月）が、武井昭夫（一九二七～二〇一〇年）との共著として刊行される。生活的には、失職と恋愛の大問題にきりもみされていたと回想される時期にあたる。『高村光太郎』も五七年七月に刊行された。

これは、花田－吉本論争が勃発する前夜の、吉本の序走期といえるだろう。

第一、第二評論集の内容をなす諸論考が書かれていく。文学者の戦争責任論、プロレタリア文学批判、転向論を精力的に展開していった。概括すれば、戦争を通過した前世代への仮借なき批判、となる。つづいて、彼らが主導する日本革命は、かつてそうだったように、すべて虚偽であり虚妄だった、と断罪される。タイトルの主なものを並べれば、「日本の現代詩史論をどうかくか」「前世代の詩人たち」「「四季」派の本質」「「民主主義文学」批判」「「戦旗」派の理論的動向」「芸術的抵抗と挫折」「転向論」「戦後文学は何処へ行ったか」などである。

これらは、日本のレーニン主義前衛党が戦後過程にあって、日本革命に失敗し、威信と倫理を失墜させ、六〇年安保闘争において決定的な後退をみせるまでの、短くはない時代に併走して書かれた。吉本の栄光はここに集中するわけだが、同時に、最も弱い環もここに露呈してくる。世代批判の根拠となる図式性がそれだ。

その一例は、「戦後文学は何処へ行ったか」に見つけられる。《戦後文学は、わたし流のことば遣いで、ひとくちに云ってしまえば、転向者または戦争傍観者の文学である》という高名な規定がある。戦後文学の風化（転向）にたいする明解な違和感の表明と批判だ。

同様の認識は、「転向論」のエッセンスをなす次の一節にも変奏されている。

わたしの欲求からは、転向とはなにを意味するかは、明瞭である。それは、日本の近代社会の構造を、総体のヴィジョンとしてつかまえそこなったために、インテリゲンチャの間におこった思考変換をさしている。……自己疎外した社会のヴィジョンと自己投入した社会のヴィジョンとの隔りが、日本におけるほどの甚だしさと異質さとをもった社会は、ほかにありえない。

ここにおいて、「総体のヴィジョン」に近いのが誰であるか、疑われることはない。戦争を傍観するしかなかった前世代（転向・非転向にかかわらず）は、すべて「総体のヴィジョン」をつかみそこね、つかみそこねたことにおいて有責だ。白か黒か、中間はない。前世代を訴追する「わたし」の位置は、絶対の優位にある。

もともと、こうした粗雑な世代論に吉本が依拠していたとは考えられない。だが、ひとたび敷かれた図式は、幾度も使いまわされるうちに、次第に強度を増していった。強度とともに硬直性をきわめていった。

「死の国の世代へ――闘争開始宣言」（一九五九年一月）という、あまり上質でない詩は、こうした世代宣言を柱にしたものだ。吉本個別の「わかりやすさ」は、世代論のわかりやすさによって、いっそう堅固になった。花田との論争においても、吉本は、最終的に、この「世代の絶対優位」という通俗イメージを武器にした。

「唯一の無謬の革命党」という神話は、戦後十五年のうちに粉々に霧散してしまった。前衛神話の解体を、吉本が独力で実現させたというのは、不正確な吉本伝説の一つにすぎないけれど、なお、登場して数年のうちに彼の産した仕事の大きさには畏怖すべき精気があると認めねばならない。忠誠と幻視というテーマは、その数年のうちに、またたく間に過去の遺物に退行していった。

さらに、吉本の「勝利」をレフリーとして判定した埴谷も、戦中世代の優位を、まるで聖域のように、無原則に認めてしまった。こうした推移の禍根は小さくなかったと思えるが、詳しくは後章にゆずる。

何故こうした事態が、かくも簡単に進行してしまったのか。

本書の意図にしたがって、一端を明らかにしておこう。

吉本は、前世代を否定することに急なあまり、その転向・偽装転向、戦争傍観・非抵抗への分析を怠った。その否定を支えた最大のものこそ、彼が無傷のまま「継承」してしまった近代的自我にほかならない。死児の年を数えるならいでいうなら、彼は自己《ゼルプスト》をめぐる埴谷・花田の神経症的苦闘の意味を救済すべきだった。

彼にとっては、戦後社会もまた、すでに出来上がってしまったものとして、彼の前に立ちはだかった。愚かな戦争を推進した者、その拡大を阻止できなかった者、手をつかねて許した者らは、愚昧さを恥じることもなく、戦後社会に復活してきた。したがって、「世界vs自我」の定式は、彼にとって唯一無二の拠点として感じられた。埴谷・花田は、世界も壊れ、自我も壊れたのだから、「世界vs自我」の定式も徹底的に崩壊し、世界を語るためには、まず自我を修復・再構築することが必要となってくると示した。けれども、吉本は、彼らのはざまに位置しながら、自己《ゼルプスト》の難問には近づかなかった。

II

異数の世界におりていく

第4章

花田清輝よ、そこには厳粛な愚劣があった
埴谷-花田論争
（一九五六年）

――花田清輝よ。いったい、前衛とは、何か。或るものが大衆のなかで前衛として先頭に立つのは、彼が認識者であるからに過ぎない。彼が前衛として示し得るものは、一に理論、二に理論、三に理論、それはつねに理論にはじまって理論に終る。そのほかに前衛と大衆のあいだに異なってあるものは何もない。（埴谷雄高）

1 「政治と文学」論争の第二ステージ

戦後、同人誌『近代文学』が発刊（一九四六年一月）され、そこに埴谷は『死霊』の連載を始め

る。他の同人は、山室静（一九〇六～二〇〇〇年）、平野謙（一九〇七～七八年）、本多秋五（一九〇八～二〇〇一年）、荒正人（一九一三～七九年）、佐々木基一（一九一四～九三年）、小田切秀雄（一九一六～二〇〇〇年）。「七人の侍」という通称もある。

新日本文学会が結成されたのは一九四五年の一二月。この組織が日本共産党の文化部門として、戦後のプロレタリア文学運動の中心となった。

団体の規模は較べるべくもない（また同人の多くは会に属していた）が、『近代文学』と新日本文学会との対立は、戦後文学の一つのトピックとなる。第一次「政治と文学」論争と仮称される論争が平野・荒と中野重治（一九〇二～七九年）とのあいだに応酬された。

『近代文学』の創刊号には、蔵原惟人（一九〇二～九一年）を招いた同人座談会が掲載されている。蔵原は戦前のプロレタリア文学運動を牽引した理論家であり、獄中非転向を貫いた（病気で仮釈放）。本多は同人を代表して《蔵原惟人の名は私にとって――そしてまたわれわれにとって、神のごときものがあったのであります》と、古武士のような篤実さで発言している。ある個人への信頼がそのまま党の神格化につながっていた心理構造を語ってあまりある。

鶴見俊輔は、本多が同号に書いたエッセイ「芸術・歴史・人間」について、以降の『近代文学』の発信したテーマのすべてが凝縮されていることに注目し、その論点を十点あげた。

第一は主体性論、第二は世代論、第三は戦争責任、第四は転向文学、第五は政治と文学論、第六は上部構造論――文学、芸術は単なる上部構造として、下部構造の変化にすぐさま対応して価値を変えるものではないという主張、第七は小市民階級――プチブルジョアを積極的に評価しろという主張。第八は知識人論――第七に似てこれの積極的評価、卑下ばかりしていてもしようがないという主張。第九はエゴを大切にする――組織に対してエゴを守る、組織と個人論。第十は近代精神とは何かについて、繰返して近代精神を大切にしていく近代主義の立場です。
――『戦後日本の思想』久野収・鶴見俊輔・藤田省三（一九五九年四月）

鶴見はさらに、この十点を、戦後思想全体の基幹的なテーマだとしている。第一次「政治と文学」論争は、平野・荒の主張を中野が高飛車に批判するかたちで始まった。簡略に図式化すれば、党中央の公式見解（中野）が同伴知識人の小市民的文学論（平野・荒）を批判的に「指導」した。つまり、鶴見のいう戦後思想全体の基幹的テーマにたいして「唯一の無謬の前衛党」からの鉄槌がくだされた、という構図だ。『近代文学』は、党から自立し、党に同伴する位置から出立し、党への内在的批判の自由の確保につとめた。その忠誠は、本多が蔵原に向けた言葉にみたように、一種の信仰告白にも似た宗教性すらおびていた。忠誠ゆえの批判であれば、相手に伝わることを疑わなかった。だが、党は彼らの「善良な信仰」を足蹴にしてきた。外部（彼らの意識では内部なのだが）からの「批判の自由」の範囲について、より厳しい基準を適用した。党と同伴者をめぐるこの図式は、戦後「プロレタリア文学運動」の最初期に表われ、以降も一貫することになる。

本多は『物語戦後文学史』（一九六六年三月）において、問題の焦点を次のようにまとめた。

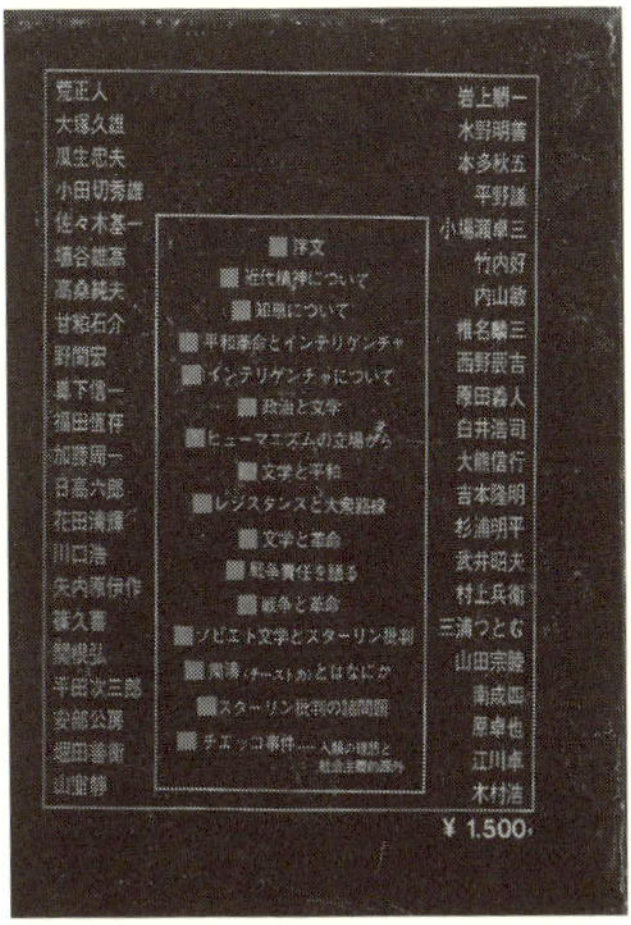

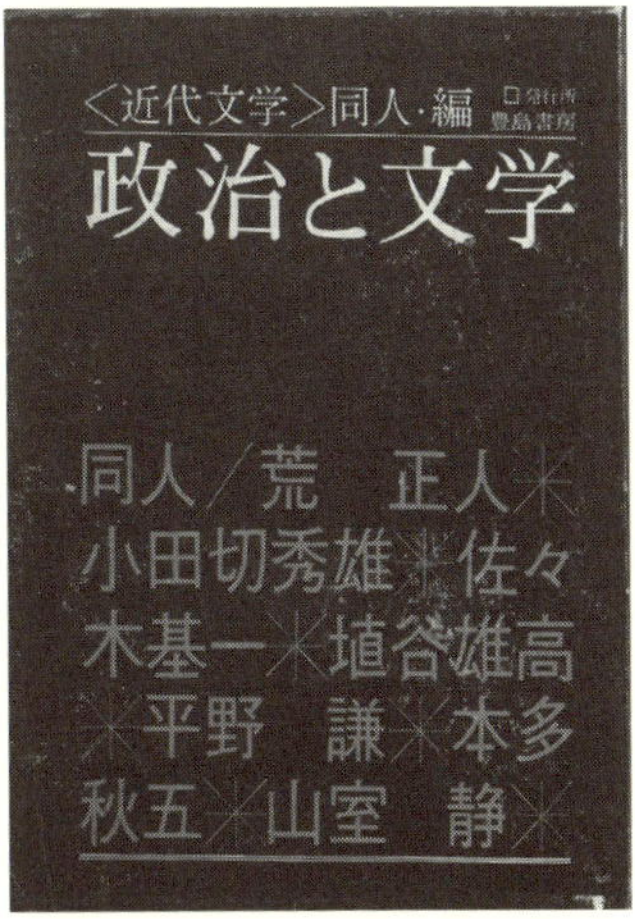

平野は、小林多喜二と火野葦平を、政治の犠牲という意味で「表裏一体」とながめることを語った。そうすることで、昭和の二〇年間の文学の特質、つまり、「政治と文学」の関係を回転軸とした文学の特質が明らかにされることを語った。平野はまた、政治が目的のために手段をえらばぬことを語った。そこからプロレタリア文学運動の批判におよび、かつての日本共産党の文芸政策そのものが、文学運動の壊滅に拍車をかけたのではなかったか、と語った。いや、むしろ、あの運動が転向を結果せざるをえなかった道ゆきを「必然的偏向」として内部から剔抉すべきことを語った。

その一方に、党の誤謬を批難する行為は「反革命の文学勢力に厚化粧の流し目で媚びを売る」（これは、まさに中野の言い草だった）ことだとする勢力が立ちはだかる。誤謬を率直に認め再出発をはかろうという「内部批判」の主張とその「反革命性」を否定する部分との論争。それは、党の方針の誤りがますます顕在化するにしたがって、さらに亀裂を深めていく。だが、党をめぐる異端論争は内実を深化させたのではなかった。問題は拡散しつづけ、ついに党の神話が最終的に消滅するとともに、色褪せた歴史文書の棚の奥深くにしまいこまれることになる。今日の観点においては、これを中世の宗教的異端審問と区別することすら難しいのかもしれない。

『近代文学』の活動の一端は、たとえば、座談会記録を中心にした次の三冊にまとめられている。『近代文学の軌跡』（一九六八年一月）『続近代文学の軌跡』（同六月）『政治と文学』（七二年二月　ともに豊島書房　前頁図版は函両面）。

2　絶対的対立者　埴谷と花田

花田清輝は、一九四六年一二月の大会から新日本文学会に参加している。また翌年の七月には、『近代文学』の第一次拡大同人のメンバーになっている。花田らしい活動の第一歩は、四八年一月、岡本太郎（一九一一〜九六年）と発足させた「夜の会」だった。創立メンバーとして花田は、椎名麟三や野間宏（一九一五〜九一年）らの第一次戦後派に並んで、埴谷を選んだ。これが、埴谷と花田の出会いの一歩となる。「夜の会」について、埴谷はたびたび回顧的な文章を残しているが、花田には同様の回想を見つけだせない。この点でも、両者の基本姿勢の対極的な差異はきわだっている。

パーソナルか、インパーソナルか。文学活動を行なうにあたって、私的な交友圏を基本にするか、私性を超えたところで仲間を求めるか、のちがいだ。『近代文学』は左翼「白樺」派と揶揄されたように、同人間の「仲良きことは美しき哉」を特徴とした。本多と平野の間柄はその最もたるもので、長い歳月の活動がパーソナルな強い信頼関係によって支えられていた。花田のほうは、そうした私性に痛烈な嫌味を浴びせ、「仲の良さ」を超えたインパーソナルなつき合いに文学者の共同の可能性がある、と主張しつづけた。もっとも、個人的な好悪を超越した文学運動などありえない以上、花田の原則主義が反感をもって迎えられることは避けられなかったが……。

「夜の会」に始まる花田の文学芸術運動は、戦後にわかに構想されたものではない。それは、すでに『復興期の精神』の「歌」において、明瞭に予告されていた。ゴッホを素材にして、花田は書く。《制作を第一義とし、これを媒介として結合した人間同志が、共同戦線をはってたたかってゆく、という思想は、家庭から、芸術家のコロニイへと発展していった》と。ここには、見果てぬ夢としての「共同制作」という運動論がすでに芽生えていた。「夜の会」は、その実験の最初の踏み出しだった。だが「夜の会」が『近代文学』の果たしたような思想遺産に匹敵する仕事を遺した、とする評価は出ていない。むしろ、岡本・花田のパーソナルなコンビの逸話が記憶に残されている。そこから花田の『アヴァンギャルド芸術』（一九五四年一〇月）が生まれ、安部公房（一九二四～九三年）が伸長していった、と成果を並べられるくらいだ。しかし――。

しかし、本書としては、その文学運動が花田の変型《メタモルフォーゼ》論にいかなる果実をもたらせたか、その一点に焦点をしぼるべきだろう。

その前に、埴谷のパーソナルな側面からの「夜の会」報告について、一望しておきたい。この会の会合に関して、埴谷は、たびたび印象的な情景を書き遺している。戦後派作家たちの肖像を描くことにおいて、埴谷は傑出していたが、それは『死靈』の人物描写に自らあまりに極端な表現主義の枷をかけていたことの代償だったとも思える。埴谷は、「夜の会」の頃の椎名は《拭い去り得ないような陰惨な顔付をしていた》と書き、その印象を詳しく解説していく。武田泰淳（一九一二〜七六年）にしろ、野間宏にしろ、埴谷のデッサン力をとおすと、例外なく、その人物を目の当たりにするかのような臨場性に輝く。武田に特有な他人と目線を合わさない伏し目、野間に特有な発語のもどかしさ、といった人物像が見事に立ち上がってくる。ところが同じ文脈で、彼が花田について描くと、《花田清輝の奇怪な顔》と唐突に語られるきりなのだ。明らかに筆勢が異なる。友だちの顔を奇怪とだけ形容して済ますのは、奇怪なことだ。

別のところで、この「奇怪な顔」は、ギャングに擬せられたり、『サムソンとデリラ』などに出た俳優ヴィクター・マチュアにたとえられたりする。それは、他の友人たちにたいする愛惜の想いがいくらかの余裕を持って記されるのとはちがった、ある種の切迫を反映している。味方であれば永遠なる魂の同志、敵であれば宇宙の果てまで闘いつづける絶対の仇敵。感情や理屈を超えている。熱愛が説明できないように、この不条理な「愛＝憎」まるごとの混沌も理解不可能だ。当人たちにも了解がつかなかったろう。

「対立者の論理」（一九五五年七月）には、花田との交友を考察する、次の一節がある。

一方が、他方を、一瞬、じろりと睨むことによって戦く緊張と情熱がかきたてられ、本来そう創られたところの自分とまったく異質の怖るべき何物かにまでふくれあがっている。

これは——まぎれもなく『死靈』の人物たちが交わす、一瞬の目線と沈黙の間合いによる虚体的対話の呼吸なのである。互いの一睨みによって、魔術でもかけられたかのように、彼らは自己《ゼルプスト》の幅からよろめき出す。自己《ゼルプスト》ならざる者に一気に踏み出していってしまう勢いだ。そう、《花田清輝の奇怪な顔》とは、つまり『死靈』で、登場するたびに《黄ばんだ皮膚に薄汚れたしみを浮かべた》とか《薄汚れた斑点をたたえた》とかいう修辞のみを作者から付与される一人物、首猛夫への形容とまったく同質なのだ。花田は、身近な友人と呼ぶには、あまりに現世を踏み越えた存在に感じられたにちがいない。花田のふりまくインパーソナルなポーズは、周囲に緊張をもたらせたと思える。その傲岸にも映るポーズ(含羞の裏返しだと、埴谷は正確に観察していたが)にたいして、埴谷は、自らの小説の一人物、最も活動的でやかましい人物に擬するという対応をとった。

『死靈』の人物のことごとくは、極端化の造型に縛りつけられすぎていて、現実のモデルとは結びつきそうもない。首猛夫だけが例外だ。もちろん花田の実像は小説中の一人物とは符合しないところ大だろう。実像ではない。埴谷の想念のなかで、花田は、神出鬼没の、どこにでもぴょんぴょんと現われる首猛夫のように振る舞っていたにちがいないのだ。

これが、二人の蜜月時代の所産だ。所産の一つだ。

3　垂直軸と水平軸の競作

だが、もっと重要な果実は別にある。小説の競作だ。濃霧の街を彷徨う死霊たちのように、宇宙的な意気投合を果たした彼らが、小説を競作したことだ。共作ではない。共に競って、競って書いた。けれども、これに関しては、埴谷の側からの一方的な証言しか残されていない。遺憾ながら、理由ははっきりしないけれど、正確さを欠く。ここに正しておきたい。

戦後初の短篇集『虚空』（一九六〇年一一月）のあとがきで、埴谷は、そのなかの短編「虚空」（一九五〇年五月）の持つ特別の由来について記している。ポオ礼讃に時を忘れた埴谷と花田は「メールストロームの渦」に伍するような作品を書こうと、決意をともにする。

その後会うたびにいわば競作ともなるべき未来の作品について触れることになり、彼がジャングルのことを書くつもりだといえば、私もジャングルのことを書くのだといい、さらに私が蛇について書くつもりだと言えば、彼もまた蛇について書くのだと符節をあわせたごとく、同じような主題について論じあっていたが、不思議なことに怠け者の私がこの作品を書き、彼は対となるべき作品をついに書かなかった。

この回想は、後年の追悼文「花田清輝との同時代性」（一九七四年一二月）でも繰り返されているが、端的にいって、埴谷の勘違い（記憶のずれ）だと思える。花田は「対となるべき作品」を、埴谷よりずっと早く書いている。エッセイ「沙漠について」（一九四七年九月）がそれだ。《私は、分水嶺に、ひとつの感じがあるように思う》と書きはじめられる「虚空」の切羽つまった垂直軸。《砂とは、まことにつかみどころのないものであり、》と書きはじめられる「沙漠について」のとりとめもない水平軸。どちらも「メールストロームの渦」に呑まれた自己《ゼルプスト》のめくるめく行方を追った。両者の対極性は明らかである。

本書が、「沙漠について」にこだわる理由は、さらには、第二章に述べたことの延長にある。存在のメタモルフォーゼの追究だ。存在のメタモルフォーゼというテーマを、花田は究めねばならなかった。彼の分身願望は、動物‐植物‐鉱物と「輪廻」して、到達点は鉱物にあるかにみえた。砂とはその願望にふさわしい索漠たる分身のイメージではないか。

自己《ゼルプスト》とはまことにつかみどころのないものであって……。

結論的にいえば、花田は、こうした存在論的アプローチから離脱してしまった。『死霊』でもそうだが、この時期の創作における自己《ゼルプスト》探究の方法論的不備を、今日の小説の「ハイレベル」によってぐちぐちと突付くのは、公平なことではない。時代を隔てた「私探しゲーム小説」は、爛熟を呈して、埴谷・花田が苦闘した自己《ゼルプスト》探究の文体および方法をはるか古びたものに印象させる。だが、進化したのはわれわれではない。新しさを誇ることなどに、何の優位もありはしない。

存在論的アプローチから離れた花田は、次第に文学運動の政策論の送り手に専門化していく。その戦跡を詳しくたどる必要はないだろう。彼がその華麗なレトリックを俗流唯物史観の正当化に流用しはじめていたことは、戦後すぐの「変形譚」に表われている。その点は、第二章にみたとおりだ。いつしか、党の文化理論の発信者という、彼が自ら欲したとはとても思えない役柄が、彼のものとなっていた。その途上に「モラリスト論争」が起こる。それは、花田が『近代文学』同人をメンバーとする複数の相手と一人で戦わせた論争として記録されている。彼は明確に、忠誠の側に立っていた。

そこに、新たなる論争者として埴谷が介入していった。

4 『死霊』から分岐していくエッセイ

この論争の応酬は、だいたい雑誌『群像』を舞台としている。『群像』は大手出版社の商業文壇誌であり、一定の方向性を持っていた事実はない。だが、掲載作品の一部からみると、戦後文学の「拠点」といった印象を与えることもある。前項に引用した埴谷の「対立者の論理」も同誌に載った。花田批判には到っていないが、病臥中に「花田がゴロツキのように」論争している資料を『群像』編集者から渡された、という内幕を披露している。

そこから、満を持して、といってもよい精魂をこめて書かれたのが「永久革命者の悲哀」(一九五六年五月)だ。《花田清輝よ。この長い歴史のなかには、組織のなかで凄んでみせる革命家もいるが、また、組織のそとでのんべんだらりとしている革命家もいるのだ》と書きだされたこのエッセイは、主観的にも客観的にも、悲劇の彩りを濃密に持っていた。

埴谷に論争への参加を求めた編集者は、後年、この原稿が書かれた過程を制作サイドの観点から明かしている。――タイトルは「元帥服のスターリン」と決まり、埴谷は今にも書き上げられそうな意気軒昂さをみせていた。しかし、病気療養中でもあり、予定は伸びのびになっていく。その折り、ソヴェト連邦、第二〇会党大会での、フルシチョフによるスターリン批判が公開された。総本山に先を越された恰好で、埴谷はひどく落胆したらしいが、公式的なスターリン批判に首肯できるはずもなく、埴谷はエッセイを完成させた。(『戦後文壇見聞記』大久保房男　二〇〇六年)

こうした細かな行き違いはあったにせよ、「永久革命者の悲哀」の、文学によるスターリン批判の先駆的な仕事としての位置は不動だろう。地に堕ちていく前衛党神話につけ加えられたエピソードの一つとして輝きつづける。政治体制批判が文学思想として通有し、商業文壇誌に掲載される。そのような時代があったと知るだけでも、意味があると思えるが、なお当エッセイの問題を掘り下げてみたい。

三点ある。一つは、このエッセイ執筆が埴谷の創作過程に大きな転換をもたらせ、『死靈』の継続が著しく困難になってしまったこと。もう一つは、これと密接に絡まっているが、埴谷が独自のスターリン批判によって共産主義文学運動の異端論争の中心に踊りでたこと。最後に、これが最重要のことだが、論争文という枠を大幅に超えた文体の問題。

一つめ、創作上の問題からいこう。『死靈』序曲の展開を要約した第一章で明らかになったと思うが、小説的なストーリーはまだ少しも進展していない。観念を説得的に呈示する作品としても、ページを追うごとに覚醒が積み重ねられていくような揺るぎない構成にはなっていない。人物が交差すれば、対話場面となるが、それらは具体的な何物かを準備するための演習のような印象をもたらせ、また別の演習場面に揺りもどされていく。作者は「自序」で遠く結末にいたるまでの構想を明らかにするが、受け取る側としては、それが何か別の（書かれるはずのない）作品の自己解説ではないのか、という疑いを捨てきれない。埴谷は、唯一無二の作品として十章立ての『死靈』を語るが、その設計図がはたして妥当なものであるかどうか、読者にとっては疑わしく思えてならない。たとえば、岸博士と三輪與志の対話でも、首猛夫と津田康造の対話でもいいが、平板さを免れない部分がある。素朴にいって、「別の描き方」を想像したくなる。

『死靈』の一部分に組みこむことが相応しいようなヴァリアントは、エッセイのかたちで、すでにいくつか発表されていた。「即席演説」（一九四八年三月）、「あらゆる発想は明晰であるということについて」（五〇年二月）、「平和投票」（五一年六月）である。このうち、「即席演説」は「夜の会」の活動の一端として書かれたものだが、後二編は『群像』に載った（前項でふれた短編「虚空」も『群像』掲載だ）。この三編に共通する文体スタイルは、「わたし」という主語で書きだされ、次に、架空の対話に移行していく流れだ。「即席演説」では、対話の相手として、のっぺらぼうのくねくね入道ボイグというキャラクターが仮構されている。これは、『死靈』の登場人物たちが独白では飽き足らず、つぶやきの対話を引き入れてお喋りをつづけていくのと、同一の仕様だ。

これらは本来なら、『死靈』のなかに融合されることが当然だった。果たせなかったのは、主として、作者の健康状態によったろう。『死靈』第四章は、『近代文学』連載の二十五回（一九四九年一一月）までで途絶えていた。第一章から第三章までの「序曲」が刊行されたのは、その前年の一〇月だった。

以降、病状は悪化していく。武田泰淳の「春日異変」（一九五一年五月）は、悪化する病状をかかえた埴谷の日常を冷酷なまなざしで描いた作品だ。年譜の五二年の記述には、「まる四年間のベッド療養生活に入る」とある。『群像』掲載の二つのエッセイは、療養生活が始まる前の不安定な時期に、よりライトに叙述された『死靈』の別ヴァージョンと考えられる。

その間、まったく執筆できなかったわけではないが、仕事量はめっきり減っている。それも、短い断片的なものばかりだ。『死靈』の継続は、物理的にも精神的にも、難破する危機にあった。

「永久革命者の悲哀」は、療養生活から脱け出した復帰第一作という位置づけも出来る。と同時に、『死靈』に盛りこむべきテーマを、より書きやすいかたちで表出する通路をつくってしまった。そして、それが常態化した。大岡昇平（一九〇九～八八年）との対談「〈少年〉と〈夢魔〉」（一九七五年一〇月）に、埴谷自身がそのことを認める発言をしている。《病気がよくなってからしばらく、政治（エッセイ）のほうへ引っぱられてしまった。（中略）政治論文を書くと、『死靈』のなかの政治的な部分を書きこむ必要がなくなっ》た、と。これは、『死靈』のなかで中核を占めるだろう思索（「序曲」ではまだ、展開にいたっていなかった）が、政治エッセイという単体のかたちで作者の混沌たる宇宙から切断分離されていったことを意味する。後に『幻視のなかの政治』（一九六〇年一月）としてまとめられるエッセイが断続的に書き継がれていく。

むしろこれらのエッセイに埴谷読者の多くは惹かれていったのかもしれない。「何を云うたか」と読む者を怯ませる極度に硬質な文体が、のんべんだらりとした平明さに転換したわけではないとはいえ、そこには『死靈』の非大衆性とは隔絶した世界がある。そして、それは、反スターリニズムの潮流に、一種不気味な神秘性を放つ人物による先端的思索として迎えられた。

埴谷の教祖性は、『死霊』を「序曲」のみの作品としてあつかうことによって不動になったともいえる。以降の巻を書かない（書けない）ことを確定し、政治エッセイの書き手として卓越してみせれば、充分に信者は集まった。花田が陥ったのとは別の、しかし、彼らの文学思想にとっては致命的な（と共通していえる）、負性の曲がり角がそこにはあった。一つの成熟とみなせないことはない。だが、異端論争という観点からみれば、明らかに、一歩も二歩も、彼は後退したのだ。忠誠も幻視も安定した場処ではない。後退が埴谷により多くの理解者を拡げたことは事実でも、後退でしかなかったことは否定できない。鶴見にしろ、吉本にしろ、早い時期の埴谷論は、多くのエッセイを『死霊』の註釈として適切に利用する方法を採っていた。いいかえれば、文学作品としての『死霊』に評価をくだすことは慎重に避けた。その姿勢は、いつしか、あらゆる埴谷論の定番となったような気がする。それは、未完の『死霊』「序曲」の部分的な欠陥については触れないで済ますという儀礼だったとしても、おおむね守られていった。教祖は不可侵の高みにのぼった。

5　スターリン批判に向けて

もう一つの、スターリン批判という観点に移る。

花田にたいする直接の呼びかけというスタイルをとった「永久革命者の悲哀」は、悲劇役者の荘重で大仰な身ぶりを呈した後、埴谷の入党体験という私的な回顧に移行していく。若いアナキストであった時期に、ボリシェヴィキ革命の汚点を初期にきざんだ三つの事件（マフノ叛乱、クロンシュタットの鎮圧、外国人アナキストの離反）を素材にした三部作の劇と、レーニン『国家と革命』を転覆せんとする理論文書を同時に書き進めた、と回想されている。本書は第一章で、その叙述を埴谷の経歴として「引用」した鶴見の論考の方法を批判した。鶴見は埴谷の誘導に欺かれているのではないか、と――。その批判論点を、ここで、さらに敷衍しておきたい。

戯曲と理論文書を書いたという回想は、別のところでも語られている。一例は、『わが文学、わが昭和史』（一九七三年八月）という座談会記録。これは、椎名、野間、武田、埴谷に中村真一郎（一九一八〜九七年）、堀田善衛（一九一八〜九八年）を加えた戦後文学者たちが自己史を語り合ったものだ。第一回の「わが時代、作家以前」（七一年一月）で、埴谷は、それらを話題にのせ、戯曲の総タイトルが『ソヴェト＝コンミューン』だったと明かしている。もちろん、これは、パリ・コンミューンに対応する歴史イメージだ。ロシア革命が権力の簒奪後「革命を裏切る」過程に転換していった事実は、埴谷の青年時代、すでに明らかになっていただろう。彼が入党前にその事実と葛藤しなければならなかったことを疑う理由はない。ただ、戯曲も理論文書も現存しない。現存しないものを、埴谷が「書いた」、という回想があるだけだ。それらが完結したのかどうかは、回想文においても、回想談においても、かなり微妙なところがある。書いたのが断片なのか、一定の完成度にいたったものなのか。明瞭には語られていない。少なくとも、理論文書に関しては、レーニンを論破する目論見を果たせなかったから入党した、と理解するかぎり、途中で難破したのだと推測できる。戯曲もそれと同じ運命をたどったとするのが、妥当な解釈だろう。もっと細かいことをいえば、戯曲のテーマも理論文書のテーマも重なっているので、これらは、一かたまりの構想の別の側面だったようにも印象される。問題は、彼が、この回想を埴谷伝説として自ら流布することにある。

書いた（書こうと試みて挫折した）ことは事実でも、それに何の意味があるのか。埴谷伝説とは、伝説の集合にすぎない以上、当人の関わりきらない空間で肥大していく。だが、当人が積極的に「布教」に努めている部分については、やはり文学思想者としての責任が問われるのではないか。『死靈』に関しても、書かれるべき構想について、埴谷は大量に饒舌に語っている。自己解説者としてふるまう以上の熱心さで、いまだ書かれざる部分についての渇望を、あたかも、完成作について語るふうな精密さで「解説」する。そうした性癖が、かつての『ソヴェト＝コンミューン』にも伝播して、まつわりついているかのようだ。

レーニンの『国家と革命』は一九一七年、まさに二月革命と一〇月革命のはざまに書かれた稀有の、真にダイナミックな歴史文書だ。その最終章は、現実の政治激動に直面し、タイトルのみしか記されなかった。未完結の弁明として、レーニンは「革命について書くより、革命を経験するほうが愉快だ」という高名な言葉を残している。書斎から街頭へ——。革命が理論的指導者を呼びにきたのだ。『国家と革命』におけるレーニンは最もアナキズムに近づいていた、とする埴谷の理解は、おそらく正しい。レーニンは「国家の死滅」をお題目のように唱える者らを嘲笑し、日和見主義と罵倒し、「国家は廃絶されないかぎり、自ら死滅することはない」と繰り返し怒号した。だが、「すべての権力をソヴェトへ！」というスローガンは、革命を現実のものにした原動力ではあったが、ただちに革命の激動に呑まれ、二度と復活しなかった。すべての権力はボリシェヴィキ党へ簒奪され、そして、すべての権力は国家権力に収斂されていった。

荒畑寒村（一八八七〜一九八一年）は、第一次日本共産党のメンバーとして革命後のソヴェト連邦に潜入し、「裏切られていく革命」の現状を進行形で見なければならなかった。彼の『寒村自伝』（初刊 一九四六年）の「モスクワの見聞」の章には、外国から革命ロシアに亡命してきた有力な人物の落魄と失意のさまを鮮やかにとらえた一シーンがある。その人物とは、アメリカの労働運動指導者ビッグ・ビル・ヘイウッド（一八六九〜一九二八年）だ。ヘイウッドは、IWW（世界産業労働者組合）の闘争をレーニンによって厳しく批判され、革命の地に居場所を喪った。寒村は彼のすがたに《牙を抜かれた猛虎》の淋しさを見る。埴谷の戯曲は、アメリカ人アナキストのロシアでの幻滅を素材にしているというが、『寒村自伝』が描いたようなシーンまで達したのだろうか。

自らの履歴を飾りたてる傾向はいくらかあるにせよ、しかし、「永久革命者の悲哀」における埴谷の主張は原則的には正しい。忠誠から幻視へ。その途は確固として確定された。本書は、その内容を詳しくたどることは避け、その幻視の原点ともいえる源泉に照明を当ててみる。

6　レーニンを知り、レーニンを追い越す

埴谷の考察は、回想部分を終え、別の局面に移行していく。モスクワの現在、赤い広場にある霊廟、そこに安置されたレーニンの遺体がある。遺体として「生きつづける」レーニンとは何か。それは「革命の死」以上の愚劣な象徴だ。埴谷は罵倒してやまない。《公然たるロシア革命への侮辱、人民

の新しき世代への侮辱、進歩する人間精神への侮辱、未来の無階級社会に対する侮辱》と。つづけて埴谷は書く。

レーニンとは、何か。新しい歴史の一頁を開いたレーニンとは、何か。私は、レーニンはただ一揃いのレーニン全集のなかにいて、そのほかの何処にも見出せないと、断言する。花田清輝よ、私は、聖書のみ信じたルーテルと同じ口吻を弄したが、私とルーテルとの差異は、われわれが過去へ向うのではなく、われわれはレーニンを読むことによってレーニンを知り、レーニンとなり、そしてレーニンを追い越すという認識の発展の方式をもっているところにある。そして、それこそが革命の方式である。革命は、古い制度の打倒にとどまらず、古い制度にまったく支配されぬ新しい人間の創出が目的なのだ。

埴谷主義の原則はここに尽きる。他は忘れてもよかろう。この数行で充分だと思う。意図してかどうか、埴谷は自らの異端論争を、中世のキリスト教のそれになぞらえている。共産主義運動への忠誠と幻視とが一つの歴史項目となってしまった現在、皮肉なことながら、宗教改革とのアナロジーは、かえって強いイメージ喚起力を帯びるかもしれない。わずか半世紀前の事象が、五百年前の出来事と同距離となるほどに古びている。

二〇世紀の終わり近く、レーニンは到るところで「打ち倒された」。それは、社会主義諸国家の銅像のレーニンに起こったのだが、レーニン主義にたいしての憎悪と感じ取れないこともない。一九一七年四月、ウラジミール・イリイッチは封印列車に乗りこみ、ペトログラードに潜入した。その翌年、狙撃者の銃弾が彼の肉体に傷を負わせた。その四年後に彼は最初の発作に倒れた。一九二四年に死が足早に彼を運び去った――。これは、生身のレーニンに起こったことであり、銅像の運命はもっと悲惨だった。打ち倒され、胴体から首がもげた。銅像に流せる涙があるのなら、それは赤いのか、白いのか。だが、レーニンの遺体について起こったことはもっと悲惨だ。レーニンの遺体はいまだに「生きて」いる。埴谷風にいえば、人間の歴史への侮辱として「生かされて」いる状態は現在もつづく。

今はインターネットの時代であるから、文字を打ちこんで数秒すれば、その遺体の映像を観ることが可能だ。「人類への侮辱」の様相がどんなものであるかを、簡単に確かめることが出来る。画像のなか、エンバーミングを施された遺体レーニンは、イタリア製の安物ゾンビ映画の泥人形さながらに威厳を欠いている。「神は堕ちた」と悲愴ぶるのもすでに時代遅れだ。いたるところでレーニンは絞殺されている。絞殺されつづけていることを証拠立てるかのように、遺体が「生き」つづける。

依然として、原則は変わっていない。この点においてだけでも、埴谷は正しい。忠誠は潰え去り、われわれの幻視する蒙昧な力能、それだけが試されている。ただ「レーニンを読むことによってのみ、レーニンを理解し、レーニンを乗り越える」ことだ。幻視のための源は、つねにわれわれ自身のなかにあり、われわれ自身のなかにしかない。

「永久革命者の悲哀」は、そして、次の数行で閉じられる。

花田清輝よ。私が未来に届けようとする暗黒星雲に似たひとつの報告書の仕事は容易にできないが、もし次の章ができあがれば、そこにはこういう一主題がある。――革命家は革命家たるためには革命が到来すれば直ちに死んでしまわねばならない。

花田は「世の中に嘆きあり」を書き、さらに埴谷が「闇の中の自己革命」を書いた。

そして、二人に荒正人、大井廣介を交えた座談会「平和か革命か」(一九五六年九月『群像』次頁図版は誌面)で論争は幕引きした。冒頭に、フルシチョフの秘密演説(アメリカ国務省によって暴露された文書)が話題になって、時代相は感じさせるが、内容は新味なく、左翼文学者の床屋談義といったところだ。理論重視の埴谷、規約・綱領重視の花田といった立場が再確認されるのみだ。

後記には《二月号より連載の論争は、本誌に於ては一応この座談会を以て終りとする》という編集部の但し書きがある。「モラリスト論争」とは、雑誌主導による論争として仕掛けられたものだった。

仕掛けはどうあれ、花田は一貫して忠誠の側に立ってレトリックを行使した。この花田は、彼のなかで花田「何」号として折り合いをつけられていたのか。「花田十号」くらいだろうか。花田好みの逆説をここで真似してみれば――。彼は党という「専制組織」に縛られることによって、居心地の悪い「自由」からの脱却を企図したのではないか。正体不明の自己《ゼルプスト》の笑劇を演ずるのに、硬直したスターリン主義の党は、彼にとって絶好の環境に思えたのではあるまいか。

最後に、「永久革命者の悲哀」の文体の問題が残った。繰り返される《花田清輝よ》という呼び

— 84 —

平和か革命か

荒　正人
大井廣介
花田清輝
埴谷雄高

フルシチョフ演説をなぜ秘密にするか

かけが単なる修辞でないことは明らかだ。修辞としてなら、花田の坂口安吾論「動物・植物・鉱物」において、大井廣介への呼びかけが挿入されたリズムと同工異曲といえる一面がある。埴谷としては、対話調エッセイの延長にあるが、《花田清輝よ》の反復は、そこにとどまらない切迫した訴えを帯びてくる。花田へ向けた論争とはまったく別の位相の欲求が露出してくる。

結果的に、このエッセイは論争文の論理以上に、論者の情実をより多く混入させている。根元的対立者である花田への感情だ。むしろ『死靈』の一場面のように書かれ、《花田清輝よ》と呼びかけられる花田は花田であって花田ではなく、『死靈』の一人物と解されるほうが適切だろう。花田はこれに応答しなかった。埴谷の欲したレベルでは応答しなかった。埴谷の失望の深さについては、想像するしかあるまい。少なくとも、二人の緊張にみちた共闘的対立の時期は、ここに解消されてしまった。

7　日本共産党に与う

『死靈』の中断から「永久革命者の悲哀」による復活まで——。一人の作家の危急存亡の時期、

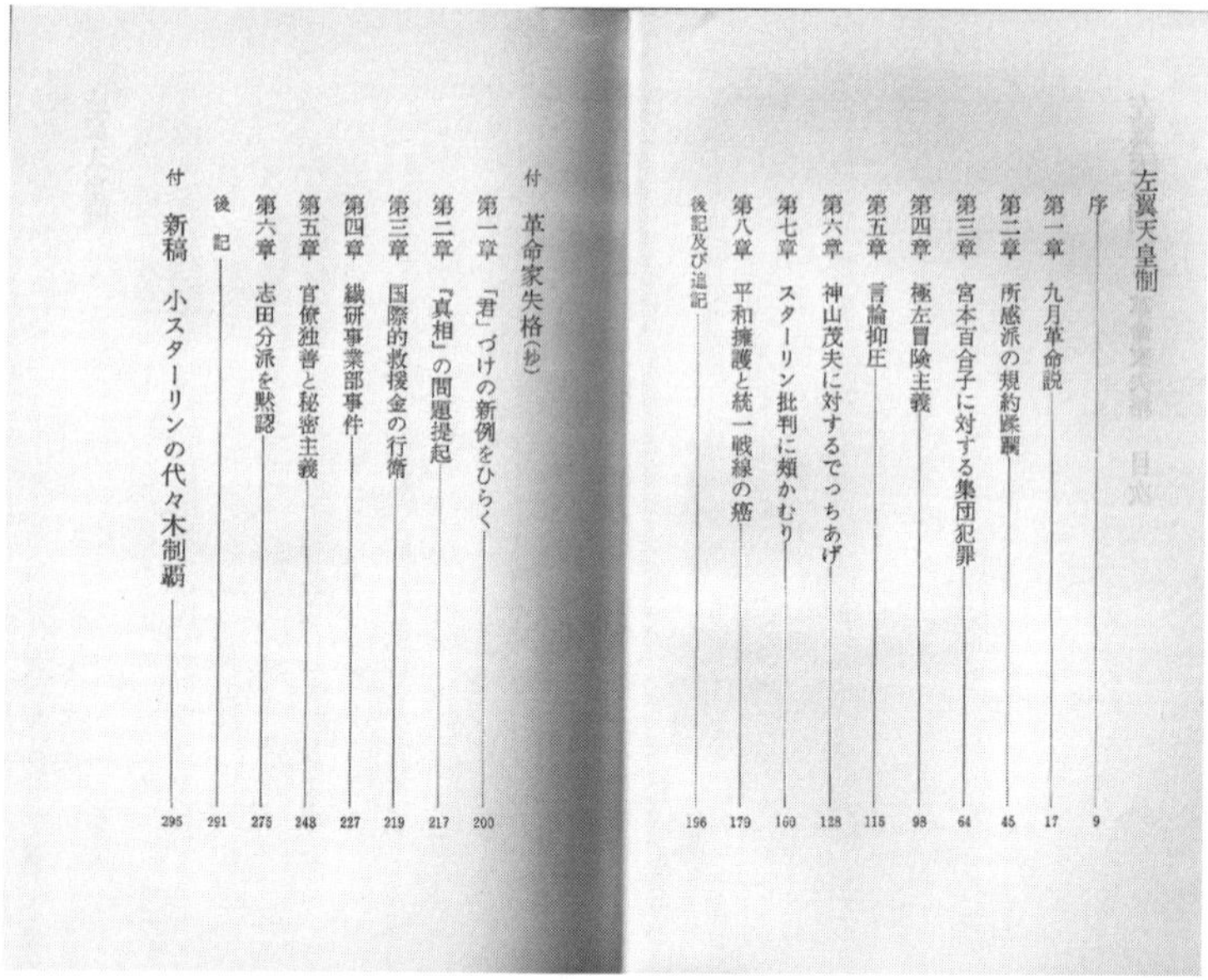

左翼天皇制

埴谷の外の世界もまた激震に揺らいでいた。敗戦を機に解放勢力の希望となった日本共産党は後退に次ぐ後退にさらされていく。埴谷が病床に臥せった一九五〇年を、本多の『物語戦後文学史』は、転換の年と規定している。その年、国際共産主義のセンター、コミンフォルムが日本共産党を公式的に批判した。また、同じ年に、朝鮮戦争が勃発した。コミンフォルム批判を受けた日本共産党は分裂し、ふたたび地下の非合法活動に潜った。一方の分派は、極左軍事路線に走り、多くの犠牲を「革命」の墓標にきざんだ。分派活動の愚劣は文学領域にも波及し、『新日本文学』と覇を争う『人民文学』が発刊された。

　戦前のプロレタリア文学運動期にも、二種の雑誌はあり、分派は現象していた。文学者同士の陋劣な内ゲバも記録されている。

けれども、それらの通史は、いくつかの路線転換や代表的作品に結びつけて理解につとめれば、明確な軌跡を見つけることが可能だ。較べて、戦後の分派闘争には、明解に整理する観点がない。分派抗争という現象があるのみで、暴力団の勢力争いにも似ている。どちらが何（創作活動ではない行動）をしたかのエピソードを集めると、あまりにひどい泥仕合の様相がつづくので、意気阻喪してしまう。一般的に、これが左翼文学の特性なのだ割りきってみても、意気阻喪からなかなか立ち直れない。「政治と文学」論争などで提起された運動内部の負性が分裂を生み、分派活動がまたその負性を拡大散布する、といった構図の悪循環の連鎖だ。――このように概括できたからといって、何の問題深化にもなっていない。愚劣が、神の反吐のように、そこらじゅうに散乱しているばかりだ。

党内分派闘争については大井廣介『左翼天皇制』（一九五六年　復刻版一九七六年　前頁図版は目次）があり、新日本文学会における文学運動版分派闘争については秋山清『文学の自己批判』（一九五六年）が詳しい。秋山清（一九〇四〜八八年）は、アナキズム系文学の数少ない証言者であり、全一二巻の著作集（二〇〇六年　ぱる出版）があることを、ついでに付記しておく。

日本共産党の外と内から、弔歌のように捧げられた二つの言葉を次に紹介する。

外から――。中国文学者の竹内好による「日本共産党に与う」（一九五〇年四月）。

日本共産党のダラクを憤る声が人民の間に起こらぬことは……じつは不思議ではない。というのは、（人民を）眠らせているものが日本共産党であり、眠りから醒まさないことが日本的共産主義者の主観においては共産主義の権威に忠実な所以だと考えられており、かれらは極力人民を眠らせることによって、共産主義に忠勤をはげむと同時に、権力に奉仕しているからである。

内から——。「書かれざる一章」(五〇年七月『新日本文学』)でデビューした井上光晴(一九二六〜九二年)は、戦後二人目の下層プロレタリアート出身の書き手だったが、党の暗部を抉りだす作品で出立した。次の一節は、彼の二作目「病める部分」(同年一二月)の末尾。

病める部分。だが飽くまで捨ててはならぬ。たとえ病める党の部分が、今、傷痕にみちみちていたとしても、なお祖国と民衆を壊滅の淵から防衛するものは党だけではないか。たとえ悲しくとも。たとえ悲しくとも。たとえ悲しくとも。

埴谷‐花田論争の背景にあったのは国外のスターリン批判のみではない。より切実な国内状況として、迷走する日本共産党の状況があった。この混迷は、公式的には、一九五五年七月の第六回全国協議会(六全協)によって、いったん清算された。分派は解消され、正常化路線が敷かれた。国内政治の五五年体制と対応するかたちで路線転換がなされた。むろん正常化は党の正統の威信の回復をめざすもの以外ではなかった。そして、その延長に、文学運動への致命的な負債を、ふたたび党がもたらすことになる。その帰趨に目を向ける作業は、第六章に当てられる。

第5章

ぼくは拒絶された思想としてその意味のために生きよう（一九五七—六〇年）花田－吉本論争

ぼくのあいする同胞とそのみじめな忍従の遺伝よ／ぼくを温愛でねむらせようとしても無駄だ／きみたちのすべてに肯定をもとめても無駄だ／ぼくは拒絶された思想としてその意味のために生きよう／うすぐらい秩序の階段を底までくだる／刑罰がおわるところでぼくは睡る／破局の予兆がきっとぼくを起しにくるから　（吉本隆明）

1　戦後文学論争の最終ステージ

モラリスト論争は不徹底なまま、収束する。ジャーナリズムの風向き次第で、高揚したり沈滞したりするのが論争一般であるなら、通例にしたがったといえる。日本共産党の正常化路線も、その収束の要因の一つだったろう。だが、埴谷と花田の関係にかぎれば、決裂は決定的となり、二度と修復はされなかった。それは二人の交通にかぎったことであり、「花田批判」というテーマは、宙吊りに持ち越された。

公式路線の側への批判と花田個人への批判と。党利党略の量的拡大を「革命の勝利」とすり替え、大衆を道具として引きまわす日本共産党のスターリン主義は文学運動にも適用されつづけてきた。花田がその忠誠の位置から動かない以上、彼が党の「顔役」として批判を一手に集中されるのは当然だった。吉本が埴谷と交替するように、花田批判の任を引き受ける。花田－吉本論争は、埴谷－花田の決裂とほとんど時をおかず、連続的に起こってきた。花田を撃滅せねばならないという構図はそのまま引き継がれた。

花田－吉本論争は、戦後プロレタリア文学運動史のなかで最高最大の（そして、最後の）論争だったと、躊躇なくいえる。『近代文学』への中野による批判——第一次「政治と文学」論争に始まった異端論争がモラリスト論争に引き継がれ、それらの流れの全体を花田－吉本論争が最終的にまとめることになった。その連続面において必然的に、最高最大化（そして、ファイナル・ステージ化）した。以降、二人のような宿敵の個性は現われず、結果的に「戦後プロレタリア文学運動史」の頂点をなす事件として記憶される。

さらには、この論争が何かと語り草になりやすい理由は、かなり大衆的にわかりやすいかたちで決着がついたことにある。勝ち負けだ。埴谷-花田論争——「何を云うたか」と「はなはだ気負ってる」

の論争の場合、一般の理解力では判定をつけられない。結局、どちらかに加担し、応援しなければ、勝敗の見極めがつかない。よほど熱心な読者でもないかぎり、興味は持続していかないのだ。その点、吉本の大衆性は一貫している。事の推移は、戦中派世代による戦争傍観者（転向者）世代の撃墜という物語枠を基本的にそなえていた。このわかりやすさに加えて、前衛党の失墜の連続があった。党への忠誠の側にいた花田が党とともに威信を喪いつづけるのは必然だった。これは論争者の力量という因子をはるかに超えた、時代の趨勢がどちらを利したかという問題だ。吉本の批判の言葉は次第に苛烈さを増していき、それにつれ論理的には雑にならざるをえないのだが、雑駁な展開が、かえって感情的には、共感を呼び起こす方向に作用した。吉本は、悪役にトドメを刺す正義のヒーローのすがたを模することが出来た。

したがって、この論争を考察した論考は数多い。しかし、応酬された論争文そのもののみを読み返してみても、得るところはごく貧弱でしかない。当たり前のことだが、激突の真因は、両者のもっと深い根源に埋まっている。直接に該当する論争文は、二人の著作にまとめられている。吉本の側は『吉本隆明全著作集』第四巻を、花田の側は『花田清輝全集』第八巻を参照すれば読むことが出来る。本書では、論争文の一つひとつを丹念に読み解いていく方法は採らない。論争の言葉に直接、接近しすぎてもあまり有益ではないからだ。

この論争に関する文献は数多いのだが、同様の理由で、詳細な検討はすべて省略する。ここでは一冊だけ、典型的なものをあげておく。好村冨士彦『真昼の決闘　花田清輝・吉本隆明論争』（一九八六年五月）だ。優れた分析だからではなく、むしろ、逆の意味合いからだ。問題点の整理はいちおうなされているから、まったくの初学者には、ガイド本として役立つだろう。

振り返ってみれば、この本は八〇年代なかばという時代の刻印を色濃く備えている。一つは、この巫山戯たタイトル（表紙カバーも同様）。深刻なテーマの論題を、ポストモダンにサブカルっぽく脱構築することが流行った時代の名残りだ。もう一つは、吉本主義について論及して、まともな議論を維持しうる、おそらく末期にさしかかっていたという点。その意味で、マカロニ・ウェスタン映画風「早撃ち隆明vs背後から撃つ清輝」の血闘を思わせるタイトルにもかかわらず、展開はごくオーソドックスでアカデミックだ。吉本主義の壊滅が本格化した時期の情勢論として文献的価値はある。この著者の立場は、花田の側にあるが、さすがに吉本が負けたとは書いていない。花田風の詭弁的な逆説を弄して「負けるとは、すなわち、勝つことなり」という無敵の境地の悟りを花田のために述べているが、どうにもこうにも苦しい言い訳に終わっている。

本書なりの観点を示そう。

まず、なぜ吉本は花田批判に決起せねばならなかったかを考える。

次に、吉本的圧勝によって彼は何を得た（喪った）のかを追跡する。異端論争の落着は、どんな領域であれ（宗教論争、共産主義運動論争、その他）、異端が正統に打ち勝てば、その正統にとって代わる位置を占める。吉本主義はあの特有に冥い貌つきによって正統となったのではなく、冥い宿命に赤心誠実であること（それこそが吉本の吉本たる所以だ）によって正統の位置を克ちとったのだ。

2　贋アヴァンギャルドを撃つ

一九五七年五月「記録芸術の会」が発足する。母胎といえる研究会は前年から開かれていた。花田的芸術運動論の再度の出発だ。アヴァンギャルド芸術への志向から、ドキュメンタリズムの重視に移行していった。花田個人に関しては、戯曲、ミュージカルへの関心が高まっていく。「歌って、踊って、党勢拡大!」の日共路線はこの時期から確定していくが、その確立に花田も一役かっていたのだろう。

その前年、花田の一九五六年は、モラリスト論争に費やされていただけではない。『新日本文学』が、その年から設けた映画欄で、花田と吉本とは、佐々木基一を交えて二回(二月、三月号)、新作映画についての感想を述べ合っている。映画にたいする業界批評ではなく、科学的な観点から作品批評・作家批評を試みる、という趣旨だ。取り上げられた作品が黒澤明(一九一〇~九八年)の『生きものの記録』などだったこともあり、なかなか読みごたえのある合評になっている。

次に、花田と吉本は、岡本潤(一九〇一~七八年)をまじえた鼎談「芸術運動の今日的課題」(五六年八月『現代詩』次頁図版は誌面)で顔を合わせている。これは、岡本の戦争詩への吉本の批判を受けての鼎談だが、花田は、岡本を擁護しつつ、吉本を居丈高に非難する、といった役柄をかって出た。論点はともかく、後続世代を高飛車に論詰する花田の傲慢さが目立ち、吉本はとくに反論を試みてはいない。

論争の直接のきっかけは、記録芸術の会のメンバー選定をめぐるごたごただった。詳細には立ち入らないが、発足の会で吉本と他の数名が退場した。花田は、退席者の中心を吉本とみなし（と、吉本は推測する）、この件についての名指しの批判を書く。その「ヤンガー・ゼネレーションへ」（五七年七月）は、こう書きだされている。

わたしは、今日、芸術というものは、芸術運動のなかからうまれるものであり、しかもその芸術運動は、政治的運動ときってもきれない関係にあると考えています。したがって、運動という観点をぬきにした批評の規準など、わたしにとっては、まったく無意味です。

これは、いわゆる花田テーゼの原則といった提言だ。つづけて個人攻撃が繰り出される。《ひとりぼっちで、自分のヘソをながめながら、「内部世界の論理化」について思案している吉本》などの退会者《にできることといえば、仲よしクラブで、おのれの純潔を誇りながら、気焔をあげることぐらいでしょう》と。花田が吉本をいかに軽くみなし、後続世代として自分に従わせようとしていたかが明瞭だ。強面の批判を浴びせれば自分の指導圏内に引きもどせる、と甘い見とおしを立てていたのだろう。

吉本はこれを契機にして反撃に立ち上がる。反撃がどれほど徹底的に執拗になされるかは、花田の予測をはるかに超えていた。吉本は、自分の流儀として、批判されればやりかえすが、自ら論争の戦端をひらくことはない、と語っている。それにしても、吉本が跡づけていったのは、単なる反批判という規模でもレベルでもない。別のところで、吉本は、花田批判の準備は怠りなかった、やるからには徹底的に撃滅するつもりだった、と明言している。花田が吉本を「敵するに値しない」と軽視していたらしいのとは逆に、吉本は花田を「強大な敵＝対立者」として畏怖をもってみなしていたのだろう。勝敗は、初発の一瞬にして決まった、というところだ。

この局面での、吉本は、周到な人間だったのだろうか。発足会を退席するにいたったトラブルにふれて、吉本は、花田の「政治至上主義者ぶりの非人間性」への嫌悪をもらしている。しかし、こうした評判は花田の身辺に文献としても多く残っているし、何より、当時の共産主義運動のなかでは、こうした権威的性格を持たない人物を捜すほうが、むしろ難しかったのではないか、と推測する。「人間を解放せんとする革命運動」のなかに上下関係を持ちこむ作法は、別に花田に特有の専横ではなかった。吉本には、なお反撃を自重するという選択肢もあったはずだ。何故、そうしなかったのか。

これは、吉本の宿命的な資質に帰せられるべきことではない。

本書は、第三章で、逃れようもなく近親憎悪に惹かれる吉本の並外れた冥さに注意を向けてきた。だが、事柄はそれほど単純ではない。いや、もっと単純である、ということか。わたしは、この時点で、吉本を駆り立てたのは、一つの恐怖だったと思う。「やらなければ、やられる」。反撃しなければ、それも、徹底的に反撃し尽くさなければ、自分がやられる。彼は本能にしたがったのだ。自分を護らなければならない、という本能に——。これは、政治であれ、文化であれ、共産主義運動（スターリン主義的運動）に身を置いた者であれば、親しく体感できる怖れであるはずだ。吉本の反応はじつに人間臭いもので、そうした運動圏を想像できない者にも容易に伝わる勁さを備えている。

造反有理。下部による上部への叛乱。新左翼による旧左翼への弾劾。——それらのどの要件も、吉本の批判は体現していた。

批判の第一弾として吉本は、「贋アヴァンギャルド」（五七年八月）という、かなり直情的な詩を書いている。


きみの冷酷は／少年のときの玩具のなかに仕掛けてある／きみは発条《バネ》をこわしてから悪んでいる少年にあたえ／世界を指図する／少年は憤怒にあおざめてきみに反抗する／きみの寂しさはそれに似ている／きみは土足で／少女たちの遊びの輪を蹴ちらしてあるき／ある日　とつぜん一人の少女が好きになる／きみが負っている悔恨はそれに似ている

花田に捧げる人物論として的を外していない。これが花田という人格の一側面にすぎないことは確かだが、彼が欲したのは、その弱い一側面から突破口をひらき、相手を叩きつぶすことだった。正確な理解などは必要ない。やるかやられるかの世界に、彼は敢然と身を置いたのだ。

3 芸術運動理論への原理的批判

次いで、批判の第二矢「芸術運動とは何か――原理論として オールド・ジェネレーションへ」(五七年九月)が書かれる。そして、批判の原理は、ここに尽きているように思う。初期吉本が精力的に積み重ねてきた前世代批判、過去のプロレタリア文学運動の総点検、転向論、戦争責任論などの論点が集約されている。

花田の主導する芸術運動論について、吉本は原理的な批判を対置した。

> 過去における日本の芸術運動がしめした「絶望的」な教訓のひとつは、それが大衆と結びつくことなしには「絶望的」な日本の社会構造の暗黒面に対決しえないということであった。

こうした主張は、『近代文学』が発信した「政治と文学」論や竹内好の日本共産党批判を受け継ぐ線上に構築されている。その意味では、花田にとっては、あえて反批判を書くに値しない論理と図式だ、と受け取れたのだろう。ここでの吉本は『復興期の精神』にさかのぼり、そこに花田主義の最悪の核心を抉りだす論法をとる。「群論——ガロア」の《すでに魂は関係それ自身になり》という一連を取り出し、吉本は、その宣言が《コム・ファシスム組織論》に他ならず、それは《現在まで一貫して花田の理論》の基底を流れるとし、その《ことを指摘せざるをえないのを遺憾とする》といった妙な感情を付与する。さらに《孤独のうちに日本的現実を捨象してつくりあげねばならなかった戦争期の花田の生産力理論の刻印をよみと》る吉本は、《悲劇をおもわざるをえない》と余計な感想までつけ加えている。

「群論」の、該当する一連への本書の読み取りは、すでに第二章に述べている。したがって、この吉本の「花田理解」は肯定できない。ただ、吉本には花田を理解するつもりなどなかったのだから、わたしの主張はまったく無効ということでもある。断言するが、吉本の花田論によって花田への理解が深まることはまったくない。吉本は当初は、『復興期の精神』を戦時下抵抗の記念文書として、一定の評価を与えていた。それは単に儀礼的な言い回しにすぎず、本心からの批判的見解が、ここに堰をきって解放されてきたのだろう。評価は変わった。

繰り返しになるが、再確認しておく。要するに、『復興期の精神』はダブル・スタンダードに、どのようにも読める面妖なドキュメントなのだ。「あの男を倒さねばならない、倒さなければ俺がやられる」と決意した時、そのドキュメントは、「ファシストによる擬態」の記録という色調に統一されて映ってくる。吉本は、自分がそこに読みたい色調だけを見ればいい、ということになる。自分がファシストなのかコミュニストなのかわからない、才能と学識にあふれた人物が「戦時下の孤独」のうちに紡いだ稀有の作品──。もちろん、彼は、戦後民主主義社会で共産主義文化運動の「顔役」になっても、孤独だ。今もなお孤独さに変わりはない。自己《ゼルプスト》に置き去りにされ、孤独なのだ。吉本は、悲劇好みの眼力をはたらかせ、その孤独な寂寥を明敏に探り当てていた。

それをとおして花田という人物を了解できると思った。だが、見当ちがいである。人物論として的を得ていても、思想批判としては外れている。

鶴見が『復興期の精神』を「思想史を素材にした珍種の小説」と規定したことは、すでにみた。吉本の『復興期の精神』読み取りも、同一レベルの誤解にある。「悲劇を思わざるをえない」というのは、吉本の主観であって、対象とは無関係だ。悲劇は吉本のほうのみにあり、対象にはない。対象から外れた無内容な感慨を不用意に洩らす（それが吉本の誠実なのだが）ので、花田から「自分のヘソでも眺めてろ」と嫌味をいわれるオチになる。花田は悲劇とは無縁だ。悲劇というなら、悲劇的な存在と（吉本によって）矮小化され、その像に固定してしまったことが悲劇だ。どちらにしろ、当人には無関係なのだ。『復興期の精神』にたいする鶴見と吉本の恣意的な読み取りは、いわば、花田擁護者（信者もふくめ）たちが有り難く花田のテキストを熟読するのと、鏡のような対照構図をつくっている。「どのようにも読める」ことから、こうした構図が出来上がったのだ。

本書の、『復興期の精神』への観点を、もういちど確認しておこう。花田は戦時下の仕事を自ら乗り越える質の仕事を、戦後に果たせなかった。存在のメタモルフォーゼに果敢に挑戦する表現にまで達しなかった。彼を蹉跌させた要因はいろいろあるが、最大のものは埴谷との（あまり理由のはっきりしない）訣別にある。二人の、垂直軸と水平軸の作品競作が望ましいかたちでは実現しなかったことにある。訣別は不明瞭であり、次いで闘わされた異端論争は半端なまま終わった。しかし、すでに敵にまわった埴谷は、花田打倒という課題を後続者の吉本に一任してしまった。論争は引き継がれたものの、二人の個性は別途だから、対立の様相はまったく刷新されてしまう。

真に追跡されるべきテーマは消滅した。

4 勝負はついたと横合いから埴谷が判定した

吉本の花田批判は、「アクシスの問題」(一九五九年四月)「転向ファシストの詭弁」(同九月)で頂点をむかえ、だいたい終了する。この比較的長い論考は、ともに『近代文学』に載った。『近代文学』がこうしたかたちで、論争の一方に加担した事実は重要だ。中野重治から平野・荒への叱責というかたちをとった第一次「政治と文学」論争は、十数年を経て、円環を結ぶように同じ雑誌に還ってきて、いちおうの収束にいたったといえる。

吉本の主張は、そのタイトルですでに明らかだろう。論点は「芸術運動とは何か」と同じだ。深まりも拡がりもしていない。花田の戦時下の行動ならびに文書は(小気味良く)全否定された。特に後者の文体は、全否定に疾走する爽快感にみちている。論理がどうであれ、吉本スタイルは時代の青年たちの一定の部分に凄まじい魅力として映ったのだ。彼はそこで、自らの戦時下の青春について素朴に語り、次の一行を書きつけた。《わたしたちの戦争責任論の根底には、いつも死せる同世代の哄笑が存在している》と。

かつて横行し、現在も権勢を喪わない「転向ファシスト」。彼らを打ち倒す正義の理路は、自分たち「死の国の世代」にある——。

こうした短兵急こそが、吉本の疾走を支える。先行世代の論敵を倒すためには必殺の道具ではあるが、この世代優位論（無論理の感情）は、はたしてどれだけの歳月、有効性を持ちうるものなのか？

ところが、この感情を論理的に支持する者が横合いから現われたのだ。埴谷の「決定的な転換期」（五九年六月）がそれだ。埴谷は、論争の経緯を「現代詩」の鼎談から跡づけ、抵抗と転向についての両者の応酬をたどっていく。非和解的な対立点を整理していく筆致は公平なものだ。だが、その結語は驚くべき無論理に飛躍している。吉本に、《戦争とマルキシズムを通過してきた私達の世代のすべてに全否定の葬送の辞を投げあたえている》と賛辞を呈し、次のように結論する。

吉本隆明の書物を読んで私が不覚にもはじめて知ったのは、花田清輝をも含めて私達の世代の全的敗北という現事態についてであった。抵抗と協力という二つの主調音を如何に巧みにフーガふうにつないで前進的な意味をあたえても、死の国から帰ってきた吉本隆明の世代をついに克服し得ないという思想的な転換期についてであった。

これは、いったい、どういう意味の判定なのか？

売られた喧嘩を買うのではない。この文章が、前記の吉本の二論考のあいだに発表されている意味は大きい。人の喧嘩の仲裁にはいるのではなく、横合いから片方の負けを宣告しているのだ。誰に頼まれたわけでもない判定。それも「全的敗北」ときた。埴谷のもってまわった荘重な文体でこのようにメッセージされると、何かじっさい以上に真理がこめられているかのように錯覚しかねない。いや、ここにあるのは、ただの坊主懺悔だ。いったい、ある世代が後続世代に全的降伏する事態が、たとえ理念の上でも生じるのだろうか？　こうしたジャッジが公正なものであるのかどうかについては、様々な受け取り方がある。埴谷は、文脈的には、自分をふくめた全員が粉砕された、と書いている。だが、レトリックとしては、自分は圏外にいるけれど花田（のみ）が粉砕されたことは明らかだ、と書いているように読める。いや、そうとしか読めなかった者もいる。花田がそうだ。花田はおそらく、この一件で埴谷にたいして「一生許せない」と歯噛みするほどの恨みをおぼえたにちがいない。この感情に関して（わたしの推測まじりだが）だけは、花田は正当だったと思う。何故か。

　これは、異端論争が産した結実の、ごく卑小なレベルの後日譚になるかもしれない。『死靈』の作家と、「ルネサンス的人間の探究」の作家とは、まったく子供じみた罵り合いをいくつかの記録に残している。あまりの幼稚さに呆れはてるには、わたしの二人への尊敬の念は大きすぎるので、いささか困るのだ。彼らにも凡人の一面があったと確認しても、自分を納得させることは難しい。証拠として呈示できる文献は二つある。『群像』創作合評での激論、および、匿名批評による誹謗中傷とその筆者探し、だ。どちらも後年のことになるので、後の章で（もしページが余れば、だが）紹介してみようか、と思う。

　仕掛けは、だいたい花田のほうから起こっている。元をたどれば、それは、論争に横合いから介入してきて、公平めいた(卑劣な、と花田は思ったにちがいない)審判ぶりを示した埴谷の「全的降伏宣言」に発している。花田的「逆恨みの論理」を延長すれば、埴谷は、埴谷-花田論争でつけることの出来なかった決着を、代理人吉本を立てることによって果たした、ということになる。論争において、埴谷の応援をたのむ気は、花田にはさらさらなかったはずだ。見物しているならいい。だが、まさか審判員というかたちで埴谷が介入してくるとは、夢にも思わなかったろう。背後からいきなり斬りかかられた。花田は、公平をよそおった埴谷の敵対的介入に、ひどく傷ついた。「やられたらやりかえす」といった自然の本応は、花田にも当然あったはずだ。それが、この人物の場合は、吉本のごとく直接的な発現をしてこない。「深く静かに」陰湿に、持続していくらしい。「ノーチラス号反応あり」は花田の側から発された論争文の一つのタイトルだが、軍用潜水艦の比喩が彼の流儀をよく自己説明している。

5 異端論争はいったん終わる

論題をもどそう。

異端論争の第二幕は、こうして結末をみた。勝敗が決したということは、この種のテーマに関心を持つ者にとっても、心強い。起承転結を見つける基礎作業に苦しむ必要がなくなるからだ。花田と吉本とは、その数年後、野間宏と平野謙をまじえた座談会「左翼文学」(一九六三年一〇月『群像』)で同席しているが、両者の距離はすでに遠い。そして、吉本には、やはり「勝利者」の余裕が生まれている。

異端論争は、どんな領域のものであれ、正統を打ち倒した異端が新たな正統の座につく、という回路をそなえている。例外はない。異端は戦端をひらかなければ異端のままだし、もし闘いのフィールドに立ちながら敗北に終われば、すべてを喪ってしまう。「勝利」した吉本が、埴谷という強力な「同志」もしたがえて、戦勝の美酒に酔い、慢心に舞い上がった、という解釈は根強いのかもしれない。しかし、本書は、そうした卑近すぎる解釈は採らない。異端論争の行方を通俗心理小説の枠に当てはめて理解しても、豊かな実りは期待できない。たしかに吉本は新たな正統の座に立った。しかし、そのことの結果に満足して堕落したのではなかった。吉本主義の体系構築の歩みは、そこでようやく端緒についた。彼はさらに長い長征の出立点に立ち得たにすぎないのだ。そのことは、いかに後期の吉本が酸鼻な足跡を残していようと、基本的には認めておく必要がある。

そして、理論的正統なるものがどれだけ不安定で、それ自体の重みを持ちえないかも、知っておかねばならない。吉本は正統の位置に立った。しかし、まさに、その正統が、一九六〇年前後という時点で変質をはじめていた。本書は、最初に、忠誠と幻視のはざまで、という三点イメージを提出した。遅れてこの論争の当事者となった吉本の位置は、その三番目の、「はざま」にあった。「忠誠」でも「幻視」でもない。二つのものは、すでに、埴谷と花田とによって闘われ、闘いとられることに失敗した項目だ。彼らの論争はまだ途上にあったというべきだが、埴谷が吉本に「全的降伏」を表明したことによって、一方的に、かつ敵対的に閉じられてしまった。埴谷のこの降伏は、思想的な裏切りというにふさわしい屈辱の屈服だった。花田には埴谷を「許さない」という資格がある。

インパーソナルな資格だ。ただ、埴谷を降伏させるにいたった「責任」なら、論争を全うすることの出来なかった花田にも当然ついてまわる。公平にいえばそうなるが、公平な感情は、残念なことに、二度とふたたび花田には訪れなかった。

埴谷と花田は忠誠と幻視の両極に宙吊りとなり、そのどちらでもないはざまに吉本が（正統として）立つ――これが、異端論争のとりあえずの、中間点だった。

6 もう一人の審判員鶴見

前記の『共同研究　転向』は「戦後編」（一九六二年四月）で完結した。鶴見俊輔はそこで「転向論の展望――吉本隆明・花田清輝」を書いて、論争のまとめを試みている。これは非常にバランスのとれた解説・研究であり、論争者二人の観点の限界について冷静に指摘したものだ。まず、花田の欠落点は――。

《高村光太郎論以来、岡本潤・壺井繁治・赤木健介・村野四郎・田木繁・三好達治・津村信夫、さらに佐野学・鍋山貞親・蔵原惟人・宮本顕治・林房雄・中野重治についてその転向経路と戦争責任を一々資料をさがして来ては明らかにしてゆく努力を、敗戦以来の一五年間に吉本隆明がほとんど独力でなしとげたという事実について》、また《吉本隆明の戦争責任解明の努力にはげまされて、たとえば鮎川信夫の『戦争責任論』（一九五九年）、秋山清の『文学の自己批判』（一九五六年）のような文章が、これまた個人の責任において書かれた》ことについて、花田は、視野におさめず、認識を欠き、評価を誤っている、と。これは、埴谷が「全面降伏」してしまった情緒過多の判断放棄を補って余りある論点だ。

そして吉本については、その転向論の有効性と限界を分析する。吉本転向論は《感情と論理の次元において思想をとらえることを見事にするが、政治の次元において思想をとらえることに関心を示さない……。（中略）ここに、かたよりがある。翼賛時代における偽装転向の記述・分析・正当化に専念する花田清輝の転向論は、当然に吉本隆明の転向論の追補として、時代史的にも、方法的にもくみあわさるべきものである》

鶴見らしい提言だが、論争は結果としては終わり、議論への門はすでに閉じられていた。残されたのは、抽象度の高い思考の激突とは裏腹な、ちっぽけな私怨の断片だった。

前記の『真昼の決闘』は、花田が「わざと負けた」という思いつきを書きとめている。運動からの転身を望んでいた花田が、吉本にさんざん挑発をかけてより熱い罵倒を引き出し、「派手な負け試合」を演出してみせた、というのだ。プロレスの観戦記と勘違いしているのか――。いろいろ考えるものだ。しかし、これでは、（挑発に乗った吉本を馬鹿あつかいしたかった意図は外れて）教祖様自身が馬鹿にみえて仕方がないではないか。あえて、下らない異見を紹介してみたのは、花田信者《エピゴーネン》の発想形式の一例を例示しておくのも無駄ではあるまいと思ったからだ。

念を押しておこう。モラリスト論争はともかく、埴谷との論争にしろ、吉本との論争にしろ、何故か、花田は精彩を欠いている。花田主義による共同制作論を適用するなら、論争は恰好の共同「作品」となるはずだ。与えられた機会を逃す手はない。ああいえばこういう、こういえばああいうのレトリックの冴えを見せるべきだった。

しかし、花田は、いっこうに力を尽くして論争を盛り立てようとはしていない。花田よりの贔屓目に努めても、その感はぬぐえない。それとも、吉本の必殺キックを喰らったのは、花田六号から花田十号くらいまでだから、何の痛痒も感じてはいないと感じていたのか。あまりに虚しい。あるいは、パーソナルな意味で吉本という（特に反撃に転じてからの）個性が苦手なだけだったのか。……これでは、八百長試合説と選ぶところのない卑小な通俗心理小説的解釈になってしまう。むべなるかな。理由の詮索は、相手が花田では実りが薄いようだ。

論争に多様な観点から照明を当ててみようとする時、やはり埴谷の（論理でない）極論は著しく邪魔になる。かかずらうと、問題の焦点からどんどん逸れていく。ここは、鶴見の位置からもういちど測定しなおしてみるほうが望ましい。

7　どこに思想の根拠をおくか

鶴見は、その独自の経歴、戦時下の通過の仕方（日米交換船による強制的帰国など）、思想史研究の先駆性、中心をになった「思想の科学」サークル運動のこと、ベ平連などの市民運動への関わり、といった多元的な視角から検討されるべき重要な思想家だ。本書では、そこに立ち入ることは避け、参照項目としてのみ利用することに限定されている。少しだけ限定枠を拡げ、吉本との対談における鶴見の立ち現われ方をみよう。

鶴見と吉本は、二度の対談（二人の対談にかぎる）記録を残している。そこには、同世代の二人が「好敵手」といってもいい対極性を互いのうちに認めていることが、鮮やかに刻まれている。

一回目は、「どこに思想の根拠をおくか」（一九六七年四月）、タイトルがそのまま吉本の対談集のタイトルになるだけではなく、二人の著書にともども再録されている。話題の論点は、およそ三点。反体制運動に命を賭けられるか、大衆のイメージをどこにおくか、論争にどう対処するか、だ。鶴見が関わる反戦市民運動にたいして、吉本は彼の「自立」原理から無効を宣告していた。だが、そこから二人のあいだに激論が展開されることはなく、鶴見は、あくまで聞き役の引き立て役に徹している。といって、吉本に譲歩しすぎることはなく、二人の行動原則の対極的な差異は浮き彫りになってくる。

鶴見は吉本の論争姿勢が根本的に了解できないと言う。反論しても無益な批判には答えない、というのが鶴見の原則だった。それに対して、取るに足りない相手でも背後に集団を背負っているような人物には、絶対に、直ちに、反論せねばならない、と吉本は主張する。吉本の主張は、日本共産党の分派闘争をくぐり抜けてきた者として、当然のことを語っている。やり返さないかぎり、潰されるのが目に見えている非議の世界――。リベラル左派として組織の外に身を置いている鶴見には、そうした不条理な戒律がわからない。理解は出来ても、理解を拒絶する。自分の作法に取りこまず、排除する。

この第一回目の対談では、まだ明瞭にはなっていないが、二人の対極性は、もう少し別レベルのところにある。それは、吉本の体系志向と鶴見の非体系志向との対置だ。安保闘争のデモ隊の隊列のなかにいて、鶴見は「ここで死んでもいい」という感情はあったと語る。大仰な身ぶりは似合わないけれど、ごくさりげない調子で語られる。「闘争に身体を張る」といった悲愴な決意とはまったく無縁だ。あれもありこれもありの是々非々を貫いて出てくる平常心のようなものだ。それを吉本が理解できない（理解を拒絶する）のは、彼の思想の体系志向によっている。彼の思想は、必ず一つの思想体系として構築されていかねばならない、と決意されていた。

彼らは互いを鏡のように見立て、己れの対極を映し、自己確認を重ねているようにみえる。埴谷を拝跪させた「死の国の世代」宣言のようなダンビラを、鶴見がふりまわすことはない。だが「死線をくぐる」といった極限状況は、戦時下にかぎってみても、より激しく鶴見のほうに起こっていたと思える。本人が素朴に語らなかったので、注目されなかっただけだ。二人は、埴谷と花田がそうであったように、典型的な、そして対極的な同世代人だった。

対立と差異は明瞭だが、論争にはいたらない。二人の示す構図は、「平和共存」といった当時の言葉がうまく当てはまるようだ。二人の対話からは、相手を打ち沈めようとして発された苛烈な問いかけが（ただちに反撥として跳ねかえってくるのではなく）相手の懐中に柔らかに受け止められ、融解していく様相がいくつも見てとれる。その繰り返しだ。吉本は「関係の絶対性」という尺度では測れない「絶対的な関係」があることを知らされたのではないか。

体系志向はすでに「マチウ書試論」におぼろげに表われていた。本書の第三章でそこまで言及しなかったのは、説明の先走りを怖れてのことだ。マチウ書の成立に関して、先行する教典からの「剽窃」という冥い言葉を選んだ時、吉本は自らの衝迫がどこへ向うのか、思い当たることがあったのかもしれない。「ひとつの思想がとおり過ぎる冥い影」と、彼はマチウ書を形容した。誰もそんなふうに思想を擬人化して、ナルシズムにあふれて、表明したりはしない。彼は、思考の断片の積み重ねでは絶対に満足しない。満足できないのだ。その意味で『死靈』の埴谷に、彼は、自分と似た志向を発見したのだろう。『死靈』は体系ではないが、一生かかってたどり着くべき宇宙存在論小説の遥かな山巓（多分に作者自身のナルシズムが投影されているが）というイメージにおいては、体系と同等にみなせる。

吉本による転向論の心髄をもういちど思い起こしてみよう。彼によれば、転向とは《日本の近代社会の構造を、総体のヴィジョンとしてつかまえそこなったために、インテリゲンチャの間におこった思考変換》を意味する。鶴見は、この転向論では戦時下の偽装転向を対象化することが出来ない、と指摘した。つまり、近代的自我による対抗ヴィジョンという発想には、限界があるということだ。「抵抗か・転向か」の曖昧・多義性を丁寧に読み解いていく志向は、吉本主義の尺度にはほとんどない。それは非体系の思想断片を渉猟する作業でしかなく、吉本にとっては、まともな関心をはらうべき値打ちがない。彼の眼には、前世代の文学者・思想者たちは「総体のヴィジョン」を把握しそこねた群れとして映る。吉本にとっての戦後の十五年は、その者らの虚飾のいっさいを剥ぎ取ることに精力的に向けられた。花田のように敵対してくる存在は、全力をもって反撃し撃滅した。埴谷と「同盟」を結び得たのは埴谷がはやばやと白旗を掲げてきたからだ、という説明は表層的すぎるが、一面の真実ではある。

正統の位置に立った吉本の次のステージは、自らの体系を、「総体のヴィジョン」を自前に創出し、構築していくことだった。彼は、「自立」主義の地歩を固め、前人未踏の理論構築作業へと向かっていく。その途上でまた、彼は非体系的思想家鶴見との対決を跡づけていくことになるだろう。
その詳細は次章にゆずる。

8 花田の早すぎる晩年

一方で、花田の、砂のような、花のような衰弱と縮小と敗走が始まっていた。それを本章の末尾で確認することは、論争における花田の決定的敗北という俗論を上塗りするかの印象を与えるかもしれない。わたしの意図としては、むしろ逆なのだが、勝ち負けにかかずらう言説をいくら積み重ねても虚しいかぎりなので、立ち入らない。

先に進もう。

一九六〇年六月、花田は小説「群猿図」を『群像』に発表する。ちなみに、この日付は安保闘争の頂点と一致する。小説は「狐草子」「みみずく大名」と連続し、三作が『鳥獣戯話』としてまとめられる（六二年二月）。これは、花田のエッセイ風歴史小説（もしくは、小説になりそこねた歴史エッセイ）への転身の始まりであり、おおむね好評をもって迎えられた。この時期には、ドラマや芝居台本の執筆もあり、予告だけに終わったが推理小説『やぶにらみのロレンゾ』も計画されていた。多産な収穫期をむかえていた、という客観的な評価は充分に成り立つだろう。

野間や椎名の晦渋な初期作品でイメージされる戦後文学は、ともすれば、青春の一過性で消費されたという定説に縛られる。だが、その担い手たちが成熟を成し遂げ、大作を問うていくのは、六〇年代以降のことだ。その意味からも、花田の小説家への華麗な転身は、第一次戦後派の書き手たちが彼らの異名にふさわしい底力を示してくる先駆けとみなせる（ことができるような気がしないでもない）。——括弧内は、花田の常套句である。あえて強調しておく。断定で済むところを、勿体ぶって語尾を牛のよだれのように引き伸ばし、引き伸ばすことによって、たいしたことのない断定の内容を何か深遠なもののように錯覚させる、老獪なレトリックだ。

ちなみに「群猿図」から、この種の言い回しを差し引くと、どうなるか。ページ数が半減するまでいっては大げさだが、かなり短く貧相になることは確かだし、作品の骨格は見え透いてしまうだろう。わたしは、「群猿図」以降の花田の仕事は、すべておしなべて、隠居仕事だと思う。老人の手すさびだ。論争において吉本は満を持して、花田を「花田老」と訴追した。この時の花田の年齢は五〇歳、「人生五〇年」時代の五〇歳だから、確かにそう呼ばれるにふさわしい。いや、吉本の悪罵にやどる願望の話ではなく、じっさいに花田のなかで「老境」が間違いなく進行していた。『復興期の精神』の後半には「晩年の思想」の回があり、《闘争にとって不可欠なものは、冷酷な晩年の智慧》だという認識が示される。その一文は次のように閉じられていた。

ツルゲーネフ風にいうならば、かれは希望に似た哀惜と、哀惜に似た希望との間を彷徨しているのだ。なぜ一気に物々しく年をとってしまうことができないのか。

もちろん好意的にみるかぎり、「群猿図」に始まる転身は、「晩年の思想」に表わされた決意の実践にほかならない。二〇年に近い日々を要したとはいえ、とにかく、花田は「物々しく年をとってしまうこと」をやりおおせた。しかし、「晩年の思想」は、たとえば太宰治（一九〇九～四八年）の第一作品集『晩年』（一九三六年六月）よりも、どれだけ優れているのだろうか。レトリックのさばき方に限定しての意味だが……。

竹内好はその後期に、自ら「評論家廃業宣言」を発した。ここでいう評論家とは、天下国家の問題に正面から立ち向かう全人的な知識人、文学思想家を意味する。文学が政治に関わって重要な社会的営為であった時代の文人のあり方だ。竹内は、その緊張した選ばれた仕事に自らの知力が拮抗できなくなった、と表明した。竹内のような潔さを公けにした者はむしろ例外だろう。けれど、「群猿図」を書いた花田に求めたかったのは、こうした率直な潔癖さだ。負けを認めることだ。もちろん認めるべきは、吉本個人への敗北などではない。彼らの関わった異端論争全体に花田が敗北したことだ。

「群猿図」は、戦国期の大名、武田信虎が息子の信玄に逐われた逸話を中心に進められていく。主人公は知名度の高い信玄ではなく、強力な息子との抗争に苦慮する老人の信虎のほうだ。いかにも陰謀政治家の面つきをした信虎の肖像を、作者は手堅く追いかけていく。読み継がれることに不思議はない秀作だ。

いや、この《エッセイ風の寓話》をいち早く《一種奇抜な秀作》と激賞したのは、「文芸時評」における江藤淳（一九三二～九九年）だった。何がこの小説読みの巧者を刮目させたのか。江藤はそれについて、慎み深く明言は避けているが、答えは明らかだ。寓話を寓話ならしめている私小説的背景への反応だ。つまり、信虎という陰謀老人に色濃く投影された作者の自画像の見事さに注目せざるをえなかった。老いの妄執にとらわれる主人公を見すえる作者の目の確かさは、たえずはさまれるエッセイ調のはぐらかしによって故意にぼかされていても、小説一般の感動を与えてくれる。

このような「文壇的な公認」が花田にどんな複雑な陰翳を与えたかは、推測の領域にある。決して嬉しくはなかったろうが、といって、嬉しくなくはなかったのかといえば、そうでもなかったのではないか、という気がしないでもない（この数行は、花田の言い回しを下手に真似ただけなので、特に何かを意味しようとしているわけではない）。

花田は『復興期の精神』新版（一九六六年八月）のあとがきに書いている。

おもうに、「楕円幻想」をかきおわったあたりで死んでいたなら、わたしもまた、いまほど不幸ではなかったであろう。そのころまで、わたしは、わたしのエッセイが、正当に受けとられようと、不当に受けとられようと、てんで問題にはしていなかったのである。しかし、昭和二十二年（一九四七）五月、それらのエッセイが、『復興期の精神』と題して我観社から単行本として出版され、毀誉褒貶にさらされると同時に、わたしは失望した。それは、戦争中、わたしの期待していたような戦後ではなかった。

例によって著しく真意のつかみにくい文章だ。自己《ゼルプスト》が何人分か詰めこまれている。花田一号から花田五号までくらいか。引用した部分にかぎってみても、どの一行に照明を当てるかの力点によって、いくつもの含意が埋めこまれている。口のなかで転がしていると味が次つぎと変わっていく飴玉があるが、数行ごとにそれをしゃぶらされているような感覚になる。しかし、深く考えても得るところは大してない。これはこれとして、花田の偽らぬ心境のかたまりだったと理解し、この引用を、本書の、花田への暫定的な結論とする。

少々しつこいかと思うが、もう一点。花田主義を「葬った」吉本が、人間花田の本体にどういう感情をいだきつづけていたかについて。これは、吉本が「信義の人」だったから湧き上がる疑問だ。埴谷にしろ、花田にしろ、人間本体とは別個に抽象観念の世界により多く存在していた。吉本にもその一面はもちろんあるが、それと同等の重みで、信義を尊ぶ侠客のような人間性の精気を放っていた。思想の人でありながら庶民の顔を喪わない獰猛な怪物性——これは吉本人気の主たる側面だ。論争は、吉本の花田の人間性への反感から始まったが、彼の花田論の歪さは、花田理解に益するところが少ない。にもかかわらず、「転向ファシストの詭弁」に頂点をつくる、吉本の花田への憎悪を鎮めることは不可能に思える。この薄めようのない憎しみが、生身の花田にも向けられていたのかと想像すると、あまり愉快ではなかった。ずっと、そんなやりきれなさを、わたしは持ちつづけていた。

「思索的渇望の世界」（これについては、後章でふれる）の、埴谷との対話部分で、吉本は言っている。

花田清輝が、東方会の中野正剛のところの機関誌「東大陸」に書いている経済論文は、ぼくは、大将が死んでから、最近になって読んだんですよ。そうしたら、そんなにできは悪くないんですよ。

ここでの「大将」という指示語は花田をさしているようだ。吉本の喋る下町東京弁では、これは親密性を表わす二人称として使われているのだろう。多少からかいのニュアンスはあるが、親しみをこめて、タイショーとかシャチョーとか呼ぶ。ここには、花田への、吉本の偽らない感情が出ていると思う。その感情をつきつめていくと、その先には「希望に似た哀惜、哀惜に似た希望」といった言葉が凝縮されてくるかもしれない。憎しみという感情はない。

論争対象としての花田は撃破したが、人間花田については温かい感情を担保していた。――このことは、異端論争の終幕の一つとして、いくらかの救いになる。証拠文献としてあげられるものは、他にいくつもあるが、これ一つで充分かと思う。

第6章 死者の数を数えろ、墓標を立てろ（一九六二―六四年）

――愛と同じく、イデオロギーは盲目だ。（スラヴォイ・ジジェク）
――非政治的な詩もやはり政治的だ。／で、中空に月は照ろうとも／その物体はもう朧月ではない（ヴィスワヴァ・シンボルスカ）

1 党員文学者の集団除名

人はその男をズル顕と呼んだ――。

宮本顕治（一九〇八〜二〇〇七年）の長い生涯の大半は、党とともにあった。党に捧げられた。補足していえば――党の堕落に捧げられた。二〇代の数年を戦前プロレタリア文学運動の主導的理論家・文芸評論家として、また党組織の幹部として通過し、投獄され、十二年を非転向で闘い抜いた。宮本百合子（一八九九〜五一年）の夫であり、『十二年の手紙』（一九五〇年）の共著者でもある。前記の『共同研究　転向』の研究者の一人は、宮本の尋問調書が白紙状態だったことへの驚きと感動とが、転向研究の強いモチーフになったと語る。宮本は、戦後の党神話を形成する象徴の一人だった。

指導者として立ったのは、六全協以降のことになる。党の正常化路線を推進し、ソフトな党勢拡大の方針を押しだしていく。安保闘争は戦後十五年の歴史の区切りとなったが、党は「闘わない前衛」としてそれを通過した。組織温存こそが「革命への第一歩」とする党にとって、日米新安保条約の成立をめぐる「国を二分する」闘いは主要な方針にはならなかった。

党に替わる前衛の位置を担ったのは、全学連と通称された学生組織だった。吉本が「擬制の終焉」と名づけた黄昏は、いくらかの時差をともなって党と党員文学者のあいだに現象してくる。

宮本は、その一方の極悪の主役を演じることになる。正常化路線は、宮本体制の確立ともみなされた。熾烈な党内闘争で実権を掌握していく過程で、宮本はズル顕と呼ばれる栄誉に輝いた。彼の後期の活動を讃える文献は、党による「正史」の他には見当たらない。皆無である。だが、本書では、当然ながら、彼の党が何を闘った（闘わなかった）かではなく、文学者との関係において如何なる「正常化路線」を築きあげたかにテーマをしぼる。

新日本文学会については、第四章ですでにふれている。誤解があるといけないので、念の為に書いておくが、会員のすべてが党員ではない。会そのものは大衆団体であり、運営は（建前としては）民主的手続きによって行なわれている。党員文学者が非党員の会員を「指導」したり、引き回したりすることは原則的にない。この原則が著しく損なわれてしまった時期が、『新日本文学』と『人民文学』が分派抗争に明け暮れた一九五〇年代の前半だった。会は基本的に党の傘下にありながら、相対的な自律活動を保証されていた――という大ざっぱな理解でいいだろう。

ただし、大衆団体というのは掛け声ばかりで、実状は党の外郭団体にすぎなかった、という観察も根強かった。

発端は、新日本文学会の有志十四名による党批判の意見書が出されたことだった。党員として持つ批判の自由を民主的に行使した。これは、一九六一年七月の第八回党大会の数日前に出され、大会の延期を要求していた。指導部の規約違反、組織原則の逸脱を激しく批判し、「今日の党の危機は、中央委員会幹部会を牛耳る宮本・袴田・松島らの派閥による党の私物化がもたらしたものである」と糾弾した。

これは、外部からの批判ではなく、あくまで党内部からの党中央批判であることに、第一の焦点がある。党の失墜（もしくは終焉）が、内部からの告発という形によっても問題化された点に、意義がある。あくまで「民主的な手続き」を踏んで、批判の訴えは公開されたのだ。さらには、規約違反という技術的な側面を問題にしたことに、第二の焦点がある。ここには、路線や綱領は視野に入ってこない。「闘わない前衛」への批判が出される時期はすでに過ぎていた。「党中央による党の私物化」に照明を当てるには、規約違反を理由にするほうがわかりやすかった。

ここでは、何が問題にされたのか。党の危機を招いた要因——少なくとも、最も近い要因は六全協にあった。それは、国内政治がいわゆる五五年体制として再統合されていく情況にも対応した、再編成だった。五〇年党分裂と極左軍事路線転換との誤謬のいっさいを「正常化」の名のもとに封印してしまった。「日本共産党よ、死者の数を数えろ。墓標を立てろ」という告発詩が発表されたのは、その頃だった。革命（その誤謬方針）に忠誠を捧げ命を落とした無名戦士に、党は償いをせよ（党が真の革命的前衛党であるなら）、という感情は、強く底流しつづけていた。直接でないにしろ、無名の人士たちによる声なき告発の精神は、この声明にも低く流れこんでいただろう。

有志は、何名かの連名をくわえ、第二のアピールを出す。

しかし、党大会は予定どおり開催された。

大会から約一カ月後、さらに、第三のアピール「革命運動の前進のために再び全党に訴える」が出される。第八回大会を認めないことを明らかにした。

党中央（いわゆる宮本一派）は、この一連の動きにたいして、明確な処置を選んでくる。党内批判派の追放（除名）である。これは、スターリン国家において大量に実行された粛清の縮小された一国的なかたちだといえる。革命とは無縁の党であっても、粛党は避けられない、という実例だ。

一九六二年二月、党は声明に名を連ねた文学者を集団除名した。そこには、安部公房、野間宏、花田清輝らの名があった。新日本文学会メンバーによる党内民主化要求というかたちを採った闘いへの報復だった。アピールが出されていく過程を詳細にたどれば明らかだが、一枚岩の党内闘争が展開されたわけではない。指導部批判の争点ひとつをとってみても、歩調はそろわなかったろう。

常に慎重に行動する者はいるし、この時点での党中央批判がどれだけの求心力を持ちえたかも疑わしい。けれども、党中央による処分は断固一貫したものだった。

五〇年分裂のさいに起こったことは、一方が他方を除名し、他方がそれに報復するといった、正統と異端が日替わりメニューのようにころころ替わる、うらぶれた宗派争いだった。今回、党中央を「乗っ取った」幹部は、もっと周到に、そして徹底した粛党を目論んでいた。その方針は、結果的にみれば、党への批判を留保する文学者・知識人の完全駆逐をめざしたものといえる。これは、宮本体制下の正常化路線の「不屈さ」を示す小さくないエピソードだろう。革命の旗を降ろし、市民社会に適応する少数議会政党として脱皮するには、口うるさい党員文学者など、党利に利するところのない邪魔者にすぎなかった。以降の党が明らかにしていくように、広報に使える有名人を党シンパのなかで見つけるほうが、ずっと簡単で、かつ効率よい宣伝効果を見こめるのだ。

除名は一斉に行なわれたわけではないが、中野重治や佐多稲子（一九〇四〜九八年）といった、戦前からの有力作家にまで及んで、いちおう目的を達成した。「邪魔者は排除せよ」。これが、正常化路線の一側面だ。革命を路線から取り下げても、中央集権的組織体制は護持された。内部批判を保障する民主制は撤廃されていった。

党と文学者が不可分であった時代は、ここに、あっけなく幕を閉じた。それが、一部の特別な文学者の一群にかぎられた現象ではあっても、時代の記憶は忘却の彼方に去っていく。注釈書などを書く物好きは滅多に現われないだろう。実情は一方的に閉じられたわけだが、幕引きを司った宮本がかつてのプロレタリア文学運動の星であり、宮本の文芸批評家としてのデビュー作が「敗北の文学」と題されていたことは、ブラックな笑いを誘う。文学を「敗北」させることが、党のトップに立った彼の一つの政治的「功績」となった。この一事だけでも、彼の名前は歴史に不朽のページをきざむだろう。

2 「政治と文学」論争の第二ステージ

ここに報告したのは、「政治と文学」の政治面での変動だった。これのみで完結したのではない。もう一つの側面——文学面がある。いくらか遅れて現象してきたので、後日譚ともいえよう。戦後文学において模索された「政治と文学」の命題は、政治面と文学面との両側面から、党の主導において最終的に「解決」されてしまった。

党内粛清の次にきたものは——。大衆団体をいっそう強く党の傘下に置くための支配強化だった。党中央は党員文学者たちを放逐した後、今度は、大衆団体である新日本文学会の運営権を握ろうと画策してくる。新日本文学会には、党を除名されたメンバーが、主流派を形成して残っている。彼らを大衆団体からも追放してしまおう、というのが党中央の次の方針となった。党中央の直系メンバーは、非主流派とはいえ新日本文学会員でありつづけている。この部分を仮に、日共系文学者と仮称しておく。文学者と呼ぶにはふさわしくない党官僚たちにすぎないが、便宜的に仮称をつけないと、論述のしようがないわけだ。日共系文学者はすでに、拠点として『文化評論』を発刊していた。さらに、彼らは、新日本文学会のヘゲモニーを狙ってきた。

一九六四年三月。新日本文学会第十一会大会がその「戦場」となる。その詳細を報告するのは、最小限におさえるにしろ、じつに気の重い作業だ。本多秋五の「新日本文学会大会における私の発言」（一九六四年六月）からの引用を掲げる。本多はここで「大廈の倒れんとするやよく一木の支うるところにあらず」の名言を吐いた。

しかし、明らかに、『アカハタ』なら『アカハタ』が何十日間かにわたって、新日本文学会に対して意識的な攻撃を加えた。新日本文学会の主流というか、現執行部というか、それに対して、攻撃を加えた。その攻撃論文を書いた人たちが、新日本文学会の会員に加わって、やっている。現にいまも大会をやっている。その新日本文学会に対して、破壊的な行動をとった人たちを、どうあつかうかについて、新日本文学会は、一向に決着をつけていない。また、あれだけ攻撃を加えた人たちも、そのまま居据わるつもりなのか、その攻撃の決着をどうつけるのか。さっぱりわからない。

結論だけを述べれば、日共系（代々木系ともいう）文学者は新日本文学会から撤退して、別個に、日本民主主義文学同盟を設立し、雑誌『民主文学』を発刊する。——この同盟の活動は、基本的には、本書の関心から外れる。新日本文学会はすでにその歴史を終えているが、日本民主主義文学同盟は今も持続している。

これらは、半世紀前という距離そのもの以上に遠い歴史の出来事であるような感慨を、とりわけ与えてくる。戦後文学が追究せんとしたテーマの数かずは、十五年から二〇年にみたない期間の幅において、ほぼ消尽されたとみなさざるをえない。

五〇年分裂問題もふくめて、党と文学者とのこのような宿縁を、具体的に素材とした小説作品の収穫は、多くない。当事者として直面した書き手による、次の二点を記憶すれば充分だろう。高《コ・》史明《サミョン》（一九三二〜）『夜がときの歩みを暗くするとき』（一九七一年九月）――『〈在日〉文学全集』第十一巻（二〇〇六年六月　勉誠出版）に再録。小林勝（一九二七〜七一年）『断層地帯』（一九五八年）――『小林勝作品集』第二巻（七五年八月　白川書院）に再録。

他にもある三作の、タイトルのみをあげよう。野間宏『地の翼』（一九五六年一二月）は、前編のみで未完結。中野重治『甲乙丙丁』（一九六九年）。大西巨人（一九一九〜）『天路の奈落』（一九八四年一〇月）は、宮本一派を悪役に仕立てた通俗小説にとどまる。

体験が昇華されずに投げ出される。忠誠と幻視についての考察が生まれてくるには、時間が必要だったろう。だが、時は熟成を許さず、もろもろの事象を忘却の彼方に拉し去っていくようだ。教訓は得られない。

党中央による正常化路線と党内反対派の抗争は、何を残したのか。政治的な勝利をおさめたのがどちらかといえば、答えは明らかだ。政党に所属する組織として今も持続している団体のほうが「勝利」した。それは文学的な勝利ではないと指摘しても虚しいかぎりだろう。敗者は何も得ない。

「政治と文学」論争（論争ならぬ抗争）の第二ステージに接して、やはり、月並みだが、胸を去来してくるのは、ヘーゲル（一七七〇〜一八三一年）を引き合いに出したマルクスのあの言葉だ。《一度目は偉大な悲劇として、二度目はみすぼらしい笑劇として》——。

いくらか慰められるのは、この種の抗争がこれで打ち止めになったこと、第三ステージがめぐってこなかったことだ。

3 プロレタリア文学の遺産は誰のものか

ところが、この話題は終えられないのだ。

まだ、もう一つある。もう一つ後日譚がある。語り残されている。

戦前プロレタリア文学の遺産継承者として、彼ら「政党文学集団」は充分に役割を果たしている。遺産継承に関してのことだ。そこで、「政治的勝利」はそのまま「文学的勝利」でもあるようだ。

その不可思議な光景は、『日本プロレタリア文学集』全四十八巻（別巻、評論集をふくむ　新日本出版社）が、一九八〇年代半ばから末にかけて刊行された時、この上もなく明らかになった。現在、この版でしか読めないテキストは少なくない。戦前プロレタリア文学を集成する試みは、基本的に貴重なものだ。多くの巻数の普及版を企画・実現することは、一般の商業出版社では不可能に近かったろう。だが、こうしたかたちで「正史」が編まれてしまったことの弊害は見逃されがちだ。

指標的名作を網羅したシリーズは、ただ一つのプロレタリア文学史の史観をまとっている。それが能うかぎり公正に近いものであれば、問題はない。だが、ここに作用しているのは、一つの党派による利害観点にしばられた「史観」だ。スターリン的史観だ。前衛党への批難というテーマは、ここではあらかじめ排除されている。端的にいえば、新日本文学会のヘゲモニーを奪おうとした集団の「観点」がソフトな偽装に隠れて隠微にはたらいている。歴史のみでなく、文学史もまた、あったように記録されるのではなく、ある集団が望んだように、ある集団の利害のみにしたがって「偽造」されるのだ。

小林多喜二（一九〇三〜三三年）、徳永直（一八九九〜五八年）、宮本百合子の三人が中心をしめるのは当然としても、評価が党派的な観点で矮少化されている例が少なくない。その点においては、やはり、日共に特有の「偽造史観」が顕わにむき出されている。

中野と佐多について、特にそれが露骨だ。さすがに、彼らの初期作品を省略することまでは控えているが、後期の作品はすべて黙殺し、解説も政策的観点からの（本質的でない）否定が目立つ。除名された者の名誉回復はまったく視野に入ってこない。今後、この種の包括的シリーズの実現が望めないとすれば、この「政策史観」が未来永劫にわたって文学史を占有するのかもしれない。どう考えても、これは異常事態だ。

また、葉山嘉樹（一八九四〜一九四五年）は一人一巻のあつかいになっているものの、解説がまったくおざなりだ。期待するほうが間違いだとしても、彼の「転向」について公式的見解ばかり並べられるのは哀しい。

また、荒畑寒村や金子洋文（一八九三〜一九八五年）のように、収録を拒否したらしい書き手がいることも、考慮されねばならない。荒畑の数少ない初期小説は、前期プロレタリア文学の黎明に位置するものとして普及したほうがいい。それを阻んだのがシリーズ全体に底流するまぎれもない「党派性」だった。

いくつか指摘した点は瑣末事のような印象を与えるかもしれないが、それはちがう。『日本プロレタリア文学集』は、かつての先人たちの遺産に得がたい鳥瞰図を適用する。その全体像は個々の担い手たちの厖大な集合だ。個別の書き手たちへの評価軸は、その作品自体と情況との相関に求められねばならない。評価軸に、ある党派を益したか否かという測定法が混ざることなど、言語道断だ。ある一人の書き手への評価だけで文学史の眺望の一切が変わってしまうことはありうる。逆もまた、考えられる。過大な評価と過小な評価とはメダルの裏表だ。その意味では、完璧に公平な文学史は、かつて存在したことがない。肝腎なことは、そうである以上、文学への評価は不断に書き替えられることによってのみ、相対的な正当性を担保されるだろう。

決定版のプロレタリア文学史などありえないし、あってはならない。ましてや、一つの政党が独占する文学遺産など遺産とはいえない。

『日本プロレタリア文学集』に先行するものとして、『日本プロレタリア文学体系』全九巻(一九五四〜五五年)と『日本プロレタリア長編小説集』八巻(同年　ともに三一書房)がある。前者は、何期かに区切った時期ごとに各ジャンルの作品を収録する構成で、戦後まもなくの研究成果といえる。現在は入手が難しい。こうした研究を受け継ぐシリーズが望まれるが、可能性は薄いと思われる。

近年、プロレタリア文学の復刻は、ささやかながら途絶えることはない。とはいえ、一般的な目にふれやすいものではなく、多数いるとは思えない研究者用の流通なのだろう。

政党お墨付きのシリーズだけがある、といった状況がつづいている。このような「遺産管理」の弊害は小さくない。

わたしが、この問題に関心を向けさせられたのは、数年前の『蟹工船』（一九二九年）の時ならぬブームに際してだった。「党派文学のスター」である小林の作品が貧困ニッポンを揺り動かす啓発の書として、圧倒的な支持を得た。その時、流通していた文庫本が蔵原惟人解説で、カップリングされていた作品が「党生活者」（一九三三年）であることに、迂闊ながら仰天してしまった。『蟹工船』を読む者は、やはり「党生活者」のページもめくるのだろうか――と薄暗い気分に襲われもした。「党生活者」をめぐる議論から戦後の「政治と文学」論争は開始された。その批判的継承がどれだけ根づいたかは確定できない。異端論争に終止符が打たれることによって、継承の行方もまた白紙にもどったような気がしていた。

予想したとおり、ブームは『蟹工船』一作から拡がることはなく、プロレタリア文学の歴史にも、その諸作品にも一般の関心は移っていかなかった。ただ、死語となっていたプロレタリア文学の語が復活したおかげで、いくらかは息苦しさを免れるようになった。

だが、ブームの副産物は、一挙に時計の針が逆行したような「政治文学」勝利の光景となって現われた。百万部を超えるミリオンセラーという反響に、ある地方の党委員会は、さっそく、党勢増大の好機が来た、と発破をかけたという。文学を政治の従属物としてみなすレーニン教条主義的「条件反射」は、この半世紀、居眠りしていただけで、まったく無傷に保存されていたらしい。遺産とは票数なのか？　好機到来とみれば、ただちに発動されてくる瞬発力も健在だった。

党はすでに前衛ではなく、喪うべき威信すら欠片も残っていない、ただの議会政党だ。だが、プロレタリア文学の遺産を党勢拡大の手段としかわきまえない教条レーニン主義は健在だ。全国民の遺産としてあるはずのものを、彼らの党派だけの遺産とみなす党派エゴ——。結党から九〇年、もしかすると、その教条だけが（妖怪のごとく）健在、ということかもしれない。

4　吉本にとって勝利とは何か

黄昏の名付け親である吉本の、その後の動向に眼を移そう。「擬制の終焉」（一九六〇年九月）には、次の一節がある。

> 彼らを前衛とよばないためには、ただ、過酷にしずかに、根深く、永続的に対立し、ついにこれに追いつき、追いこし、かれらが真理として売りにだしたものを止揚するたたかいをつづけるほかはないのである。

これは彼が五年前に『マチウ書試論』で表明した原理の具体的な応用となっている。近親憎悪の感情はかなり薄まってはいるものの、いまだ明瞭だ。そして、事実として、前衛は前衛たる位置から転落していた。なお、彼の追撃のための闘いは止まない。敵が倒れても、彼の永続闘争はつづく。彼が正統の座を奪った後も、闘いは止まない。

吉本は、一九六一年九月、雑誌『試行』を創刊する。（谷川雁（一九二三〜九五年）、村上一郎（一九二〇

〜七五年）との共同編集だ（六四年六月の十一号から、吉本の単独編集となる）。吉本は『試行』に、『言語にとって美とはなにか』を連載、六五年六月、十四回で完結する。略称『言語・美』は、同年、二巻本として刊行された。

吉本の体系志向が結実した最初の大著だ。関係の絶対性にもがき、彼がどこに抜きん出ようと模索していたかを語って余りある。彼の考えでは、彼自身が「総体的ヴィジョン」をつかみとらないかぎり、彼自身も前世代の転落した酸鼻な「思考転換」に転落していくほかない。論敵を撃破したことなど、彼にとって、目先の小事にすぎなかった。自らの体系的思考を圧倒的に構築することによって「総体的ヴィジョン」を問う。――それが彼の闘いだ。「拒絶された思想となって、その意味のために生きる」ことの内実だ。倫理主義、克己主義、リゴリズム、ヒロイズム、そして、何より巨大なナルシズムが、彼の、鉄塔のように聳え立つ思想的根拠を支える。

『言語・美』への、彼の、自己解説をみよう。

わたしのかんがえでは、現在、社会主義リアリズム論とそのヴァリエーションの範疇内で、「批判芸術」の創造を極限まで引っぱっているのは、『死霊』における埴谷雄高と、ここ二、三年の創作における花田清輝であり、おなじく、この範疇で文学理論を極限まで引っぱっていったのは、「文学は上部構造か」以来、『有効性の上にあるもの』にいたる本多秋五と、実作鑑賞の体験の理論化をつうじての平野謙の仕事である。わたしはそこに、古典的刻印をはっきりみとめながらも、なおおおくのものを学ぶことができると考えている。……かれらは、誤謬から出発しながらそのつよい自己資質にたすけられて不可避にそこまで歩んできた……　そして、かれらの問題意識を包括しながら、これを超えている文学理論は、戦争体験とプロレタリア文学の検討をとおして現在に至ったわたしの「言語にとって美とはなにか」をのぞいて、いまのところこの国には、存在していないのである。

「「政治文学」への挽歌」（一九六三年一〇月　傍点原文）

これはまだ、大著の完成する前の発言だが、完成を確定的に前提したうえでの表明だ。重要なので、ここでの論点を、箇条書きにまとめておこう。

①社会主義リアリズム圏内での批判的芸術を対象にしての評価であること。

②創作部門では、埴谷の『死霊』と花田の『鳥獣戯話』。理論部門では、本多の評論と『文芸時評』を中心とした平野の仕事を収穫として認める。

③彼らを正当に継承し、なおかつ決定的に乗り越えた仕事が吉本の『言語・美』である。これは、現在的に唯一無二の達成だ。のみならず、将来的にも、そうであろう――と、言外に言っている。

社会主義リアリズム圏内での現実レベルの文学団体による抗争は、本章で簡略にスケッチしたように、救いがたい愚劣に陥っていた。花田はその渦の中心に巻きこまれ、本多も平野も余波をこうむっていた。吉本はその渦には近づかなかった。花田にたいしては、しかし、公平な評価に徹している。「血ぬられた手のファシスト」とまで罵倒した相手であっても、一定の信頼は捨てていなかった、ということだ。『死霊』と並べるなら、『復興期の精神』をあげるべきだが、転向ファシストの詭弁文書として徹底して叩きつぶした手前、さすがに論理的整合性を気にかけて新作を指示したのだろう。そうすると、しかし、『死靈』の継続は難破したままだったので、埴谷の現在（政治エッセイの書き手ではなく、創作者としての）をどう評価するのか、という点が微妙になる。仔細に読めば、曖昧なまま判断保留されている。その矛盾は、後年になってから、吉本と埴谷のあいだに噴出してくるだろう。

②のところは、さらに問題となる。ⓐ「彼らは、誤謬から出発しながら」、ⓑ「そのつよい自己資質にたすけられ」、ⓒ「不可避的に」評価に足る仕事を達成した——と吉本は書く。ⓐは、彼らが転向者・戦争傍観者世代として「総体的なヴィジョン」をとらまえそこねていたことの確認だ。吉本にとって、この認識論的優位は絶対的に不動なのである。ⓑはそれを論理的に受けた行文だが、飛躍している。論理で押しながら、言葉が不意と「詩的」に飛躍する。これは吉本節に固有の飛躍的転調なのだが、多くは論理以前に読者を魅了する官能力の源泉となっている。「たすけられ」という受動詞は、対象に即して読もうとすると明らかに矛盾する。吉本に「たすけられ」たのか？そんなはずはない。要するに、この一節の論理的蒙昧と、それに比例した詩的叙情との強い陶酔性は、吉本の彼らへの信頼と哀惜を語っているのみだ。その意味では、同語反覆を呈している。ⓒもその余勢をかって追加された修辞だ。「不可避」というのは、どう考えても対象の能動を説明する用語ではない。論者の主観だ。この四人と竹内好が、吉本の「師」といえる位置にいたことが確認できる。花田にたいしては性根に据えかねたので、徹底的に糾弾する途を選んだ。論争の決着と信頼度とは別個だと、あらためて示したのだろう（その点から考えると、花田－吉本論争に過度の意

味を結びつける解釈は前提的におかしい、という結論になる)。
そこから、吉本の主張は③に移行する。流れにとどこおりはみられない。三段論法としては、じつに明解だ。自らが到達した高み(まだ大著は完結していないのだが)の正当さは、自らにとっても眩しい。社会主義リアリズムを内在的に批判する理論体系に、ついに自分が立ち得た興奮をおさえきれない様子だ。吉本が為した継承作業について、『マチウ書試論』の語彙においては「剽窃」という冥い用語が当てられていた。彼はその時点では、自分が体系を達成できるか否か確信を持てず、揺れ動いていたのだろう。
確信の訪れを、彼は、もっと直截に宣言している。

わたしの『言語にとって美とはなにか』は、すくなくとも「社会主義」諸国で流布されている文学理論の水準を十年は抜いているはずである。

この文章は「いま文学に何が必要か　3　積極的主題について」の一節。未発表のまま『模写と鏡』(一九六四年一二月)に収録された。数年後、すでに完成を成し遂げた後、彼は次のようにも宣言している。『『試行』二五号後記」(一九六八年八月)。

わたしたちはなしえたことを自ら語るのを好まないが、わたしたちのなしえたことの外に、どこかになしえたことがあるということを少しも信じてはいない。

主語は「わたし」以外ではないはずなのに、「わたしたち」と発される。わたしの後に旗印を振る吉本主義者の隊列がぞろぞろつながってくるのをつき従えているかのような構文だ。自己《ゼルプスト》の複数化（量的肥大）を誇示する文体はいつ頃から表われてきたのか？　克明に走査する根気はとても起きなかったが、六八年段階で、すでに目立ってきている。

5　異端から正統へ

吉本と鶴見の二度目の対談「思想の流儀と原則」（一九七五年八月）は、二人の対立点をさらに鮮明にしている。激論にいたるとか、決裂するとかではなく、互いに拠り所を探り合ううちに、互いにゆずれない原則の対極性があぶり出されくる。

鶴見は『言語・美』の全体にたいして、印象批評だが、ごく自然な疑問を呈している。要は、個別的な作品批評は柔軟でしなやかだが、それを束ねる理論体系に違和感がある、《あんなに硬直した体系を作らなくていいんじゃないか》と言う。

それに応じては、吉本の《やりきれねえな（笑）》という即答があるが、話の流れのなかで、明快かつ断固とした言葉がつづくことはない。先立って、吉本は、「論壇時評」で鶴見がみせる非体系志向の是々非々主義にたいする率直な批判を語っている。鶴見はそれを彼らしくやんわりと受け流す。流儀のちがいははっきりするけれど、それが衝突し合うまで到っていない。かといって、物足らなさが残ることはなく、対談は終始「友好的な対立」で進行していく。

鶴見は『言語・美』に立ち返って言う。──そこで書かれたことは、予感としてたとえば平野謙の作品論のなかにあった、しかし、平野は体系をつくらなかったから害は少ない。《吉本さんは体系を作ったから害もまた出るんだな。それは卑俗的なことで……》と。正統の位置に立った吉本主義が権威と化し、教祖として一人歩きするのではないか、という懸念（すでに現実だった）をぶつけている。

吉本が、体系化した吉本主義として虚像と虚塔を打ち建てることは、当人にも制御しかねる現実過程だろう。しかし、にもかかわらず、理論体系を構築せねばならない、というのは吉本が自覚的に選び取ったコースだ。冥い宿命観は、彼の初期の詩に哀切なセンチメンタリズムとして黒ぐろと刻印されていた。社会をとらえる総体的なヴィジョンに、彼は取り憑かれていた。正確には、ヴィジョンにではない。総体的なヴィジョンを手にしたい、という欲求に取り憑かれていた、というべきだ。翻ってみれば、近代化過程の生真面目な学問的出世主義に、哀しいばかりに似通っている。それは、たんに、世界を認識するためだけのヴィジョンだったのか。

社会主義リアリズム論の文学理論体系が世界認識のヴィジョンを求める──。これは、どういうことなのか。鶴見はその害悪を、いくらか不明瞭な言葉で（わざとぼかしたのかもしれないが）、吉本にぶつけた。体系構築への熱情は、つまるところ、権力意志を招きよせる。体系構築と権力意志とが、二つにして二分できない不可分のものとまではいえない。しかし、一人の人格のなかで、それらは容易に合体する。合体して、文学的小スターリンという、世にもおぞましい存在を産み落とす。

同じ時期、文学諸団体のうちで、極小スターリン同士の闘いが記録されている。彼らを擬制として葬った吉本は、そうした悲惨な現実から遠く離れていたが、純粋さを保持し、現実的な罠からまったく自由だったわけではない。彼自身が無冠の小スターリンとなる途についていた。吉本は、『言語・美』を執筆中に、《心は沈黙の言葉で〈勝利だよ、勝利だよ〉とつぶやきつづけていた》ことを明らかにしている。勝利とはもちろん、社会主義リアリズム論の理論体系のトップ（本書のテーマに即していえば、正統にして正統なる正統の座）に立ち得たことを指す。歴史文書として今これらを再審すると、奇妙な符合に思い当たらざるをえない。この勝利感は、高度経済成長期における日本資本主義の勝利とぴったり重なるのだ。

彼を権力意志の権化として批難することは的外れだ。しかし、彼の体系構築への熱情、理論の研鑽にはげむ上昇志向がそれ自体として成立する純粋な世界などない。それは、「正統と異端」の酷薄なメカニズムのなかで、いつしか権力意志に変容を遂げる。変容を見過ごしたままで、彼の勝利を讃え、新しき正統（吉本）に拝跪することは、もっと恥知らずな怠慢だ。

第7章 俺たちは彼らを〈あちらの側〉に預けておく（一九七二—七五年）

——もし君が相手の愛を呼びおこすことなく愛するなら、すなわち、もし君の愛が愛として相手の愛を生みださなければ、もし君が愛しつつある人間として君の生命発現を通じて、自分を愛されている人間としないならば、そのとき君の愛は無力であり、一つの不幸である。（カール・マルクス）

1 『死靈』五章出現と花田の死

『死靈』五章「夢魔の世界」が、一九七五年七月、『群像』に発表される。ある作品の出現が事件として刻まれるケースは少なくない。しかし、『死靈』ほどその作品イメージにふさわしく、亡霊のように現われ亡霊のようにそこに居座ってしまった例は稀だろう。本章は、その周縁もふくめて、焦点をしぼっていく。

記録のうえで並べるなら、それに先立つこと数カ月、花田清輝が逝った。埴谷はその追悼文を寄せ、かつて親しかった時期の回想を、あたかも『死靈』の一シーンを提出するかのように、巻きもどしてみせた。彼らは、宇宙的な私語を交わし夜の街路を果てもなく彷徨う、三輪與志と首猛夫の兄弟のごとく歩き、不平を鳴らし、やがて「あちらの側」の闇に去っていく友人の背を、現在の埴谷が見送る――といった輪廻の一文となっている。

唐突だが、注目しておきたいことがある。

本書に語られる三人は、いずれも病死を遂げている。自然過程のうちに、表面上は平穏に生涯を終わった。太宰・三島・川端の美しい日本文学御三家のように、人騒がせな劇的幕切れを自ら選ばなかった結果として、大往生を遂げた。「死すべき時に死す」ことをしなかったため、晩年の仕事は輝きを喪ったとみなせる一面がある。その点、平均寿命をこえる高齢まで生きた他の二人に較べて、花田は老醜をさらすことをいくらか免れた。だが、その優位はたんに、彼にいち早く「死の慈悲深き訪れ」が訪れたからにすぎない。

2　新左翼の死は駆け足でやってきた

革命闘争の歴史は、それを構成する人員の内部論争・内部抗争の軌跡でもある。内部抗争を通過しない革命組織は、かつてどこにも存在しない。たゆみない相互批判と自己批判のサイクルによって、革命組織は鍛えられ、力量を蓄積していく。批判の作法に暴力がともなうことは、ある程度は必要悪とみなされていた。暴力を正当化する論理を厳しく排除する不文律は主要な原則とはならなかった。

――以上のことは、正統と異端というテーマを掘り下げていくさいにも、いわば前提事項として置かれていた。前章までの記述は、左翼文学（まぎれもなく歴史的名称なのだが）の一側面に関わっていたが、それは概ね、日本共産党という旧左翼に関連していた。

日本共産党は、現在にいたっても、非常に紛らわしいことだが、党名を変更していない。そのうえ、時には、悪質な冗談としか思えないが、いまだに前衛であるかのようなポーズさえ採ることがある。

一九六〇年代、日本社会が高度成長経済のもと未曾有の変貌を遂げていくなか、反体制政治勢力の突出部分は、新左翼として己れを鍛えあげていく過渡期を経験した。安保闘争を主体的に担った全学連は闘争に殉じるかのように、組織的には解体再編にさらされていった。かつての前衛は、五五年体制の末端に連なる少数議会政党の途を選択した。「前衛党」に替わる真の前衛を如何にして創出するかが問われていた。新左翼が直面した課題の一つが新たな前衛党の創立だった。それは、歴史的に負わされた試金石でもあった。

この歴史を一方に、新左翼は誕生し、短い激動の季節を消費し、夥しい死者と墓標とをかたわらに積み重ね、短期のサイクル(最短に見積もると十年にもみたない燃焼だ)を終えてしまった。その物語は、六〇年代全般に雑然と拡がってはいるが、特に六七年、六八年、六九年という後期に偏在する。埴谷と吉本は、その精神圏に多大な影響をおよぼした教祖として君臨している。新左翼の時代は、彼らの時代でもあった。

本章の記述は、一九七二年を定点として始まるが、こう書けば、それなりの予断はつながるだろう。六〇年代の叛乱は、日本社会に限定された現象ではなく、西欧の先進国諸国にも共通する。政治闘争のみがプログラムされたわけではなく、あらゆるジャンルの文化闘争がそれを包み、あるいは急進化させ、政治闘争を片隅に追いやった。革命は「明日」の目標というより、「今、ここにある」祝祭、といったイメージに強く牽引されていた。街頭ブランキズムが、到るところで花開いていた。こうした意識にとって、前衛党は不在だろうが不能だろうが、関心の外にあった。

一九七二年の三月、連合赤軍による十六名の同志殺しが明らかにされた時、事件が起こるべくして起こったと感じた者はいなかったろう。だが、晴天の霹靂とした衝撃はどれだけ深いものだったか。事件が必然の糸に導かれていたという感想は、どんな意味においても誤っている。弱小党派が勢力を合体させ、現実味の薄い冒険主義的方針を採択した。官権による追い立ては彼らの実力以上に厳しく、彼らは極限状況を自ら招いてしまった。主体決意主義で隊列を立て直そうとすると、弱さを露呈する部分に厳罰を下すしか選択肢が無くなった。厳罰による死は、真冬の山岳ベースという特殊な環境にあっては、あまりにあっけなく仲間たちの存在を連れ去ってしまった。すべてが——、とまではいわないが、あまりに多くの偶然の作用が累積し、事件のシナリオを決定づけている。

だが、この時代をともにした者が自身の敗北の表徴をここに見い出すことは必然だろうか、また、正当な反応だろうか。否だ。

時代は遠く去り、今では、この事件を境に新左翼の全面的な退潮が始まったという嘘八百が、不思議なことに定説化してしまっている。悪辣な歴史修正主義者ばかりか、善意の無知な社会学者までが、この説に参加し合っている。ただ、事件の表徴だけが、「歴史学者」の粗雑なフィルターをとおして、平板に解説されたにすぎない。だが、あの時期に生きた者らが招き寄せた敗北感が、歳月を経るうちに変質をこうむって、見当はずれの定説を許してしまった側面はあるだろう。敗北感の寄せ木細工は「歴史学者」のお気に入りの玩具になっている。

吉本隆明は、事件から数カ月後の講演で語っている。「連合赤軍事件をめぐって」(七二年七月六日ルビコン書房主催) ——『知の岸辺へ』(弓立社　七六年九月) に所収

その課題 (共同性の原理を創出する課題) というのは避けることはできないわけで、そうでなければ例えば、僕らは、レーニンやトロツキイはたまたま運がよかったんだから革命ができたんだということでいなしてしまう問題になってしまうと思います。そういう問題なのではなく、一人のレーニンが、あるいはレーニンの組織がでてくるためには、遠い所からいえば、ト

ルストイがおり、ドストエフスキイがおり、ツルゲーネフがあり、といったいわば当時の世界文学の中で、イデオロギーは別として、どれ一人をとってきても、優に、世界文学をリードすることができるといったいわば巨匠の存在なしには、レーニンは出てくることはできないわけです。あるいはレーニンの組織というものは出てくることができないのです。

これを初めて読んだ時の形容しがたい口惜しさを、わたしは忘れられない。と同時に、これを読むことによって、やっと自分のなかの一部が救済されたようにも感じた。十字架の背負い方を教えられたような想いに打たれた。引用は、後で書物になったものからではなく、雑誌『査証』一九七二年九月号（次頁図版は表紙と誌面）に載った小活字のコピーによる。

いま読み返すと、彼はロシア文学を語ることによってロシア革命についての想いを吐露したのだろうか、と思えたりもする。あるいは、ロシア文学について語ることもロシア革命について語ることも「一にして一」であるロマンがまだ健在だったのか。

じつは、四〇年経っての連合赤軍事件への益体もない感慨にふけることが、この項の目的ではない。語りたいことは、まだ先にある。同じ雑誌の吉本の講演記録の前の部分に、ブント（共産主義者同盟）の当時の一分派であるRG派のアピール文が掲載されている。その主張はどうも怖ろしくわかりにくいのだが、要するに、彼らを除く八派（この説明は省略する）は「連合赤軍の闘いをブルジョアジーに売り渡す」日和見を犯している。「連合赤軍の銃撃戦を断固支持するのであれば、内部粛清の行為をも支持しなければならない」となる。粛清を否定するのなら、銃撃戦も否定せね

連合赤軍事件をめぐって
吉本隆明

ばならない。故に、どちらも肯定する――。この主張をわざわざ紹介するのは、当時の新左翼党派がおしなべて、「仲間殺し」について、深刻な反省・総括には向かわなかった、という事実を再確認しておきたいからだ。心情レベルは知らず、党派の路線的論理のレベルでは、どの党派も総括を拒否し、拒否することで「前進」を果たそうとした。

いってみれば、連合赤軍事件の同志粛清という側面は、以降に凄まじく連続することになる党派間の内ゲバの時代の、グロテスクな幕開けとして記憶される。続いて開始されたのは、ただ他党派を撃滅することだけを目的にした殺戮のための闘いだった。RG派の主張に表われた混乱した論理は、たんに内ゲバの激化・本格化を予言するだけのものだった。「連赤」の同志殺しは、結果的には、「敵を殺せ」という情動のタブーを取り去る方向にはたらいたのかもしれない。

3 内部ゲバルトの時代

内ゲバの時代は、控え目にいっても、その後、十年はつづいた。新左翼は衰退に向かったのではない。深く静かに活動を絶やさなかった。他党派を殺戮するという方針に向かって……。

『検証　内ゲバ』（小西誠、いいだもも他　二〇〇一年　社会批評社）によると、死亡者は一一三人、負傷者は約四六〇〇人、発生件数は一九六〇件超。調査のとどかなかった範囲もあり、じっさいの数字ははるかに多いという。さらに、精神や肉体に大きな障碍を負った者までふくめれば、莫大な損傷が、一九七〇年代の全般にわたって拡がっていった。

すべての者が内ゲバにたいして有責だ。

関わったセクトの者らだけが異常だった、というだけのことなら……。

これほど極端なかたちで党派の抗争が起こったケースは他の世界では類例をみない。日本の左翼に特有の劣性遺伝現象と済ますことも出来ない。一つの解釈は、前衛党が不在になった後、反帝国主義・反スターリン主義を掲げた諸党派が新たな前衛党の位置を奪い取るために手段を選ばなかった、という図柄だ。他党派を撃滅し強さを誇示すれば、支持者が拡大していくだろうという倒錯した論理――。これは、死亡者の七割近くが、最大党派を競った中核派と革マル派から出ていることの説明としてははとおるが、内ゲバ全体の不条理な蔓延に関しては適用できない。党派間の抗争において暴力的衝突は、ごくありふれた事象だったにせよ、相手の生命を奪うことが自己目的化するためには、超えねばならない絶対の切断面があったはずだ。超えることを可能にした党派「論理」は、やはり、党派に組みさなかった者の想像の外にある。

『検証　内ゲバ』は、その想像を絶する世界を記録に残そうとした真摯な試みだといえる。著者たちの一部には、かつての日本共産党の極左軍事路線で無駄に死んでいった者らへの鎮魂の意図があったようだ。事例の性格はまったく異なるとはいえ、一九五〇年代の死者たちの実態は不明なまだ。無駄に命を浪費させせられたとしても、その無念を代わって記してやることも出来ない。その痛恨が、内ゲバの犠牲者たちへのレクイエムに向かわせたのだろう。如何に愚劣な抗争のさなかの死であったとしても、忘れ去られてはならない、と。

社会運動のなかで、これほど広範で壊滅的な負の遺産を、わたしは他に知らない。考えてみるまでもなく、六〇年代末のカーニバルの日々は素早く蕩尽され、後にはテルミドールの間延びした歳月が長々しくつづいた。その歳月のほぼ全域にわたって、内ゲバは暁方に襲う悪夢のように併走していた。日々の暮らしのごく近いところで、夜の闇にまぎれて起こり、終わることがなかった。

いまだに、わたしには、これらの出来事が現実界で起こったということを信じたくない気持ちが強くある。何か映画か小説かで観たり読んだりした極端に出来の悪い寓話にうなされるような不快さだ。

彼らのこじ開けた時代のエッジ（そんなものがあったとしての話だが）とは、何だったのか。あのまぶしいばかりの祝祭の日々の裏で、進行していたかもしれない悪夢。ほんの一ミリの誤差で探り当てずに済ましてきたかもしれない悪夢。奪ったものは支払わなければならない――テルミドールの季節にはいやほど思い知らされた智恵だった。生も死も紙一重だったろうか。

最も抗争が激化した一九七四年、七五年段階で、一方の党派は相手党派の「完全殲滅」を方針化するにいたった。高い戦闘能力を持つ殺人専門部隊が闇のなかに登場してきたのだ。

埴谷雄高は、エッセイ「平和投票」で、死者たちのかすかな叫びとして次のような箴言を書いた。


死んだものは、死んだものだ／生きてるものは、生きてるものだ／殺せ、殺せ、というやつを、殺せ……／殺せ、というやつを、殺せ……


殺人部隊に身を置いた者らは、明け方、敵の潜む住宅を取り囲み、電話線・電線を切断し、侵入に取りかかるさいに、こうした呪文を唱えただろうか。「反革命分子」に「正義の革命的鉄槌」を、どすんどすんと鈍い音を立てて打ち下ろす時にも、その呪文を発しただろうか。また、彼らの衝突が命を獲り合うという最終手段にまで突き抜けていった時、『マチウ書試論』の底を冥く執拗に流れる近親憎悪の観念は、その決断を後押ししなかったろうか。

彼らもまた、埴谷・吉本の時代の子だった。彼らがそうでないと、誰にいえようか。

内ゲバの時代に関して、「教祖たち」に教唆の責任を問う、などというつもりはない。――彼らを救う論理はあるのか。「救う」はおかしい。許す、か？　彼らを許す論理はあるのか。今後、光明をもって打ちたてられる展望はあるのか。無駄に死んでいった死者たちのことではない。無駄に殺していった生者たちのことだ。革命の大義は知らず、ただ愚劣な組織の方針にしたがって黙々と殺していった者らを救済しうる「革命の論理」はあるのか。

殺し合いが激化するそのさなか、七五年六月に文化人連名による「革共同両派への提言」が発表される。訴えは、「殺すな」だった。発起人は、埴谷、平野の他に、秋山清、井上光晴など。先立って、埴谷は、前年の一一月、編著『内ゲバの論理』を刊行していた。だが、訴えの効果がなかったことは、わざわざ述べるまでもあるまい。その「無力さ」は、取り立てて問題ではない。編著と声明による反対の呼びかけ。内ゲバ問題へのコミットが、埴谷をどういう決定的な場処に運んでいたのかが問題だ。――それがすなわち、『死靈』五章の執筆である。

五章を掲載した雑誌は六月初旬の発売だったから、声明が出された時点では、すでに売り切れていたような記憶がある。

4　死者たちが五章を書かせた

四半世紀の中断を破り、『死靈』五章は再開された。再開を作者に強いた負の契機は、疑いもなく、内ゲバの季節だった。互いを殲滅し合ったセクトの戦士たちが墓場から死霊を呼び出した使者だった。あのおぞましくも愚劣な、取り返しのつかない損傷の日々が、もし贖われることがあるとすれば、それは、『死靈』五章を結実させ、後世に手わたしたという一点のみにおいてだろう――。文学論としてはピント外れなことは承知のうえで、確認しておきたい。

五章において、主人公の一人、病床に伏す三輪高志が登場し、夢魔との対話を繰り広げ、また、党のリンチに関わった激越な体験を語ってみせる。党を敵に売った内通者スパイを粛清するシーンだ。『死靈』全編のなかでも、最も美しく、戦慄的で、緊迫した長い場面が夢魔のうちに表われてくる。作者にこの構想をうながしたものが、戦前の党中央のリンチ殺人事件だったことは明らかだ。ただ、作者がこの場面まで到達できるかどうかが、ずっと危ぶまれていた。負の契機のみが彼を動かした。現実の現在進行形の出来事（その負性の巨大さ）の衝撃が、彼に余力のすべてを吐き出すべく作用した。――そのように考えて初めて、『死靈』五章の突発的突出を根拠づけることが出来る。『死靈』は、ここで「序曲」との連続を果たし、現代（発表当時の七〇年代）文学の最高の磁場に立ち得た。

……筆が横滑りを繰り返しているようだ。一息いれて、作品そのものに即して語り直すことにしよう。

5　あらためて『死靈』四章を読む

本書は、第一章の3～5において、『死靈』「序曲」のストーリー進行を要約しておいた。この項は、そこ（三九ページ末尾）から連続する体裁になる。

四章は、三章がフェイド・アウトした、霧の運河地帯の場面からつづいて開始される。濃霧の街を彷徨う三輪與志は、霧を介して語り合う首猛夫と津田康造、くねくね入道とゴーレムのような二人の議論を耳にする。その対論は、與志にとって、古い映画のスクリーンのように遠く移ろって聞こえてくる。

——ここで、四章というのは、雑誌に載って中絶した十九回から二十五回までの部分。五章発表を機に、五章までを統合し定本『死靈』として刊行（一九七六年四月）されたさい、加筆修正をほどこされて現行の状態となった。五章とそれ以降の構成プランから再編され、多くの改稿部分がある。加筆よりも削除が目立つ。執筆当時の目算が浮いてしまったらしい箇所は、大幅にカットされている。

二人の影が去り、與志が長い独白の世界に沈潜する場面——連載二十回の前半、全集版では三三四ページあたり——で、主人公の思念がかなり整理されている。《そうだ。俺はもはや踏みこえている。俺はあの大暗黒の涯まで踏み越えてしまったのだ。もはやその凄まじい場所を俺は見知り、味わいつくしている》という一節、その前後が削除された。これは、主人公がクライマックスでつぶやくべき科白なので、削除措置は適切だといえる。「踏み越えてしまった」ら、後が不要になる。作者がついつい勇み足を踏んだ、という不注意な箇所だ。ここに注目しすぎると、読者はまた迷路に突き落とされたような心細さにとらわれてしまう。

四章の前半部分は、まだ「序曲」の延長にあり、物語の区切りが故意に先延ばしされているような不安定さだ。「何も起こらない」ことが、何か起こっているかのように進行しているにすぎない。ただ、雑誌連載の初稿と単行本との異同を仔細に検討するなら、こうした改稿・再構成は他の章におよんでも良かったのではないかという印象を持たざるをえない。

この章での、與志の目的は椿円のロケット（前章で鋳掛屋に修理してもらった）を、ある人物に手渡すことにある。その人物は、尾木恒子、運河地帯の住人だ。椿円のロケットはつがいのもので、かつての恋人たちが互いの写真を入れて、身に着けていた。一人は與志の兄高志、もう一人は恒子の姉節子（この名前を、なぜか作者はもったいぶって明かさずに済まそうとするのだが……）。楕円のロケットに封印された二人——これが『死霊』全編を通底する、もう一組の恋人たちである。作者が充分にはその「愛の物語」に到達できなかったことは否定できないにしろ、もう一組の恋人たちがいるという点だけは、絶対に読み落としてはならない。

だが、一つだけここでいっておきたいのは、作者の、つねに優先して語るべき重要事項を先延ばしに繰り伸べしてしまう遅延作法のマイナス面だ。「曖昧化・極端化・神秘化」と、埴谷は『死霊』の創作術を飾ってみせたが、じつは、もう一つある。遅延化だ。これが、打つべきところに適切に打たれた布石として効いてくるならけっこうなことだ。だが、たいていはそうなっていない。すぐに説明すれば片づく事柄を後回しにする作者の悪癖のために、何度となくテキストを読みこむ必要に迫られる。こちらの頭が悪いせいで難解に感じるのではなく、作者の書きぶりが拙劣なのだ。遅延化は、読者が正解に導かれることを常に阻害する効果しか持っていない。

與志は出来るかぎり早く、恒子に会わねばならなかった。——素朴な感想としても、全体的な作品論としても、同じことがいえる。

恒子は與志に向かって、二人の兄と姉との因果話を語る。単純な大枠としてそれを取り出すと、困ったことに、メロドラマにしかならない。それは恒子という一女性の口をとおして語られるため、観念的な印象を与えるだけの、すかすかに凡庸な風俗小説のように読めてしまう。作者も苦慮したらしく、大幅に削除をほどこした。部分的には、八章で恒子が再登場する場面に転用もされている。

恒子の姉（ずっと作者は命名しない）は心中死を遂げた。その相手は、五章で重要な役割を果たす人物として登場してくる。だが心中死という異様な情況がなぜ起こったのかは、なかなか明らかにされない。作者は、まるで義務感にかられるかのように、遅延化の術策を弄している。男と女の抗争が生み出す自然主義リアリズムを小説から締め出すための苦慮だった。だが、書きあぐねて、結局、かなりの部分が謎のまま、ついに未完作品の外側に置き去りにされたままに終わった。作者が書きあぐねた理由についての、本書の観点は、後で述べよう。

このメロドラマの中心は、非合法活動に従事する高志がその活動ゆえに恋人節子の人間性を蹂躙したことにある。単純にいえば、男が、革命の大義のために、女を捨てた。恒子は、その点で、高志を訪ね、「何という冷たい男か」と、直接に面詰したことを語る。高志は心中死した節子の死をわざわざ確かめに行っていたかもしれない。しかし、四章で確定されたストーリーは、別の観念イメージで再編成されている。その観念は五章で高志の口から語られるまで解明されない。

ここで布石されたとおぼしきテーマを、この章のみの範囲で確認しておく。それは、党のリンチ問題と小林多喜二の「党生活者」に露呈したハウスキーパー問題とに関わっている。リンチ問題とは、内通者を疑われる人物を査問しているさいに起こった死亡事件。党の指導者となった宮本顕治が関係しているので、国会での論議にのぼったことがある。ハウスキーパー問題とは、党のなかの性差別主義（女性を手段化する慣習）。いずれも、戦後すぐの「政治と文学」論争から問われてきたテーマだ。五章での展開を用意する前提事項が四章に雑然と呈示された。恒子の観点からの告発は、単独ではテーマの拡がりにたどり着かないし、誤解を生じさせるだろう。

それから、與志は保母を職業とする恒子と、赤ん坊にどういう感情を持つのかで議論を交わす。與志は赤ん坊が存在の原基だとしたうえで、その存在は陋劣だ（これは、愚劣と同じ意味で、たんなる言い換え）と断定する。與志の赤ん坊嫌いが理屈づけられるだけで、このやり取りはあまり深まらない。與志が虚体の夢を語るうち、恒子は絶望的な叫びをもらす。

——ああ、安寿子さんをどうするんですの？　與志さん！

これは、いささか先走りすぎた叫びであり、この章で発されるのも、この人物から発されるのも適切でない、と思える。削除されたほうがわかりやすかったが、ここに中途半端に残ってしまった。虚体の「愛の物語」がどんな成就のかたちをとるのか、まだ作者は手探り状態だったのだろう。だが、恒子の口を介したような日常言葉では、それをとらえることが出来ない。絶対に無理だ。『死靈』には、三輪兄弟の二つの未成の「愛の物語」が埋めこまれている。一つ（高志の愛）はすでに悲劇的な破綻をきたし、その意味を問うために多くのページが費やされようとしていた。もう一つ（與志の愛）はその完結によって物語全体のフィナーレとなるべく予定されていた。だから、高志の愛への告発者が與志の愛に向かって「同じ轍を踏むな」と警告を発することは正当だ。物語構造としても理にかなっている。恒子がジェンダーの観点を代弁するかのように、三輪死靈兄弟の存在革命論（＝男のエゴ）を批難することは間違っていない。それは、この難解厄介な小説を現実レベルから解読するための有力な糸口でもある。しかし——。

しかし、『死霊』はジェンダーに妥協する物語ではなかった。断じて、そうではなかった。もちろん、どんな意味であれ、恋愛小説などではない。

高志の愛の破綻の意味が、次の五章で解明されるのなら、與志の愛もまた、物語の後半でしかるべき展開を与えられ、宇宙的観念の叙事詩としての大団円を作者のもとに引き寄せることに成功していただろう。そうはならなかった。恒子は叫ぶ。「與志さん、安寿子さんをしっかりみてあげて」と。これは、一般小説の用語におきかえれば「幸せにしてあげて」とか、その種の日常言葉になってしまう。それでは、あまりに無体だ。恒子の叫びは、作者の生のメッセージなのである。後につづく物語の必敗を不吉に予見し、焦燥に駆られたように、恒子という人物を借りて、思わず叫びあげてしまった。四章の雑誌初稿には、こうした試行錯誤の痕跡が多々みられる。削除された箇所を復元的にたどって読みこんでいく作業までは必要ないが、定本に残された部分では、この一行が最も問題となる。

主人公への励ましが別の登場人物を介して発されることは、『死霊』のなかで例外的というわけではない。黒川建吉が何度となく繰り返す「三輪は可哀そうです」という援護の言葉などは、その好例だ。しかし、これほど無惨にストーリーから浮き上がっているのは、ここ以外になかった。

四章はこの場面で終了する。與志と恒子のあいだに赤ん坊がふたたび現われるシーンが二ページ加筆された。いったん霧の屋外に出たはずの與志が赤ん坊を抱き上げるのだ。意味定かでない抱擁によって、幕となる。雑誌初稿に加筆があるのは、この章末のみだ。

6 つづけて『死靈』五章を読む

五章は、真夜中の三輪邸から始まる。與志が晩夏の闇の世界に帰ってくる。小説の一日目の時間は、ようやく日付を次にめぐるところだ。

高志の部屋には、首猛夫がいる。彼が他の死靈たちとちがって、便利な移動手段を持っている秘密は、七章まで秘されている。ベッドに仰臥する高志の傍らで、首猛夫と與志との対話が始まる。この進行はまだ、「序曲」からそれほど動いていない。首猛夫は「死者の電話箱」なる装置について語る。死者の意識が伝達されてくる機械だ。それは、「やってくる死を迎えるのではなく、去りゆく生を追いとらえる」。通話装置に耳をあてると、存在のざわめきが聞こえてくる、という。

去りぎわに首猛夫は、高志にそっと尋ねる。「残りのダイナマイトはどこに隠してあるか」と。すると《思いがけず》(と、作者は驚いてみせる)高志が答えをよこす。《××橋の地下工場……》と。

ストーリーが急転していく梃子が与えられたような期待をいだかせるが、動きだすのはまだまだ先だ。動きは、この章でも起こらない。兄弟の対話、一人が語る作中劇、夢魔との取り引き。思念の宇宙をかけめぐる場面が、それだけが、ひたすらつづく。だが、物語はいつしか、『死靈』の根幹的テーマに突入していく。

與志は楕円のロケットを示して、兄を問い詰める。《——何故、「あのひと」は死んだのです?》と。

この口調に明らかなように、作者は高志の恋人に特権的なイメージを付与しようと努めている。人並みの名前で呼んでは値打ちがさがる、というわけだ。すると、病人はあっさり答える（ここでも作者は《思いがけぬ言葉が洩れでた》として、驚きを読者にうながしているが）。《――俺が、子供の存在を容認しなかったからだ》と。

つづけて、高志は、人間が自由意志で行なえる行動が人生には二つある、とする。一つは、自ら生命を絶つこと。一つは、子供をつくらないこと。この二点が、高志の主張では、存在の過誤を断ち切るための根源的な自由だ。與志が語ってきた虚体論と交差する。しかし、これは、自分が犠牲に供した女性の写真の入ったロケットを示された高志が、己れを擁護するために語ったことでもある。高志は病床の幻覚に「あのひと」が現われ出ることを認めていた。

高志の「子孫を残すことの拒否」に対応するかのように節子は、高志のなかに自分の自己《ゼルプスト》を植えつけようとする。その企みを阻もうとする高志の行動はいっそう奇怪で理解しがたいけれど、これは、テーマの深奥に関わる事柄なので、要約しておく。――それが自分の友人と節子の心中を「工作」することだった。このように語られても、この不幸な恋人たちの身に何が起こったかは、いっこうに明瞭な像を結んでこない。この点は、さらに『死靈』の物語が後半まで書き継がれていっても、同じだった。

くどいけれど繰り返す――。子をなすことを許さないというかたちで高志は節子の愛を拒絶した。母親たる選択肢を遮断された節子は、高志の「なかに」自分を「生みつけ」ようとする。観念のなかに観念として「生き」ようとする。高志の自己《ゼルプスト》に節子の自己《ゼルプスト》を一致させようとする。自己《ゼルプスト》の同期。愛の交換行為。愛する相手との融合を求める本能だ。愛が闘争だとすれば、そこにしか節子の生きる（自分を生かす）活路はなかった。高志の側からすれば、それを受け入れることは相手への全面的降伏を意味する。愛は闘争であり、降伏というかたちで闘争が終われば、愛もまた終わる。愛しつづけるためには、彼は、もっと極端な徹底した方法で、彼女を拒絶しなければならない。節子の自己《ゼルプスト》を己れの観念世界から絶対的に追放すること。それが彼の行き着いた答えだった。そのために、彼女を別の相手と心中させねばならない。

わたしの考えでは（――これは吉本に特有の地口であり、後期吉本になるほど権威主義的な使用法が目立ってきたわけだが――一度だけ真似してみよう）、『死靈』が望ましい完結に到達することを妨げた要因は、彼らの愛を追いつめる作者の追跡力の不徹底にある。途中で捕捉しそこねたテーマを深めることがかなわず、一種の堂々巡りにおちいって脱け出すことが出来なくなった。しかし、この点を、さらに敷衍して述べるためには、もう少し、作者が高志に語らせた夢魔の物語に立ち入ってみる必要がある。

俺がなお寝台のなかで寝た姿勢のままそこを眺めていると、小さな楕円形ののっぺらぼうが塀の上に不意と顔を出したようにはじめはまったくそこになかったその目鼻立ちがやがて次第にはっきりしてきて、しかも、はじめに塀の上に現われた痩せた顔が塀の向うの見えない躯を無理に後方へひきもどすような、進む力と退く力の二つが同時に働いてひきちぎれたような怖ろしく苦しげな表情を浮べた途端に、俺ははっと気づいてすぐ、隣りに覗いているもうひとつの顔をちらと見た。やはりそうだったのだ。処刑されたものと処刑したものの顔が二つ並んで塀の上からこちらを眺めていたのだった！

そこから彼が語るのは、党内のスパイ粛清（処刑、リンチ殺人、どういっても同じだが）の詳細だ。査問に同席した党員は、「議長」「海豚」「彗星」「一角犀」、そして「単独派」と呼ばれている高志の五人。旋盤工の男は、上部三人を警察組織に売った。ところが、男は、まず、昂然と自説を述べたてる。

――君たちが俺を裁くことを認めない。俺は指導部も上部も認めない。革命は革命組織の上部を廃絶することによってこそ現実のものになる、と。これは、スパイの自己弁護としてより、レーニン主義的中央集権組織の原則的な否定論と受け取れる。そして、この極論は、埴谷が「永久革命者の悲哀」に展開していた論理と一致する。

処刑者となる五人のうち、「一角犀」と「単独派」は旋盤工の言葉に近い立場を持つ、と設定されている。いや、彼の提起した上部廃絶論は、赤い表紙に黒の題字で「自分だけでおこなう革命」なるリーフレットに書かれた内容そのままだった。そして、その筆者こそ「単独派」だったのだ。高志は、彼の主張の教えに従って仲間を売った男と対決せねばならなかった。もう一人の高志信奉者である「一角犀」は、たとえスパイであっても《人間を処理してはならない》、処理することは《革命への侮辱》だという原則論を展開する。高志はそれを引き取って、旋盤工の教唆者となった責任を負うかのように、ゆっくりと宣言する。

いや、俺達はこのいまのいまと同時に百年後のためにもここに集っているのだ。だから、ここで俺達はあの男をひとまず預けておかねばならない。

どこへ預けておくのか？　「あちらの側」だと高志は答える。

彼が望んでいる『あちら』だ。そして……百年後にまた彼にこちらへ来てもらうのだ。革命は歴史だ。上部廃絶の成就した百年後に彼は歴史の証人としてまた意味深くこちらへ登場してもらうことになる……。

『死靈』五章の、切迫したテーマの凝縮がここにある。一度とらえそこねれば、二度とつかむことがかなわないかもしれない思念の一端が――。

『死靈』はここで終わってもよかった。

7　革命家の自己革命

それは、しかし、殺人を、同志殺しを、スパイ処刑を、正当化するだけの奇妙な論理だ。そのことを、作者も、登場人物も、そして、読者も充分に気づいている。革命の大義という空文句で他党派の殲滅戦を行なったセクトの自己正当化論理とどこがちがうのか、と疑う者もあろう。ごく表層的にみれば、それを否定する根拠は薄い。ただ、ここには、手を血で汚さないで済ますことはできない、という端的な表明がなされているだけだ。

にもかかわらず、この表明が怖ろしくも美しいのは「あちらの側」が確かに探られようとしているからだ。これは宗教的な彼岸とは異なる。存在の革命、革命の革命を追った『死霊』が探り当てた最高のイメージ連関だ。本書の第四章6は、「永久革命者の悲哀」の最後の一節に注意を向けておいた（一〇四ページ）。埴谷はそこで自作を《未来に届けようとする暗黒星雲に似たひとつの報告書》と、いくらか自己陶酔的に飾り、書かれるべきテーマをさしだした。もう一度、引用しよう。《革命家は革命家たるためには革命が到来すれば直ちに死んでしまわねばならない》

『死霊』五章は、スターリン批判の時期に予告・幻視されたテーマが、二十年近くの時を経て実を結んだことを示している。だが、一体、この認識を、内ゲバが狂乱をきわめていた季節にどう現実的に受け止めることが可能だったのか。そして今、どんな叡智として再生してくることが可能なのか。

ここで一つ確認しておこう。革命家が革命の成就と同時に自己廃絶すべきだという論理は、埴谷が、レーニンの『国家と革命』から、ほぼ機械的に奪還してきたものだ。レーニンが引用したエンゲルス（一八二〇～九五年）の一節には、こうある。

プロレタリアートは、国家権力を掌握すると、まっさきに生産手段を国有化する。ところが、プロレタリアートはそうすることによってプロレタリアートとしての自分自身を廃絶し、いっさいの階級区別と階級対立を廃絶し、同時に国家としての国家をも廃絶する。

レーニンの煽動した国家廃絶の緊急性は、前衛党に所属する党員の自己廃絶の必要性として読み換えられた。革命家が自己革命できねば革命は侮辱されるばかりだ、という埴谷の一元的な主張は多くの情念的な崇拝者を持ったようだ。『死霊』の人物は、自分たち五人組がスパイ処分のために集まったことを「百年後のために」というロマンチシズムで美化してみせた。しかし、ロシア革命から数えて百年がそろそろ近づいてくる今日において、その美化をともにすることは出来ない。

……この点は保留して、先に進もう。

『死霊』の観念劇は、五章において一つの具体性をともなって、頂点に達した。ところがこのテーマの高まりは、そこに充分には踏みとどまり得ず、微妙にスライドしていく。

「単独派」は言う。①百年後にそなえる五人組は、処刑について、同じ重みの歴史への責任を持つ。②なかでも人間を処分してはならないと主張した「一角犀」は、その主張ゆえに最も重い責任を負わねばならない、と。

これは、特に②にかぎれば、高志自身が認めるように、詭弁でしかなく、かつ、卑劣な責任転嫁でもある。「自分だけでおこなう革命」の起草者は、その宣言が負うべきモラルのいっさいを「一角犀」に押しつけることによって、己れだけは不可侵の審判者たる位置を確保した。

彼らは、事故死にみえる水死工作を執行する。処刑は終わる。五人組によるスパイ処刑場面は現実との照応関係を濃厚に持ちながら、別の空間にも類縁をつなげている。それは、ドストエフスキイ（一八二一～八一年）が『悪霊』（一八七二年）に描いた仲間殺しの陰謀劇との相似形だ。少数の仲間の結束を固めるために仲間の一人を犠牲者に選び、全員が手を下し連帯責任を負う。ともに仲間殺しの罪人となったことの魂の負債が、組織への絶対の忠誠と鉄の規律の礎になるという構図を、ドストエフスキイは描いた。負債によって強固になるという組織の力学は、「単独派」が弁ずる①の部分にも明瞭にはたらいている。

スパイ処刑場面での高志の位置は、処刑を実務的に進める上部管理者のものだ。革命家の自己廃絶というテーマに寄り添うよりも、その解説者だ。彼に、「自分だけでおこなう革命」文書の起草者をみることとは、この場面にかぎるなら難しい。スパイの黒幕という疑いから逃れるために彼は僚友の「一角犀」に疑いを誘導したのではないか——ストーリーの流れとしては、そうなる。

しかし、革命家の自己廃絶というテーマがなぜ二人に分担されたか、そしてなぜ「一角犀」は次の犠牲者に選ばれねばならなかったか。二つの疑問は、たしかに消えずに残る。小説の後半（五章の後半ではなく、続く章の全体）は、それらの問いを片づけないまま消費された。「一角犀」が、ダブル・スーイサイドの片割れとなるまでの空間的断絶は断絶したままだった。

8　愛の物語の不能

そこまでみたところで、場面を三輪家の高志の病室にもどし、彼の自己革命論を再検討しよう。彼は弟に、こう言っていた。——人間が自由意志で自分にたいして行なえる行動が人生には二つある。一つは、自ら生命を絶つこと。一つは、子供をつくらないこと。この二点を高志は語っていた。

　彼は個別の自由意志を「対幻想」（ここは吉本用語を使ってみる）の問題として提起している。ここがまず混乱の要因だ。他者との交渉を完璧に断つ自由を選択するのなら、子孫をつくるかつくらないかは、可能性以前の事柄になる。だが、彼は単独者のように思索を展開していく。

　これは、根源的自由を語るには、決定的に不充分な思索だ。この不充分さが、ひいては、『死靈』の不徹底な終結を招いてしまった、とわたしは思う。何が足らないのか。自明すぎるほど自明だ。

　自ら生命を絶つことと、子供をつくらないことの間に、もう一項目なければならない。それは——愛する者を自らの手で殺すことだ。愛ゆえの殺人（文字にしてしまうと、あまりにの下世話さに閉口するが）を加えた三項目で、『死靈』の主要人物の綱領はより整備されたものになる。

　ポオの愛読者であった埴谷が、ポオの「愛の物語」に関心を示さなかったのはおかしなことだ。ポオは、愛する者を葬ることの悦び、愛する者の屍体を玩弄することの悦びを熱心に歌った。高志のなした行為は、その怖ろしくも常軌を逸したポオの主人公たちと選ぶところはない。だが、彼はその行為の意味から遁走するばかりだった。愛する者を殺したという端的な事実を、端的な事実として認めることから逃れた。彼が次から次へと繰り出す観念世界は、その遁走を直視しないための自己防衛だったかもしれない、と思えるほどだ。この場合、高志の思索の欠落は、作者の作品構想における限界を正確に反映している。

　高志は確かに尾木節子を殺したのだ。形而上的な意味においても、また、現世的なレベルにおいても。それは物語の出発点にあって、改変しようのない事柄だった。この人物は、特別に、未来を与えられていない。或ることが起こってしまった意味を考え抜く役割のみを与えられている。「黙狂」になりはてた矢場と同じだ。高志の位置は悔恨にまみれている。ともすれば、感傷にさらわれる事象を、断固たる意志で観念として飛翔させねば、彼の生存は正当化できないのだ。

彼のふるまいもまた「自同律の不快」にふさわしい。「おれは……」と告白しかけて「……殺した」という述語に、まっすぐつなげることが出来ない。永遠に宇宙を周遊して周遊しつづけるような責苦が、その「……」空間の奈落に待ち受けている。彼が夢魔の世界に宙吊りにされていることは、必然の結果ともいえる。だが、彼が何らかの光明に恵まれないかぎり、『死霊』という物語にも出口は開けてこないのだ。

彼の咎は恋人を殺したことにあるのではない。恋人を「充分に」殺さなかったことにある。もちろん、こうした革命党派によるジェンダー差別を相対化しようとする観点は、四章と八章に登場する恒子という人物に託され、いくらか試みられはした。だが、説得性はごくささやかなものに終わった。その点からみると、『死霊』は、スターリン主義の男性原理を（作者自身の個性もふくめて）誇示する悪質なテキストである、とする批難をかわすことが難しいだろう。

高志と夢魔をめぐる五章の展開はまだつづくが、要約はここのところで打ち切る。転向研究の評価は、埴谷を、正しく「そこにとどまりつづける精神」の強靭な型ととらえた。そこから『死霊』は産みだされてきたが、その独特の停滞性は物語全体の進行にもおよんでいるようだった。停滞し、かつ循環性にとらわれる。その様相は、たしかにアジア的温暖のうちにある。これは、『死霊』の物語世界の特質だが、いつまでも「序曲」から動かないといった不満を鎮めてはくれない。

9 埴谷万年・吉本千年

『死靈』五章という事件に臨んで、吉本は強力な援軍として立ち現われていた。少なくとも、当時、わたしはそんな印象を持った。「埴谷万年・吉本千年」の時代は、『死靈』五章の出現によって新たな局面を迎えた、というところだ。当時の愚かな若造の一人にとっては、彼らの共闘はたとえようもなく堅固なものとして映った。

二人の対談「意識・革命・宇宙」（一九七五年九月『文藝』上図版は表紙と誌面）は、「事件」の興奮冷めやらぬ状況に現われた。「思索的渇望の世界」（同一一月）は、秋山駿（一九三〇〜）と吉本による埴谷インタビューであるが、逆に、埴谷からの質問に吉本が応答している長いパーツもふくむ。安保闘争への吉本のコミットや、花田との論争に到ったいきさつなどを、吉本が答えている。第五章8（一三六ページ）にふれた、吉本が花田を「大将」と呼んだ一節は、ここにある。翌年、各地の大学でひらかれた『死靈』刊行記念の講演会でも、吉本は作品解説のスピーカーを努めている。
だが、この共闘の内実は、どんなものだったのか。
「思索的渇望の世界」で吉本は言っている。

ぼくらがレーニンの『国家と革命』に対して批判を持っているということは、根本的なことが一つあるわけですよ。それは簡単なことであって、レーニンの「国家」論は、国家というのは階級抑圧の機関あるいは装置であるというような、国家自体の捉え方が機能的だということが一つの批判だと思うんです。国家というのは観念であって機能じゃない。

そのように提起して、そのレーニン批判を共有できるかどうか、吉本は埴谷に質問を投げかける。「ぼくら」という主語を使っているのは、話し言葉の綾なのか、それとも、すでに権威として語りはじめていた自然体なのか――。埴谷は答える。

レーニンの国家は機能としてしかとらえられていないという点は、あなたの『共同幻想論』からして当然の批判でしょうね。『国家と革命』の受けとり方について、あなたとぼくの場合、まずこういう差があると思うのですよ。大ざっぱにいうと、ぼくはロシア革命の出発期にレーニンを眺め、あなたはロシア革命の頽廃期にレーニンを眺めたわけですね。それを、これまた、大ざっぱにいえば、ぼくは国家の死滅の観点で革命を眺め、あなたは国家の永続というか、とにかく非死滅のかたちで革命を眺めたのですね。

ここでの二人の対立は決定的なようにも思える。吉本のレーニン批判は、静的なテキスト批判にすぎない。つまり、スターリン主義の教科書として読まされたレーニンの文書への教条的な批判だ。この種の粗雑な議論に、『国家と革命』のレーニンの言説そのものをもって反論を加えるのは簡単だろう。けれども、埴谷は、まず、国家の幻想性を詩的に綴った吉本の主著を（読みようによっては、卑屈に）評価し、議論の前提そのものを横にずらしてしまう。そして、レーニンをどう読んだかの世代的な差異などといった瑣末な問題の図式を、教師のような公正さをよそおって展開していく。対立は非和解的に明らかだが、「喧嘩はしない」というお大尽ふうのジェスチャーで誤魔化された。これは、十年以上前、吉本に「全的降伏」してしまったことからくる埴谷の謙譲なのだろうか。

鶴見と吉本との対立であれば、対立点は互いの深いフトコロに吸いこまれ、別の音色をともなって変奏されてくるような「掛け合いの妙」がある。鶴見が「正統と異端」という思想圏に属さない思想家であり、互いにそのことを承知しているから、和やかな達人同士といった「掛け合い」が生まれる。

だが、埴谷と吉本とのあいだには、そうした共感、親密性といったものはない。正統か、異端か。譲ることの出来ない対立構図にあらかじめ立たされている。吉本共同幻想論を埴谷が認めるのなら、『死靈』の世界を自ら全否定することになる。黒か白かだ。灰色はない。虚体による存在革命とは、レーニンによる国家廃絶論の文学的変奏だ。埴谷は充分そのことに自覚的だったはずだ。

十月革命の前夜ほどレーニンがアナキズムに近づいたことはない、と埴谷は再三、強調している。エンゲルスの時代には幻想であった国家廃絶のイメージが、現にロシアの大地に轟音をたてて出現しかけていることを、レーニンは明晰に幻視し『国家と革命』執筆に向かった。そして書き終えるのを待たず、革命の生成《ビカミング》のなかに嬉々として飛びこんでいった。『国家と革命』は、単なる理論書ではなく、歴史的ダイナミズムそのものの生成的なドキュメントだ。吉本的に「国家が幻想」であるなら、同じレベルで「国家廃絶も夢物語」にすぎなくなる。議論は、レーニン批判以前にさしもどされてしまう。埴谷と吉本の立つ地点には、絶対の懸崖がある。それを糊塗することも、無視することも不可能なのだ。

幻想としての国家は永続する——。吉本の倒錯的論理は、ここで絶望的な円環を閉じ、現実の永続国家に永続的に隷従していく。

絶対の対立は、時を失して彼らの双方に現われる。その模様は次章に——。

10 『死靈』六章以降を読む

『死靈』「序曲」の普及版が現われたのは、一九六七年の十一月だった。『全集・現代文学の発見』全十七巻（學藝書林）の第一回配本『存在の探求　上』（次頁図版は函）に収録された。『死靈』「序曲」は、マボロシの書物であることをやめた。日付を書けば、これが新左翼のいわゆる「激動の七カ月」の始まりに当たっていたことを思い出さざるをえない。

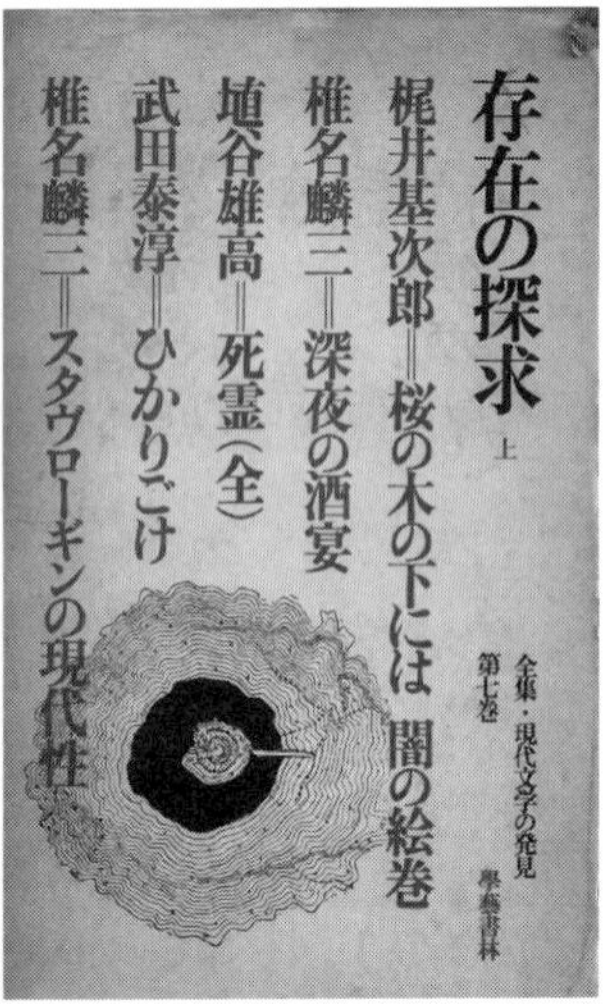

伝説はついに、手のとどくところに降りてきたが、その時点ですでに、「序曲」のつづきが書かれるという想定はされていなかったように思う。「逸脱の論理　埴谷雄高論」（一九六一年三、四月）を問うた高橋和巳（一九三一～七一年）は、自他ともに埴谷の後継者を認じていた。むしろ、高橋和巳による『死霊』続編を待望する心理があちこちに蔓延していたようなおぼろげな記憶もある。大観念小説が同志によって引き継がれるというイメージは、埴谷の渇望とも矛盾しなかった。――これは、事件として『死霊』五章が現われたという観点を根拠づける、もう一つの側面だ。

記述としては、少し前倒しになるが、『死霊』の後の章について、ここで、瞥見しておこう。

六章が一九八一年四月（次頁図版は表紙）に発表され、ふたたび全体が再編成される。五章までを「定本」とした構成から、『死霊Ⅰ』（一章～三章）、『死霊Ⅱ』（四章～六章　ともに一九八一年）と変わった。

この三分冊形態が固定され、以下、七章（八四年七月）、八章（八六年九月）、九章（九五年一一月）が『死霊Ⅲ』として、著者の死の前年に刊行となった。

三分冊によって、分量的にも適度な規格品に仕上がった。文庫普及版（二〇〇三年）も三分冊を定着させた。

ただし九章で完結したわけではない。いまだ未完であり、小説に収まらなかった断片は「断章」という形で雑誌発表されている。著者による以降のプランも残っている。だが、三分冊のうち、『死霊I』をみれば、かつての「序曲」と同じ体裁にもどった、ともいえるだろうか。

六章は三輪與志の目覚めるところから始まる。兄との夢魔の対話で夜を徹していた。病院から矢場が逃亡したという報せが入り、ふたたび運河地帯に出かけることになる。場面は移って、晩夏の真昼。黒川と「神様」がボートで運河をのぼっていく。目的地は「××橋」。途中、首猛夫と津田の母娘が同乗してきて、ボート上の対話編が繰りひろげられる。動きの出てきた章だが、対話に夢中になりすぎることをやめない彼らは、ボートを引っくり返し、水中に放り出されてしまう。ボートが転覆した後も議論を絶やすことがない。一行が印刷工場に着くのに遅れて、與志と岸博士が現われる。

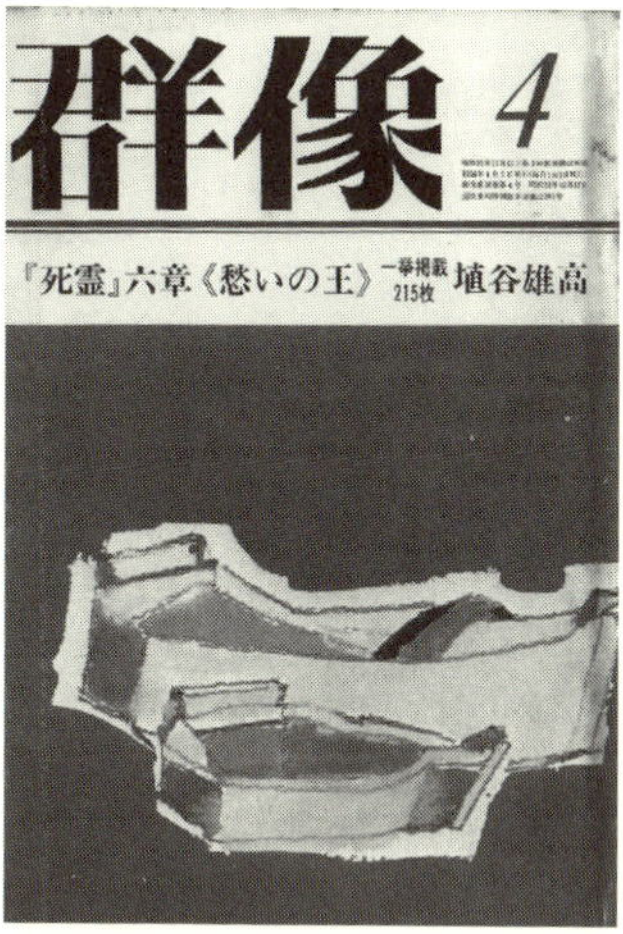

この章でみるべきは、転覆シーンの長いながい描写だ。ボートがバランスを喪って引っくり返るまでの、超スローモーション・フィルムの再生を、ある種の観念の歪んだレンズをとおして覗かされるようだ。誇張なしの別世界がここに開けている。

七章では、首猛夫が、三輪家の四人兄弟のいわれを明かし、一同と別れ、自らのアジトにおもむく。彼の手となり足となる協力者たちがすがたを見せる。そのアジトには病院から移動させられてきた矢場が鎮座している。そして、この章は、沈黙の狂人が暗黒宇宙に向けた最後の審判を語りだす、最も長々しい場面で占められていく。彼が語るのは、存在の輪廻だ。彼の作中劇はじつに饒舌につづき、死霊たちのつぶやく私語として、最大最長のものとなる。この章から三部作のⅢとなるわけだが、これは、書かれることのなかった「Ⅳ」を前提に読まれたほうがいいのかもしれない。

八章も、運河地帯の周辺でストーリーが進んでいく。黒川、安寿子、「神様」に、印刷工場の李奉洋《リポンヤン》が加わり、無限大宇宙への議論は尽きない。尾木恒子が再登場し、與志の抱いた赤ん坊について、自分の願望を語る。彼女の主張は、四章での不足をいくらか補うかたちで展開される。だが、その方法に限界があることは、すでにふれた。四章、五章で不備だったところは、ここでも埋められないままだ。李は自分が秘密印刷した文書から次の一節を抜き出す。《永劫の自己革命なしに、永劫に革命はない》――これが五章にあった革命家の自己廃絶というオブセッションのかなり劣化した反覆であることは、指摘するまでもないだろう。八章はここで閉じられる。

九章は、津田家の誕生会のシーンに飛ぶ。予告されていた終章にたどり着いた。圧倒的な連続性によって高まってきたのではなく、既定の大団円として設定されている。いくつかの段階は省略された。古典探偵小説で一同が会する解決編が定番スタイルになっていることの転用だ。しかし、一同は「序曲」でつぶやき合っていた深遠な討論のつづきをつぶやいているだけだ。深化はみられない。振り付けはあるが、人物は役割を果たすべく「生きて」いない。いや、死霊の群れなので、「死にきって」いない、というべきか。いっこうに「終わり」はやってこない。『ゴドーを待ちながら』

ではなく、『終わりを待ちながら』だが、目的地から阻まれていることの不条理が何かの感動を誘うわけではない。笑えない喜劇という『死霊』の最も最悪の一面は、ここに、最も最悪のかたちで露呈した。

終わりには、作者は、恋人たちが虚体に到達するイメージを指定したかったようだ。それだけは確かだ。だが、どうやって到達するのか。この問いが発されると、小説は最初の、冒頭の××瘋癲病院にもどってしまうのだ。そして、これが『死霊』の無比の構造だったことに読者は思い当たるだろう。

11 『死霊』全巻をいかにして読むか

『死霊』はいかに読まれるべきなのか。

本書の追跡する論理にしたがって、独断をくだしておく。

未完・未完成・未完結であることは確かなので、必ずしも最後まで読む必要はない。未完結と断定するのは、構想段階では確固としてありながら、最終的には作者の力が尽きてしまって、作品の外に打ち捨てられたもろもろのイメージやテーマを考えての結論だ。「男と女」の問題といった側面については、具体的に不満を述べてきた。

自ずと、すでに、明らかになっていると思うが、本書は、六章より先には、あまり読むべき内実を見い出していない。

枕頭に置くなら、五章までの「定本版」（一九七六年四月）を選ぶ。

もちろん、埴谷を信奉する読者は、とりわけ熱烈で、著者の書いたものなら、どれだけ投げやりに書かれたもの（たとえば下らない小説の帯に寄せられた空疎な推薦文とか）でもその眼で読まなければ気が済まないのだから、「ここまで読めば充分」といったような標識をつけることなど無用の極みだろう。

終わりの見えない超特大長編小説は、『大菩薩峠』が典型であるように、作者自身が終結に向けて作品を統御する力を喪っていくさまが顕著になる。『死靈』の場合は、作者がスタートから一般小説とは異なる創作術を厳格に適用してかかっていたので、作品コントロール力の衰えはそれほど痛手となっていない。ただし、宇宙の涯から涯まで駆けめぐる存在哲学そのものは深まりも拡がりもしなかった。比喩的にいえば、一九三三年、彼が、独房に呻吟していたその場処からずっと動かなかった。『死靈』の小説世界をみたした観念は、小説としての『死靈』のストーリーを少しも前進させなかった。むしろ、ブレーキとして作用したといえる。ストーリーは自己矛盾を来している。『死靈』の外貌は循環的な世界だ。問いかけが、イメージが、そして、作者の奇妙な造語が、次つぎと繰り出されてくるが、それらへの回答らしきものはいっこうに表われてこない。人物は問いを宙空にとめどなく打ち上げていくのみで、答えを回収する能力はまったく持ち合わせていない。問いと答えの中間地帯を埋めたて、道すじを示すことも出来ない。

このあわただしい、しかも一方的な喚起力は、文学の無効性という原則にぴったりと合致している。たぶん、『死靈』の創作世界の特殊性を、過度に作品論に引き入れることは正しくない。『死靈』

が失敗した小説であるなら、その失敗の要因を技術論的に診断してみるほうが、むしろ有益だ。十巻・十部の構想、四人兄弟に分担された思念の独白と作中劇を組み入れた観念の大伽藍……。などといった設計図を語ることに埴谷は饒舌だった。それは、騒々しいとはいえ、作家が自らを鼓舞するための方策の一つではある。特に、四章中絶から五章までの、二十五年にわたる長い空白期間、自己劇化にはげむ埴谷のすがたは、いくらか悲劇的に人目を引いた。

さらには、高橋和巳のように、続編執筆を名乗り出るような篤実な後継者まで現われた。戦後文学を彼ほどロマンチシズムの桂冠で飾った後続者はいない。彼はその明晰な悲劇性に忠実に、四〇年の生涯を完結させることが出来た。わたしは、彼の「白く塗りたる墓」を汚す気にはなれない。

ここでいいたいのは、埴谷の自作広報の活動（書けないことの弁明）が見苦しかった、ということではない。

このように、設計図をつくり、それにそって創作を進めていく制作方法は理にかなっているのか、という素朴な疑問だ。もちろん制作方法は個人の性癖による側面が大きく、一律の当てはめは出来ない。それに、探偵小説のように設計図をきちんとつくっておかないと手も足も出ない特殊ジャンルもある。だが、『死靈』は全面的に探偵小説の制作法によって書き得る世界ではない。設計図にしたがって、論文を書くように積み重ねていくことは、『死靈』の制作方法として、果して正当だったのか、疑問は永続する。

設計図とは何か――。

ここは、作者の言にしたがうよりも、ことさら探偵小説めいた梗概を借りてみよう。『死靈』は、三輪家の呪われた四兄弟、抽象観念のテロリストたちが画策する、悪意と陰謀のサイレント活劇だ。彼らの陰謀は宇宙大の彼方にあって、いささか茫洋としているが、極めて卑近には、三輪家と津田家を結び、その双方の子孫を絶やすことに向けられる。四人がそれぞれ語るべき妄想の領域は、きちんと分担されていて、それらが順繰りに現われる作中劇が、物語の中核を形成する。

だが、要するに、作品は「生きもの」だ。その制作法には、神も悪魔も宿る。『死霊』は社会主義リアリズムの手法に、表現主義映画、探偵小説、幻想小説の要素を適宜注入して成り立っている。設計図は最小限必要だったとしても、創作の魔に取り憑かれるとは、設計図からどれだけ高く遠く飛翔できるかにかかっている。つまり、あまりに厳密な設計図、あらかじめ完璧に引かれてびくとも動かない設計図は、かえって作品世界を「抑圧」する方向にはたらく。登場人物の役割は固定され、行動も型にはまったものになりかねない。作者による抑圧をこうむれば、「生きもの」は溌剌さを喪い、紋切り型を呈し、凡庸さに堕ちていく。創作は愛玩動物を飼い慣らすように、飼い慣らせるものではない。

小説は生成《ビカミング》するものだ。埴谷がレーニンについていっていることは、『死霊』のいくつかの一節に匹敵するほど光輝にみちている。何度でも引用したくなる。「レーニンを読むことによってレーニンを知り、レーニンとなり、そしてレーニンを追い越す」。しかり。レーニンに学ぶとは、新しいレーニンを生成《ビカミング》することだ。アナキズムの自由とは、イデオロギーを指すのではない。そして、自由を生成《ビカミング》するとは、人間にとって本源的な欲望であり、自然な行動なのだ。小説は自由な人間を言葉によって解き放つ強力な道具だ。埴谷はアナキストであったが、レーニン理論に敗れ、党に忠誠を誓った、といっている。その体験と同列に、アナキズムに依拠する小説よりも、社会主義リアリズムの法則を受け入れる小説——設計図を必要とし、設計図どおりに組み立てていく小説——を選んだのだろうか。

どの作家にも一回性の作品はある。生涯に一度しか書けないというだけではなく、生涯にそれ一作の他は何も書かないといった、固有のただ一つの、一つだけで燦然と世界を照らす作品だ。とりわけ、『死靈』はその一回性の作品という特質をそなえている。埴谷と『死靈』とは唯一無二の絆で結ばれている。

ただ、それは、卑近なたとえを使えば、必ずしも「良縁」で結ばれるわけではない。『死靈』の全編を前にすると、おかしな感傷に襲われることもある。一回性の作品でありながら、一回性の作品が作者に要求する献身を充分には受けていない。作者が献身に力を入れだした時はすでに遅かった（?）といったような感傷が起こるのだ。「良縁」と呼べるとすれば、その規定は「序曲」にしか当てはまらないのではないか。それ以降は……。

いや、つまらない。やめよう。

12 『青年の環』と『死靈』

生成《ビカミング》する小説の、最も素晴らしいケースは、野間宏の『青年の環』に見つけられる。『青年の環』は『死靈』よりも、もっと数段、典型的な社会主義リアリズム小説だった。野間は、人間を生理・心理・

社会性の三面から総合的にとらえる全体小説論を早くから主張していた。小説は社会の全体像を隈なくカバーし、そこに生き蠢く人間たちの実相をパノラマのごとく展開してみせる総合芸術であるべきだ、と。その理論によって、野間は、軍隊小説、戦争小説、共産党（分裂）小説、株式市場小説、自伝的小説の長編作品を粘り強く書き、いくつかは中絶したものの、大方を完成させ、長編作家としての地歩をきずいた。

『青年の環』は、野間がデビュー作「暗い絵」の延長に試みた、暗い谷底の時代を描く長編だ。連載開始は早く、一九四七年六月、掲載誌は『死霊』と同じ『近代文学』だった。既発表分を単行本として分離して刊行（第一部 四九年、第二部 五〇年）し、長い中断期間に見舞われたところも、『死霊』とよく似た軌跡をたどっている。どちらも、日本の風土にはかつて存在しなかった小説世界への無謀とも映る挑戦だった。その後の経過は、やはり、両者の個性のちがいを大きく反映している。再開は六二年になるが、平坦には進んでいない。第三部を書き進めながら、すでに本になっている第一部・第二部を改稿していった。初期に書いた分を加筆改稿しつづけた。六五年に「五部作・全四巻・五千枚」の構想が固まった。当初より大幅に拡大したが、まだ途なかばといったところだった。最終的には全五巻・八千枚の重量となり、最終巻の刊行は七一年一月だった。

戦後文学最大最長の長編が成立したわけだが、野間の苦闘は、理論面と創作面とに複雑に絡み合っていた。理論面とは、第四部・第五部に先立って評論『サルトル論』（一九六八年）一冊を、書き上げたことに表われる。「小説の全体とは何か」という彼にとっては自明だったはずの問いを解明するために、J・P・サルトル（一九〇五〜八〇年）の想像力論と格闘したのだった。これを一般化すれば、野間は彼の作中人物の想像力的自由を極限にまで解き放とうとした、といえる。解き放つ方法を模索し、評論一冊（分量的には二冊分）を書いた。『青年の環』の登場人物は、こうして「作者を超える」ことによって、作品に霊的力能を吹きこむ高みに立ち得た。理論的格闘というコースは、社会主義リアリズムの担い手としての野間の、特別に粘着的な資質によるものだ。達成されたものは、作中人物の徹底した自由だった。『青年の環』のケースは、この極限の頂点をなしたものだ。

『青年の環』の主人公の一人、大道出泉は、最初は、電力会社幹部の息子で、飲んだくれ、性病持ちのニヒリストとして登場してくるだけだ。彼の「自由」について、作者はどこまで想像、いや、創造し得ていただろうか。最後の巻において、彼が示す行動空間は、作者の当初の念頭にはまったく像を結んでいなかった、と思われる。紙のなかに立ち上がった大道という人物が、虚構のなかからグイと作者の胸ぐらをつかみ、予測もつかなかった破局の場面を書くべく暴力的に導いたのだ。それが、小説の究極の自由だった。野間の全体小説論の達成ではない。野間が（登場人物に引きずり回されて）獲得した、盲目的な小説の自由の達成だ。作者の脳裏にいくらかの作品設計図が残っていたとしても、それらを全部白紙にする勢いで、人物の自由が爆発してきた。この男、大道の破局への長征は、『青年の環』の最終巻の過半を占めている。彼が自らを解き放つことによって、作品は望むべき結末に到り、当初の設計図をはるかに超えた高次元――『炎の場所』（これが最終巻のタイトルだった）――に立つことが可能になった。

こう書いたからといって、わたしは、『青年の環』の『死靈』への優位という評価を提起しているのではない。比較はさして意味はない。

『死霊』が生成《ビカミング》する小説に成り得なかった要因の一つは、少し考えただけでも明らかだ。人物たちは観念世界に私語をつぶやきつづける死霊として厳格に規定されたから、いっさいの肉体的属性を付与されていない（少なくとも、そう意図されている）。心理も生理も持たない。成長しない。百年後の世界について議論することはあっても、一分先のことに関心をはらわない。人ならざる虚人だ。実人生の手がかりとなる具体性を欠いて（作者によって剥奪されて）いる。こうした「人物」を使って小説を生成《ビカミング》する方法はあるのだろうか？

いや、このような読み方は、それ自体、作品を貧しく狭めてしまうものだ。『死霊』五章の、たとえば、酸鼻な同志処刑の一場を語った後、兄が熱いお茶を弟に所望するシーン。あの混然とした非在感に、室内の小さな具体物がいくつも、コッフェル、アルコール・ランプ、二つのロケットと写真……などなどと配置されていく描写が喚起する一連の情景——。あれらのおびる、小説のみが放つ感動を除外視して展開する小説生成論など、無用と感じられるかもしれない。だが、そうした静的な鑑賞にもし自足していられるなら、そもそも『死霊』について語ろうとする欲求は生起してこなかったろう。

生きた人間の心理や生理を剥奪された「人物」を使って、小説をいかにして生成《ビカミング》するのか——。この問いを現在的に引き伸ばして発してみれば、おそらく、肯定の答えは見つけられるだろう。しかし、現代の爛熟する小説技法の尺度を『死霊』に当てはめることは、無意味だ。単なる技法ではなく、世界観の拡張といったほうがいい。ここでは、スタニスワフ・レム（ポーランド　一九二一〜二〇〇六年）、P・K・ディック（アメリカ　一九二八〜八二年）、J・G・バラード（イギリス　一九三〇

〜二〇〇九年)、グレッグ・イーガン(オーストラリア　一九六一年〜)などのSF作家の名をあげ、彼らの存在哲学に注意をうながすにとどめる。彼らのなしとげた意識拡張の跡を瞥見するだけでも、『死霊』の世界の古色蒼然たるさまは、隠しようのないものとして映る。――これは、一つの説明にすぎず、表層以上には深まらないけれど。

本書は、『死霊』の循環構造について、何度かふれてきた。『死霊』の原動力は、妄想が妄想を呼ぶ、一大妄想実験にあった。そのことは断定できる。妄想は自己増殖する。人物たちは必要ではあっても、根源的な要素ではなかった。そう認めれば、妄想と妄想とが衝突して生じるエネルギーこそ、『死霊』を生成《ビカミング》する絶大な要素だったのではないか、と理解できる。じっさいには、そうした軌道を作者は描けなかった。

七章に到って、沈黙の狂人がついに喋りだす。彼は暗黒宇宙の彼方から来て彼方に去る者のごとく、ひたすら喋りにしゃべりつづける。この長いながい独白シーンが奇妙な無感動をもたらせるのは、これが設計図にしたがって描かれているにすぎないからだ。饒舌がよく滑り、予定した分量より少し超過はしたかもしれない。だが「作者を乗り超えて」、突破して、何かが語られることは、七章では起こっていない。次の章に引き継がれるような妄想の爆発は起こっていない。作者の脳裏に長くとどまっていた思念がやっと、そこに記述された。その収穫をもって由とするしかない。同時代の反応が好意的だったのは、そういう意味でしかなかろう。

非常に単純にいえば、『死霊』は「序曲」全体に改稿・再構成をほどこすことによって、次の章に向かう、という進行をとるべきだった。生成《ビカミング》はその過程で必ず起こってきたはずだ。「序曲」が作者にとってすら不可侵の位置に固定され、その選択肢を消してしまったことは、文学史上の無念というべきだろう。

ただ、後代の位置もまた固定されるものではない。無念に歯噛みしているくらいなら、われわれは、さっさとくたばるほうがよろしい。埴谷がレーニンについて書いたことを、そのまま埴谷に当てはめてみよう。――われわれは埴谷を読むことによって、埴谷を知り、埴谷となり、そして、埴谷を乗り超えていかねばならない、と。埴谷が生成《ビカミング》できなかった『死靈』を、われわれが生成《ビカミング》する。それが後代の、揺れ動く不安な、そして栄光ある位置取りだ。

この章で、本書が『死靈』について考察するのは、最後にしたい。以降は、まったく触れない（と書くと、埴谷が後年、吉本に投げつけた遺言としての訣別状とそっくりであることに気づくが、このまま置く）。

補足をつけ加えておく。

13 花田清輝のために

『死靈』の再開と並行して、埴谷は論争者としての（あまり上質でない）仕事を強いられていく。簡略にいえば、戦後文学の擁護者として後退戦を一手に引き受ける、という構図だ。

戦後文学の主要な担い手たちが、七〇年代に入って、次つぎと去っていった。椎名麟三、花田清輝、武田泰淳、竹内好、平野謙、荒正人、とほとんど毎年、死者の列に連なった。それによって文学界の勢力図もまた変貌を遂げていく。埴谷がそこで遺した「戦後文学の党派性」（一九七四年二月）などの論争文は「党派性」といったタイトルにも如実であるように、勢力の維持、もしくは防衛戦といった（埴谷の）主観的な意図を色濃くおびていた。

一手に引き受けると書いたのは、埴谷びいきに過ぎ、あまり正確ではないので、訂正しておく。野間宏は、『新しい時代の文学』（一九八二年九月）としてまとめられる論考の一つ「文学の全体性」（七六年一二月）を、「武田泰淳が、私を残して去った」という一行から始めていた。野間の関心は、後期の彼の主要テーマである「地球環境の危機と全体小説文学」に向かって蠕動しつつあった。

埴谷ひとりが残され、戦後文学の敗走状況に棹さし、独力で立ち向かった、という客観的状況はない。ただ、彼の主観においては、こうしたヒロイックな悲劇性が濃厚にあったようだ。

その悲劇観に外から（内から、というべきか）発されたのが匿名コラムによる埴谷攻撃（「面従腹背の徒」東京新聞七三年一二月二四日）だった。攻撃もしくは揶揄だ。そこには《埴谷雄高がイアーゴォのような人物であることは文壇周知の事実で……》とある。

埴谷はこれを全文引用し、その筆者は花田だと、ほとんど断定した。そして《この筆者が私怨を晴らす道具に匿名記事を使っている》とし、《この筆者の精神の卑劣さを示している》と指摘した。当の匿名筆者は二度にわたって（「愛があるから大丈夫」同紙七四年二月一二日、「匿名の第一課」四月一五日）、これに「反論」し、埴谷の断定は《下衆のカングリ》だとやり返した。この筆者によれば、《花田は文体模写の名人である》から、そのような名人に擬せられたのは光栄なのだという。否定もしなければ肯定もしない（否定したふりをして肯定している）といった、レトリックは、事情通が読

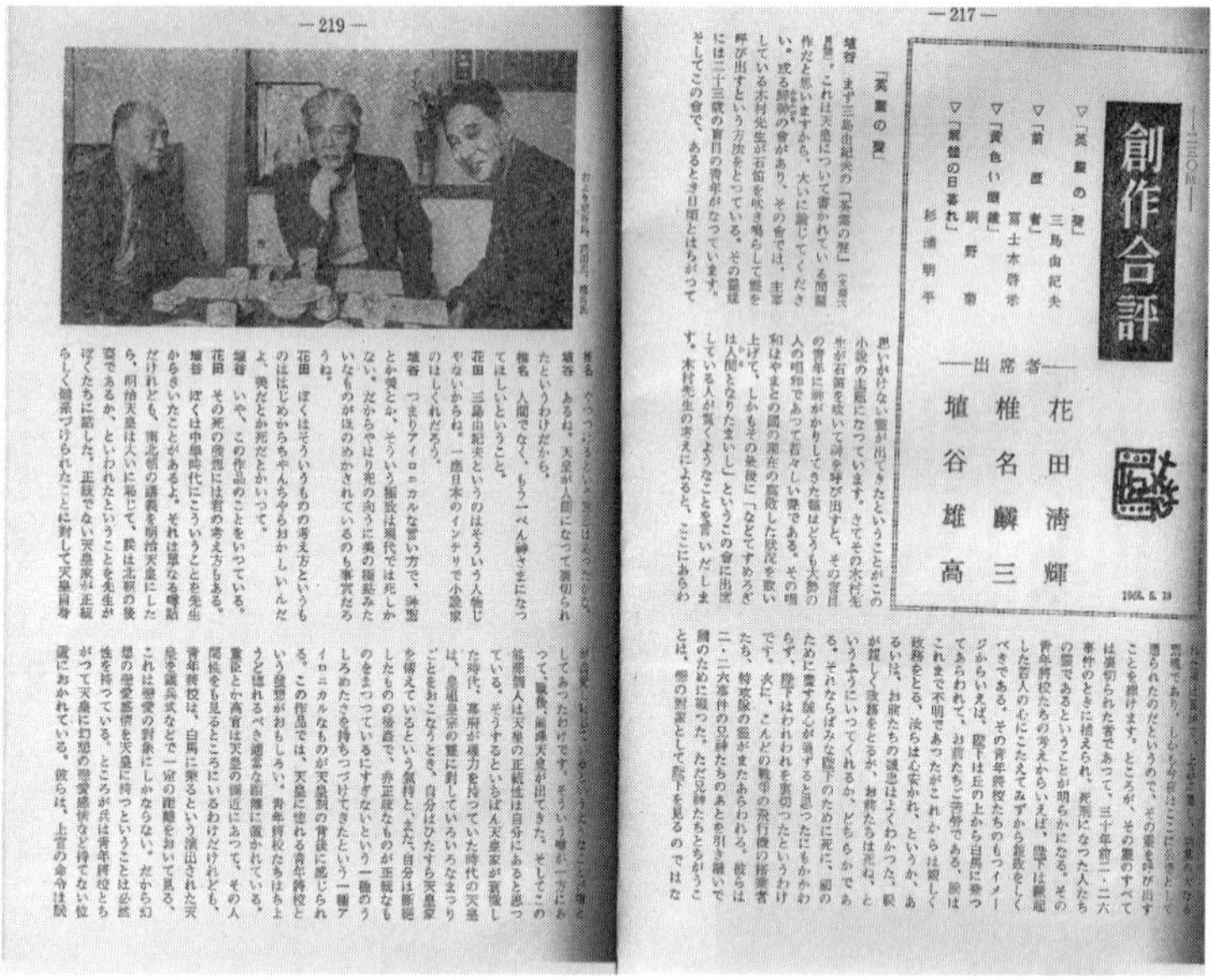
— 219 —

— 217 —

——二三〇回——

創作合評

▽「英霊の聲」　三島由紀夫
▽「前　哨　者」　富士本啓示
▽「黄色い眼鏡」　網野菊
▽「素盤の日暮れ」　杉浦明平

——出席者——
花田清輝
椎名麟三
埴谷雄高

1966. 5. 28

「英霊の聲」

埴谷　まず三島由紀夫の「英霊の聲」（文藝六月号）。これは天皇について書かれている問題作だと思いますから、大いに論じてください。或る帰神《きしん》の会があり、その会では、主宰している木村先生が石笛を吹き鳴らして霊を呼び出すという方法をとっている。その霊媒には二十三歳の盲目の青年がなっています。そしてこの会で、あるとき日頃とはちがって思いがけない霊が出てきたということがこの小説の主題になっています。さてその木村先生が石笛を吹いて神を呼び出すと、その盲目の青年に神がかりしてきた霊はどうも大勢の人の唱和であって若々しい声である。その唱和はやまとの国の現在の腐敗した状況を歎い上げて、しかもその最後に「などてすめろぎは人間《ひと》となりたまいし」ということを出席している人が驚くようなことを言いだします。木村先生の考えによると、ここにあらわ……

めば花田いがいの何者でもあるまい、と見当がつく。

花田はその数カ月後に死亡し、埴谷がその追悼文を書くことになったことは、すでにふれたとおりだ。これらの匿名コラムは『花田清輝全集』の「別巻Ⅱ」に収められている。

花田の「卑劣さ」を埴谷が怒ったのは、これも、前提がある。

二人は雑誌『群像』の「創作合評」に一九六六年七月（上図版は誌面）、八月、九月と顔を合わせている。もう一人の出席者は椎名麟三。その一回の材料が三島由紀夫（一九二五〜七〇年）の「英靈の聲」だったところから場が紛糾した。この問題作に、どちらかといえば、好意的な読みを示す埴谷に、花田は挑みかかる。

きみは学生運動のセンスで政治をとらえている。そういうことはちょっと問題だね。もう少しちゃんとした一人前の人間と対話しなければ駄目ですよ。

はては、《ぼくはきみを芸術家として見ていない。政治家として見ている》とまで、言っている。これは勘繰れば、埴谷の吉本への全面降伏が埴谷の「政治的判断」によるものだったという解釈につながる。埴谷の全面降伏は、客観的にも不可解だったとはいえ、花田の「私怨」的バイアスをかければ、埴谷がパーソナルな交友で示す「政治家」ぶりそのものなのだ。

数年後の匿名批評による攻撃に結実するタネとして充分だった。攻撃を受けた側が、この論理運びの独特さに気づかないわけがない。馬脚をあらわすというより、最初から匿名の仮面を取り去っているのも同様だ。たしかに、花田の文章芸には、書いた当人をもうっとりさせるだろう水際立った冴えがある。しかし、晩年の仕事には、芸だけが単独に屹立し、花田特有のギョロ目をむいているような空々しさがつきまとう。

芸をもって私怨を晴らしたいのなら、晴らせばよかろう。しかし、同じやるなら、絶対に花田の文章とは勘ぐれない異質の文体模写を試みてもらいたかったと、思う――。

いや、これで終わってしまうと、一方的な論告によりそうだけの愚論にしかならない。せっかくこのエピソードを紹介したのだから、もう少し気の利いた解釈を試みてみよう。花田は、ここでも、ブラックな笑いを引き起こそうと努めている。時計を十数年前に巻きもどしてみれば、吉本にたいして放った「からかい」と同列にある。この点では一貫している。相手の反応をあまり顧慮せず、自分の芸の圏内で自己完結している。吉本も埴谷も本気で激怒したわけだが、花田はその激怒を面白がっている。吉本は呆れて、そこに花田の寂寥をみたが、これは少しちがうような気がする。孤独とか孤立とかは、花田にとって無意味な感情生活なのだ。文章によって他人の怒りをかうという行為も、彼にとっては芸のうちとなる。

たとえば、新日本文学第十一会大会における本多秋五の発言（第六章2　一四三ページ）について、花田は、「演技について」（一九六四年八月）に、こう書いている。

……声涙ともにくだるといった本多秋五の長口舌には、満場寂として声なく、佐多稲子などはハンケチで眼をおおい、すすり泣いていたほどであって、まさに天性の悲劇役者をおもわせるものがあった。

しかも、これは、『近代文学』の終刊号に寄せられた文章だ。しかも、花田はこの大会で議長席についていたのだ。そうした背景をともに考え合わせてみるなら、花田式ブラック・ユーモアの仕掛けが了解できるだろう。底意地の悪さは群を抜いている。だが、ここに悪意しか読み取れない者は、花田の二段がまえ・三段がまえの逆説を理解するとば口にも立てない。『物語戦後文学史』を読むかぎり、本多が花田のいい読者だったとは思えないから、やはり、この一節には「激怒」しただろうと想像する。

この点でいえば、彼の求めていたのは笑劇の競演者であり、論争ではなかった。他の何であれ、

論争だけは望まなかった、というほうが正確か。「彼が笑うと、友だちは怒り狂う」。たしかに、それは、吉本的にいえば寂寥にみちた精神風景だ。

その死からほどなく、小川徹（一九二三〜九一年）が『実録花田清輝の生涯』を『映画芸術』に連載しはじめる（一九七六年一二月　上図版は表紙）。スキャンダリズムと花田直伝の（？）映画裏目読み手法で対象に迫ったが、単行本化された（七八年一一月）さい、残念ながらタイトルから「実録」の二文字は消え、行儀のいい作家研究のような体裁になった——。

格調高く区切りと出来なかったのは遺憾だが、本章は、ここで終わる。

第8章

資本主義は勝利することによって、資本主義はすでに勝利する

吉本－埴谷論争

（一九八四年）

——偉大な芸術家の名を、彼が明らかに理解しなかったところの、彼が明らかに回避したところの革命と対置することは、一見不思議な、作為的なものと見えるであろう。明らかに現象を正しく反映していないものを鏡と名づけることができようか？　しかしわが革命はきわめて複雑な現象である。（V・I・レーニン）

1　ハイパー資本主義の勝利と吉本

本章は、いくらか時間が飛んで、資本主義の勝利が決定的になった状況から始めねばならない。

ここまでの記述と断絶するような印象があるかもしれないが、勝利は（その反対面である敗北も）なしくずしに進行していった。米英を中心軸とした新自由主義政策は、次第に世界システムの再編成に向かい、日本社会も基本的にそこに追随していくことになった。一国的にいえば、ハイパー資本主義の制覇が社会状況ならびに文学状況を根底から変容させていった。

一つの落着をみた。最終結果ではないにしても、それを覆す展望はいっかな開けてこない。吉本の位置は、そこで、ハイパー資本主義の広告塔というところに落ち着いた。要するに、本書の「正統と異端」というテーマは、そのあたりに墜落していったわけだ。広告塔になっても、吉本の冥さに変わりはない。冥さに陰惨な迫力すらついて回るのは、彼の勝利（彼のみの勝利ではない）が代償に支払ったものの取り返しのつかなさによっている。だが、彼の「悲劇の人」としての強固な個性は、冥さをもプラス因子に加えた。陰気でもいい。あのように陰惨な過去を背負った人物が、その陰惨さゆえに有能な広告塔になりうるという、逆説を証明してみせた。

（上図版は一九八二年一月の新聞広告）。

資本主義の勝利は「資本主義の勝利」という現状の隠蔽に向う。それは、いわば資本主義の勝利の第二段階だ。勝利が不動のものとなれば、不動の勝利をテーマとすることは不要になるからだ。「歴史から消される」。抑圧は必要ない。資本主義について語ることを禁じる、といったような強制力を行使する必要はなくなる。資本主義の勝利が確定した後には、資本主義社会以外のシステムについて語る選択肢が無用になるからだ。

「資本主義は勝利することによって、資本主義はすべてに勝利する」とは、勝利の不条理さが生みだした不条理な文法的混乱を文章化したものだ。論理的に正しく表記しようとすると、文法的に正しく書けない、という事態になる。

資本主義は絶え間なく資本主義を乗り超えつづけていくだろう。勝利する対象は資本主義それ自体だ。これは論理矛盾ではない。「頭のてっぺんから足の先まで血潮にまみれた残虐な資本主義」の現在的な発展形態なのだ。凄まじい進化だ。プロレタリアートが資本主義の墓掘り人でありうる状況は遠く去った。資本主義は、墓掘り人をも、自身を進化させる歯車として組み入れ、発展持続する巨大なキャパシティを実現した。――それを資本主義のユートピアとみるのか、変わらぬ資本主義の地獄とみるのか。

吉本がユートピアに加担することになった必然性は、本書のかぎられた追跡のみによっても、すでに証明されているだろう。

非常に単純化していえば、マルクス主義の窮乏化論は豊かな社会の到来とともに戦闘能力を殺がれていった。高度成長経済社会は労働者の生活に未来を約束した。働きに応じて賃金は上昇し、搾取構造はそのままだったとはいえ、資本のパイから労働のパイを引き出すことは容易だった。八〇年代転向という言葉がハイパー資本主義の状況に現われたが、実状は、六〇年代からすでに進行していた。「鉄鎖いがいに喪うべきものを何も持たない」プロレタリアートが、賃金上昇によって小市民層へと「階級解体」していくさまは、ごく身近な、どこにでも見つけられる事例だった。体験的に「資本主義にも善はある」ことに慣らされたのは、六〇年代を境にしている。

そう考えるのなら、吉本の「自立」主義が既成の左翼勢力に破産宣告を突きつけつつ、前人未踏と畏怖される理論体系に飛翔していったことの別側面には、資本主義による「階級闘争」の段階的な勝利が一貫してよりそっていたことがわかる。彼は大衆とともに転向した。大衆の欲望を裏切ることはなかった。大衆の欲望を裏切らなかったことは、彼の第一の誇りかもしれない。彼の八〇年代転向は、その一貫性の最終着地点を指す。大衆からの孤立を最も怖れた彼の軌跡に矛盾はない。彼の歩みを、あまり細部にとらわれることなく、鳥瞰してみれば、ゆっくりと過酷に進行していた階級闘争（勝利しつづけた資本主義の戦跡）との、まったき照応がみつけられるだろう。

彼の面立ちの孤影が、近代日本文学に連なる一国的な達人たちに、その陰惨さにもかかわらず、相似してくるのは偶然ではない。特に小林秀雄などとは、気味の悪いほどそっくりになっていく。小林の骨董趣味にあたるものが、吉本の場合は、理論体系への野望というかたちをとっている。

ただ、『自立の思想的拠点』（一九六六年一〇月）や『共同幻想論』（六八年一二月）の時期に、その照応を見つけ出すことは困難だった。素朴にいって、吉本の「左翼性」を疑うという思考が充分には浮かんでこなかった。彼の本質が（ついに）疑いもなく明瞭に噴出してくるのは、『反核異論』（一九八二年一二月）、『マス・イメージ論』（八四年七月）あたりを期にしてからだった。論述を単純化しているので、誤解が生じると困るが、吉本が八〇年代にいたって急転直下、転向したといっているのではない。転向は、その現象に即していえば、ゆっくりと彼を侵食していった。その惨状を最も明瞭にきざみつけているテキストが『反核異論』と『マス・イメージ論』だ、ということである。

2　教祖の終焉とその後

本書の三人はそれぞれ教祖的だが、そのなかで、教祖性を最も強く発しているのは吉本だ。これは、つい最近まで存命していたことからくる人気投票としては、当然の結果だ。しかし、没後十年、二十年と経ても、あるいはこの勢いは衰えないかもしれないと思わせる。硬質の詩人にして、孤高の体系的思想家、類をみない無敵の論争者、しかして、その本体は気さくで庶民的なオヤジ。賛辞とは、まあ、かくも型にはまったものなのだが……。初期の詩の一節には、こうある。《ぼくが罪を忘れないうちに　ぼくの／すべてのたたかいは　おわるかもしれない》。じっさいに、そうなった。

他の二人には見られない、吉本の教祖性の特質がある。批判者を惹きつけるネガティヴな教祖性だ。彼のまわりには、崇拝者だけでなく、彼を批判することでかろうじて自分を支えているような者が少なくない。憎しみと批難と罵倒によって彼と結びつけられている者だ。たとえ正当な批判であっても、そうした者らの言説には、「崇拝」の裏返しであるような感情的紐帯を感じてしまう。吉本に負の吸引力があることは、『マチウ書試論』一編に充分に探り当てられていたとも思われる。「関係の絶対性」は、わからぬ者には金輪際わからぬといった性格の詩語だ。概念ではない。イメージでもない。定義することなどは不可能だ。

詩的言語には官能するしかない。「関係の絶対性」とは、愛をメカニカルに分析した言葉だ。もしかして、この男は、生涯の伴侶に向かってこの言葉を愛の告白として迫ったのかもしれない、と思わせる。だから、「関係の絶対性」によって拝跪した者は、そこから離れることが出来なくなる、ということか。

わたしの観察では、そうしたネガティヴな「逆吉本教徒」は、六〇年安保世代にだいたい集中している。少し下がってわたしの年代になると、そこまで血の濃い感情（正にしろ負にしろ）を注げなくなっている。教祖としての位置が盤石になってから、吉本思想を体験するという世代的落差もある。これは、吉本が深く関わった、ブントの成立と解体および再編成過程と関連してくるのだろう。戯れに、反吉本の十二使徒と、数え上げてみたこともある。名の知れた文筆家で、そのくらいの人数はいたのだった。感じていたのは、わたし自身には、そこまで痛烈な憎悪を思想批判にこめられない、という一点だった。これは、わたしの流儀とか作法とか資質とは関係ない。ただ、ひとえに、吉本という存在の個性に発している。彼の思想が、いや、詩的イメージといいかえるべきか、ともかく彼の発語が――《ぼくが真実を口にすると　ほとんど全世界を凍らせるだろうという妄想》――熱狂的なファンを呼び寄せる。そのごく一部の少数者が、選ばれた背教者のように、ネガティヴな「吉本教」に絡めとられる。――そんなふうに思えていた。

反吉本論の多くは読んでいるが、ここで文献としてあげるのは、菅孝行『吉本隆明論』（一九七三年）一冊にしておく。多くは、憎悪の「絶対性」が対象を訴追する論考の水準を保証するものではない、という平凡な真理を証明するに終わっている。もちろん、親吉本論は反吉本論の数倍の分

HO SHIMBUN
日本読書新聞
定価150円
マス＋イメージ＋論叢
吉本隆明を読む
現在とい
虚構の作者
情況
酸鼻を見な
論者
児戯に類す

THE NIPPON DOK
次号予告
マス＋イメージ＋論叢
80年代転向の最も
悪質な水準を刻印
ブス・イメージ論を告発する10の断章
野崎六助
CM論に
最も陳腐な
達成をつくる

量が流通しているわけだが、不明にして、それらに関しては、ほとんど意見を持たない。また、八〇年代に入って、産された反吉本論についても、あまり実りの多いものだったとは思えない。原理的な吉本批判なら、その前の段階で終了していたはずだから。打倒対象の衰弱・堕落に応じて反吉本論もまた、低水準になることは避けられなかった。わたし自身が書いたいくつかのテキストをふくめて、そう思う。

『日本読書新聞』一九八四年八月二七日号は、『マス＋イメージ＋論叢　吉本隆明を読む』（上図版は誌面）と題して、次のような編集前記を掲げた。

前号第一面でとりあげた野崎六助著『幻視するバリケード——復員文学論』は、確実に吉本隆明最新著『マス・イメージ論』（福武書店）を追撃しつつある。本紙は、後著上梓をポレミークの好機ととらえて、いうところの〝「現在」という作者は果して何者〟であるかをめぐり、広く論争を組織すべく、以下の精鋭の力稿を今号より三号にわたり連続掲載する。題して「マス＋イメージ＋論叢」。

そのトップに指名されたのがわたしだった。機会を与えられたのは快とせねばならないが、わたしには、自分の最初の書物が吉本の最新本を「追撃しつつある」という自覚は、あまりなかった。『復員文学論』は、当時の全共闘ブームに腹をすえかねて書き走ったものなので、射程は狭いと感じていたからだ。しかし、巨匠によるサブ・カルチャー論への進出、という「主題としての空虚」さに、論争を挑むことは、いずれにせよ必要だと思った。わたしの半身はまだ「埴谷・吉本」教徒だったかもしれないが、偶像をつくるな、偶像は打ち倒せ、という師の教えを折り目正しく果たすことにためらいはなかった。

本書に言及した範囲にかぎってみても、吉本がサブ・カルチャー一般に明敏な批評眼を持っていたことを証する文献はない。『新日本文学』の「映画合評」では、同時代の映画について、それなりの卓見は見つけられた（第五章2　一一三ページ）。だが、八〇年代になって『映画芸術』誌に吉本が寄稿しているものなどは、じつにひどい出来だったのを憶えている。埴谷や花田がごく自然に身につけていた探偵小説や娯楽映画への耽溺的素養といったものは、吉本には、ほぼ完璧にない。また、鶴見のような、大衆芸術一般を往還する身軽なフットワークも備えていない。根が、じつに生真面目な文学青年であり、哲学青年だ。通俗小説や大衆娯楽はハイカルチャーとは別次元のものだという固定観念に縛られている。それは個性・資質であって、テレビが好きなら、単純に「ぼくはテレビが好きなんだ」と書けば済むことだ。何がどう優れている云々と高尚な鑑賞尺度を当てはめることなど無用だ。

そういえば、わたしの『復員文学論』には、次のような一節が書きつけられていた。――ロック、ポップアート、ニューシネマ、ゴダール、雑多な漫画、ポピュラー・ミュージックが、私らの精神生活の全体を、この時代以外には考えられなかった拡大へと導いていった。

花田でいえば『大衆のエネルギー』(一九五七年一二月)のような愚劣な愚作がある。世間知らずのインテリが競馬場などを見物してつまらない感想をもらしているだけの本だ。『マス・イメージ論』は、それに似たような「似合わない仕事」に励んでいる、といった気の毒な印象を与えた。

ただ、そうした吉本の無様さを狙撃するのにかまけて、背後に進行する巨大な退潮を見すえることが出来なかった。その点は、三〇年が経めぐって、第一に思う。反省など手遅れだが、くだらない回顧にふけるよりはましだろう。わたしに関していえば、敵はポストモダンだと射程していたにすぎなかった。文化的にはポストモダンという目も眩む仮象を呈して進行していたのは、もっと酷薄な階級戦争だった。身ぐるみ剥がれる奔流にさらわれながら、局地戦ならまだ可能だ、と高をくくっていた。

吉本が、誰の目にも明白だと思える屈服――広告塔への転身――を明らかにしたことは、ハイパー資本主義が勝利した全世界史的転換の片隅に生じた一個の寸劇にすぎなかった。悲劇の傾きはやはりないではないにしろ、小さなちいさなジョークだ。時代はすでに、大げさな物語など必要としなくなっていた。本書が語っているような異端論争の深刻な身ぶりは、この時代の文法では語りきれない。資本主義の勝利は、資本主義の相対化につながる思考のいっさいを無効にする。吉本のみならず、すでに逝った花田も、『死靈』の続章に苦闘する埴谷も、みなちっぽけなスケールの文化芸人の位置に押しこめられるだろう。

これらのことは、すべて後智恵だった。

3　最後の吉本‐埴谷論争

そこに起こったのが、吉本‐埴谷論争だ。

これが論争の名に値しない、遅すぎた応酬だったことは、再三、書いてきた。当事者自身の衰弱・劣化を別にすれば、いま述べたような時代環境の変容が、彼らに（かつてのような）荘重さのポーズを許さなかった。ジョークとして身をさらすのか、それとも、沈黙を選ぶか。それが、ハイパー資本主義社会が彼らに割り当てた精いっぱいのステージだった。

彼らは最後までよく闘った、といえるだろうか。

きっかけは、大岡昇平と埴谷の放談録『二つの同時代史』（一九八四年七月）で、大岡が安保闘争時の吉本の行動について、不正確な放言を放ったことだった。闘争時に逮捕された前後の事情について、吉本は「思索的渇望の世界」において埴谷に率直に語っていた。大岡の発言は「論争相手の花田が吉本をスパイとからかった」と、面白がっているだけだ。それが訂正されずに、活字になってしまったことについて、吉本は『試行』の一一月号で抗議した。そこには、埴谷が大岡の勘違いを正すべきだった、という思いもふくまれている。これは「攻撃されてはじめて攻撃しかえす」という、いつもの吉本の原則にかなった反応だ。

だが、吉本の反撃は、たんに勘違いを訂正すれば済むという儀礼的なレベルをはるかに超えて、発展・肥大した。何が主要な問題だったのか。これもまた、遠く、花田 - 吉本論争による「遺恨」を引いている。花田が逮捕された吉本を文章でからかったのは事実だが、スパイとは呼んでいない。花田は、自分がスパイと呼ばれると悦ぶという奇ッ怪な性格であり、他人をスパイ呼ばわりすることはなかった。『近代文学』は吉本の花田弾劾文を二本載せ、それにたいして近代文学賞を送った。内輪のささやかな授賞式に現われた吉本の顔面には、まだ逮捕時の負傷の痕があった、と埴谷は回想している。

吉本の気質として、「対花田闘争」での埴谷による援護には、深く感謝するところがあったにちがいない。これは、思想的同質性とは明らかに別なのだ。放談集による勘違いの容認は、吉本の、長年にわたる埴谷への感謝と謙譲の念に水を差すものだった、と思える。信義の問題として黙っていられなかった。ここで、吉本の脳裏から完璧に、次のことは、脱落していたと思える。——吉本の資本主義への明確な屈服について、どれだけ埴谷が苦々しい、裏切られた思いをいだいていたか、という想像だ。これは礼節で済ませる問題ではない。絶対的な対立だ。埴谷は基本的に論争家ではない。先にみたように、論点が対立しても、とくに吉本相手だと、調停的に配慮する。起こるべくして論争は起こらなかった。

だが、起こってみると、ただ見苦しい喧嘩にしかならなかった。第一に遅すぎた。両者にすでに往年の力はなく（吉本はまだ六〇代だったが）、ありうべき論争テーマを担うことが出来なかった。見せ場をつくれない。

これは、アパレル・メーカーの名を冠して「コム・デ・ギャルソン論争」といわれるらしい。文学史のページにも、そう記載されるのかもしれない。女性誌のグラビア・ページを飾った「現代思想をリードする吉本隆明のファッション」が批判のタネになっているからだ。吉本の成金趣味の誇示は、書斎のインテリアまで及んでいた。総額で二〇万円に近い衣装に身をかためた吉本の威容は、バブル・ニッポンにふさわしい鼻息の荒さをまきちらしていたのだろう。埴谷はこのファッションの値段の細目をあげ、次に「世界の貧困に眼を向けよ」と、いかにも古式豊かな左翼らしい苦言を呈した。どちらにしても「貧乏はイヤだな」という感想しか浮かんでこない。現在のデフレ・スパイラル社会ではなく、当時の金銭感覚で、すべてのコーディネートが二〇万という総額は驚くほどのリッチな着道楽ではなかった。上には上がいるというのではなく、もっと高価なスーツを普通に着ていた若者はざらにいた。論争の当事者たちには、それが「やっと中流の暮らしが出来るようになりました」程度の金満だという認識はなかったようだ。

ファッション論争にこだわるのは本意ではないけれど、吉本の無邪気なファッション・モデルぶりは、『マス・イメージ論』の全体的な（本文の認識内容にとどまらず、成立の周辺もふくめての）勘違いと同列にあったと思う。一言でいえば「知らない世界への憧れ」だ。若い頃の吉本について、一つの証言がある。「服装もいつも同じ、濃紺の背広に白いワイシャツ、黒っぽい無地のネクタイといったいでたちであった。……服装などに気をつかうたちではなかった」。これは鮎川信夫の「固窮の人」（一九六九年三月）にある、身近な観察だった。こういう人物が初老をむかえて、ある日、突然、ファッション感覚に目覚める、というケースも稀にはあるのだろうが……。

ファッションもふくめたサブカルチャーとは、鑑賞したり、分析したりするものではない。身のまわりに空気のようにあって、いつの間にか自己形成《ゼルプスト》に不可欠の要素となっている集合なのだ。とはいえ資本主義の勝利は、そうした環境すらもばらばらに解体し、郷愁の彼方に追いやってしまった。『マス・イメージ論』とは、その惨状を逆に証明してくれる反面教師的な歴史文書かもしれない。

唯一、「この吉本」を評価できる点があるとすれば、それは、彼が悲劇役者から別の演者に転生をはかろうとした（らしい）ことだ。だが、それも、資本主義の勝利の余得にあずかってという側面が強いので冗談っぽい評価にすぎないが……。大西巨人との対談「素人の時代」（一九八三年五月）で吉本は、「おれがあんたみたいに美男子だったらCMにどんどん出るよ」といった意味のこと語っている。顔を別にすれば、プロポーションには自信を持っていたのかもしれない。この転身は、彼を、資本主義の内奥にさらに決定的にとりこんだだろうか、あるいは、ありそうもないことだが、資本主義の外側にふたたび弾きかえしたろうか。しかし、この野望は実現しなかったようだ。

埴谷は、そして、吉本に訣別の辞を送る。両者の関係は、公的にも私的にも、打ち切られた。この訣れの言葉には、当時、読んだ時は胸を打たれたような記憶がある。

埴谷はやはり、自分を悲劇の人とみなしていたようだ。そのじつ、笑えない喜劇という珍しいジャンルの演じ手だった。訣れの言葉とともに、埴谷は吉本への尊敬の念を律儀に書いている。——吉本は外来の輸入思想のつぎはぎ細工にたよらず、自ら独力で体系思想を構築した独創的な思想者である、と。

これは儀礼的なだけの見解なのかどうか、疑問だ。本書がずっと述べてきたように、体系思想を打ち立てたことのみを評価軸にすることは、ほぼ無意味だ。オリジナリティということも、それだけでは何の評価軸にもならない。埴谷がいっているのは、吉本が外来思想の祖述と紹介を専門とする有象無象の思想研究者とは別だ、ということにすぎない。その無意味を承知で儀礼的に投げかけているだけなのか――。

本書としては、埴谷が根源的な吉本批判を已れのうちに深く封じこめ、なおかつ、相手を思いやる言葉のみを並べ、いかにも『死靈』の作者らしく「あちらの側」に静かに去っていったのだ、と思いたい。

4 ザ・清輝

時期的には、もう少し後(埴谷の訣別状から一年後)に、花田が、異端論争のステージにもどってくるかの出来事が記録されている。出来事というのは大げさすぎるが、全一冊八百ページの大冊『ザ・清輝』(一九八六年六月 次頁図版は表紙)の刊行だ。この本の画期的なところは、全作品を、逆年代順に配列したところにあった。

花田の自己《ゼルプスト》が多重人格迷路であったとすれば、新しい作品から並べていくという読み方は、その対象の戦略に、じつにふさわしいものだ。

私事を明かせば、わたしは、花田を理解せねばならないという決意にかられ、全集を一冊目から順に、克明に読んでいく数カ月を送ったことがある。これは、作家研究としては、当たり前の初歩的な手順だ。なるほど、以前にはずいぶん手古摺らされたテキストが比較的すんなりと消化できていった。それとともに、余剰物だが、ついでに了解できることもあり、その始末に困惑した。——年代順に読み進めていった結果として、対象の次第に衰弱・老化していくさまが、いやおうなく「視えて」しまったのだ。

これは、おそらく、当人が最も望まなかった読まれ方なのだろう、と深く納得するところがあった。一般の作家には当てはまる読み方が、この人物にかぎって適合しない。申し訳ない、といった感情にまで襲われたものだ。まさしく近代的自我のクロニクルがそこにあった。若年の突出、壮年の成熟、晩年の衰え。とまさに絵に描いたようにありふれた自我の表現の外化がそこにあったのだ。わたしは、ありうべからざるものをそこに視たような気がして、全集の十六巻と別巻二巻を「学習」してしまったことを後悔した。

そんな私事から抜け出すことが難しかったので、『ザ・清輝』を前にした時、「そうか、これだったのか」と、感ずるところは大きかった。その帯には、こうある。

文体（スタイル）と複眼様式（モード）の人として語られてきた花田清輝の創作群を倒叙的に展観・一冊化したとき、時代のゆらぎと散乱をトランスした「精神の多面体」が読者に供される

5　国民的講演家（？）吉本

「3・11」以降、吉本を原発推進派のA級戦犯と指定する声があがった。吉本はまだ存命だったから、批難の声もとどいていたはずだ。ただ、それは、八〇年代から本格化した、吉本批判という争点を反覆するのみだろう。その次元での吉本批判は、一種の儀式に退行してしまった。賛辞も罵倒も、本体がよれよれになってくるにつれ、それ以下の低レベルに落ちこむことを避けられない。

しかし、それだけに終わるにしろ、原発戦犯としての吉本訴追は、初期吉本が遺産として残した憎悪のパトスをもってなされたほうがいい。でなければ、吉本という虚像のみが「思想的巨人」という空疎な虚塔として生きつづけるだけだろう。

それにしても、この虚像の支持度は、根強く不可思議なものがある。根強さをよく示すのは、彼の講演録の需要だ。吉本は、生涯に、二九九回の講演をこなしている。なぜ正確な数字がわかるかというと、熱心な支持者がその詳細な記録をつくったサイトがあるからだ。吉本はいわゆる上手いスピーカーではなかった。本書に引用したのみの喋り言葉からもわかるように、活字にするとおか

しな、くどいリズムがある。朴訥に語る。決して芸人のように流麗に語るわけではない。鶴見に《昔と違って吉本さんは雄弁になったんだね（笑）》と感心されるほどだった。上手い下手を超越したオーラを放つのだろう。記録が整備されているだけでなく、講演の録音音源が残っているものに関しては、CD化が二つの版元から実現している。「ベスト五〇」と銘打ったCDブックは、デジタル・データとしての販売（電子版）も流通している。

作品リストの公開なら、エンターティンメント系作家のファン・サイトで多くみかける。また、物故作家でも、講演や座談記録が、カセットブック化、CD化される例はある。しかし、単独の作家による講演記録がこれほど大量に商品化されているケースは他にないだろう。

活字になった講演集は六冊、全対談と銘打ったシリーズは十二巻ある。すでに、「喋る人」としての異彩は放っていた。そこに、デジタル・データによる普及が重なる。この支持度は、「国民作家」といっても遜色ないスケールに達している。資本主義は彼の献身にふさわしい仕方で彼に報いた、といえるだろう。彼のように生真面目に克己的に努力を重ねれば、必ず勝利はやってくる、という雄弁なケースが残されたのだ。

――これをしも、なお悲劇と呼んで人を納得させるためには、幾重にもツィストのかかった逆説を弄する必要がある。わたしの手には余るようだ。

近親憎悪に引きつった冥い顔つきで現われた詩人は、異端の位置から出立して正統の座を奪い、社会主義リアリズム文学理論の体系を制覇し、なお、精神分析論、宗教論の体系へと、たゆみない踏破をつづけた。資本主義を超える資本主義のキャパシティの目も眩む巨大さに照応するかのように、彼は肥大に次ぐ肥大を遂げていった。

A級戦犯という弾劾は、彼がいかに資本主義に忠実に献身したかを、逆に証明している。

「資本主義が本来的に善であれば――○○○○――原発はクリーンで安価で安全なのだ」。真ん中の肝腎なところ「○○○○」がごっそり抜けた三段論法は、結局、何も語っていないのと同じだが、資本主義が稼働しているかぎり原発も稼働するはずなのだから、無論理と飛躍を気にかける必要はまったくない。

ポストモダン風にいえば、何も語っていないことこそ、優れたかたちで何事かを語るための独創的な方法なのである。

なぜなら、資本主義は勝利することによって、資本主義はすべてに勝利するからだ。

〈帝国〉はけっして滅びない（二〇一三年）

Ⅲ

――〈帝国〉はけっして滅びない。われわれは道徳的な過ちのために没落したのではない。現象世界を現実と取りちがえた、その知的な過ちのために没落したのだ。したがってわれわれは道徳的に無垢だ。われわれに罪を問うのは、さまざまな擬態を持って欺く〈帝国〉なのだ。〃〈帝国〉はけっして滅びない。〃（P・K・ディック）

1 〈帝国〉は錯乱する

過去の時代の検討を終え、記述は三〇年のサイクルをまたぎ越して現在となる。語られねばならないのは、われわれの敗北の報告書だ。彼らの敗北ではなく――。彼らが去った後も、正統と異端の論争は終わっていない。その担い手がどこにもいない、というだけのことだ。それは日々の日録のようにつづいている。

われわれの敗北については、それを過去形で語ることは出来ない。現在形、現在進行形で語ることしか出来ない。昨日も負け、今日も負け、負けつづけている。

現在――。何が変わっただろうか。何も変わっていない。おそらく、そういうべきなのだろうが、資本主義の豊かさは、何もかも変わってしまったかのような現象世界を、われわれの意識と現実とに植えつけている。というより、資本主義はその本質的な貧しさを偽装するために、ありとあらゆる手管を弄して豊かさの幻影をふりまく。その有力なアイテムはスピードだ。人びとがそれを幻影と気づくより前に、先へ先へと幻影を創出していく。自らを絶え間なく追い越していく超スピードを保持することによって、かろうじて、資本主義は自らを自立させ得ている。スピードが衰えれば、豊かさの表皮からたちまち惨憺たる内実が顕わになり、正視できなくなるだろう。

二〇世紀の最後の十年、その時までは使われたことのなかった言葉が浮上してきた。浮上し、世界を制し、今ではそれなしに現在を説明することは出来なくなっている。

グローバリゼーション。

それ以前の世界システム——冷戦体制は、世界を、資本主義国家群と社会主義国家圏の対立構図として理解した。グローバリゼーションは、世界を一つのものとして考える。ワン・ワールド、一元化支配の構図だ。

アンソニー・ギデンズ（一九四六年〜）は、グローバリゼーションを「ランナウェイ・ワールド」と、警告的に命名した。逃げていく世界、遁走する世界、暴走する世界、捉えがたい・制御できない世界だ。

グローバリゼーションは、ほぼ二〇年を通過し、ますます堅固な統治システムをつくりあげつづけている。「この世界の外に出る」ことは出来ないかのように……。経済、政治、技術、文化、情報、犯罪。あらゆるものが国家の枠を超えて、グローバリゼーションの「支配下」に組みこまれている。それでも国民国家は存在し、国民を制度、法律、ナショナリズム幻想などによって繋ぎとめようとする抑止力を行使する。グローバル・エコノミー、グローバル・カルチャーの影響は、われわれの思考に莫大なバイアスをかけつづけている。

巨大多国籍企業、国際金融市場、地球規模の環境汚染、大規模な移民・難民、新しい貧困、生命科学への人為的な操作、インターネット普及。多くの者が指摘するように、かつてない緊急の難問がわれわれのうちに累積している。グローバリゼーションの「一つの世界」は、そこで、「人類を一つ」にするのではない。まったく逆だろう。人類をばらばらにすることによって、グローバリゼーションは常に一つである。

　グローバリゼーションは、これらの難問を、単一の問題《イッシュー》に還元することによって、結果的には判断保留する。つまり、何もしない。――その件は「市場の原理」にゆだねる、とかいった、よく耳にする対応がとられる。自由主義市場の信奉者にとって、その答えはオールマイティだ。宗教的帰依以上のものがある。絶対的な性善説に立つならば、その説も受け入れられるが、市場は人間ではないし人間よりも悪辣で貪欲だ。

――これは暴走《ランナウェイ》する世界の暴走ぶりを示す一つの断面図となる。あくまで「一つの」という限定的な意味だ。間違えないでもらいたい。グローバリゼーションが再編成してしまった複雑な世界には、こういったメンテナンス不能を告げる局面が無数にある、ということなのだ。原子力発電所の原子炉で起こる臨界事故の詳細について、一般の理解ではとどかないところが多い。ランナウェイ・ワールドの全域で起こっていることは、原発の臨界事故を比喩として置き換えてみると、ある程度、イメージをつかめるだろうか。事故を最小限にとどめるために、専門家は全力をかたむけるはずだ。単一の「事故」なら専門家によって、基本的には解決されると期待できる。

　だが、進行しているのは、経済、政治、技術、文化、情報、犯罪などなどが複合した現象なのだ。グローバル資本は、従来の国民国家という支配装置を自らの利便性によって変形するし、現に、変形しつづけている。国家主権（たとえば、法人税徴収という事項にかぎってみても）や市民の日常生活権もまた、否応なく変形をこうむる。イデオロギーもまた、根本的な再編成を強いられざるをえない。国家と多国籍資本の不一致はますます大きくなっていくが、利害が一致する局面でなら、強固な結びつきを絶対に手放さない。その点で、階級闘争は一貫しているし、国民国家と多国籍企業の亀裂に期待することは虚しい。

グローバル・カルチャーという時、最も虚しく感じるのは、暴走《ランナウェイ》する世界に対峙するための「グローバルな」知のシステムがまったく構築されていない、という現状だ。もちろん、万能の知的体系、グローバリゼーションへの反撃マニュアルのようなものを待望するのは、甚だしい知的怠慢にすぎない。だが、各論の分野にしろ、あまりにも危機への闘争に立ち遅れている。――こうした焦燥に日々かられているのは、わたしだけだろうか。

マ※ドナルドやス※ーバックスといった多国籍企業は、不健康な食習慣といったメイン商品だけでなく、「その場処で何かをする」といったライフスタイルの選択イメージをも「商品として」アピールする、こうした企業戦略が単体としての旧来文化とは別次元のところで顧客を「再編成」していることは明らかだろう。商品そのものよりも、商品に付随するプラス・アルファ・イメージが販売の「実体」となる。その販売戦略は日々、更新されている。「街角のカフェ」にはスマホの無料通信基地の設定が必須であるように、若者のニーズをみたすことに抜かりはない。これは、実用的には、ビジネス論の分野だが、必要なのは（批判的に考察するならば）、もっと「グローバルな」視野における批判だ。批判のための哲学だ。全体的な反グローバリズム哲学だ。これらの企業における労働環境をブラック企業として告発することは必要だが、それは、依然としてグローバリゼーション以前の古典左翼的反撃の限界にとどまると思える。

つい最近、某多国籍企業が、海外国内とも同一賃金に統一する、と発表して話題となった。同社のCEOは、グローバル・エコノミーを「グロウ・オア・ダイ（成長か、さもなければ、死）」と言い換えた。ここまでいうのか。ひどくグロテスクかつ気の滅入る発言で、当分、忘れられそうもない。これは、まあ、新興企業のトップから発された野蛮な本音だ。この国の電化製品メーカーに、ここ十年ほどの短い期間に起こった急激な凋落を横目にすれば、もっともな感情とうなずけるかもしれないが。

今日の覇者は明日の死者――。日本的な無常観に身をゆだねるには恰好の挿話だ。だが、これは、現在、凄まじいスピードで進行している世界のほんの一コマなのだ。

《喪失と悲嘆によって精神は錯乱におちいった《ビカム》》と、P・K・ディックは、その死の前年の作品『ヴァリス』（一九八一年）でいった。一九五〇年代から六〇年代にかけての、パルプSF作家としてのキャリアを、彼はドラッグへの耽溺によって、あらかた喪った。『ヴァリス』の救いを求める神学的メッセージのいくつかは、しかし、不可思議な予言性を、執拗に、この現代世界にまでとどかせている。

……〈帝国〉は狂っている。そしてその本性が暴力的であるがゆえに、その狂気をわれわれに暴力的に押しつける。……〈帝国〉と闘うことは、その錯乱に犯されることだ。これはパラドックスだ。〈帝国〉の一部を撃破する者は、〈帝国〉になる《ビカム》。〈帝国〉はウイルスのようにはびこり、敵のなかに錯乱を植えつける。そのようにして、〈帝国〉は敵に同化する《ビカム》。

ここでの〈帝国〉は「Empire」と大文字表記なので、〈帝国〉と訳される。〈帝国〉とは何なのか――。その意味の拡がりは、彼の表記が意図した以上の時空を突き抜けている。後にアントニオ・ネグリ（一九三三年〜）とマイケル・ハート（一九六〇年〜）の『〈帝国〉』（二〇〇〇年）が現われた時、その戦闘的な〈帝国〉概念と、ディックの悪夢的認識（とくに引用した部分）とは、微妙なシンクロを奏でたようだ。〈帝国〉が不滅である、とするディックの執拗なリフレインは不滅の呪詛として輝きつづける。

〈帝国〉はディックにとって、自己《ゼルプスト》の錯乱の鏡だ。そこに出口はない。錯乱を植えつけられる。〈帝国〉はわれわれ自身になる。われわれの自己《ゼルプスト》は〈帝国〉の錯乱の内面化なのだ。

ネグリ&ハートは、その錯乱の鏡に、対概念を対置し、それをマルチチュードと呼んだ。マルチチュードは〈帝国〉を撃破する――はずだ。以降のネグリ&ハートの著作は、マルチチュード論の深化と拡大、そして文学的表現の模索に進んでいく。

2　勝利と敗北と――二つにして一つのこと

前記のCEOの言葉は、資本主義の勝利を証明するのだろうか。あるいは、資本主義が自らの手足を喰らいしゃぶり尽くすことによって自転的に延命するしかない錯乱的な人間活動であることを、現在の時点で能弁に語っているのだろうか。

彼は一方では、無能な社員には驚くべき低賃金ベース（年収一〇〇万円）がありうると恫喝もしているわけだから、古典的搾取の残虐な行使者という本質を隠してはいない。勝利者の一人ではあるが、明瞭に錯乱者でもあるという、二重性のケースだ。彼が倒れても、また別の錯乱者が彼の位置を継いでいくだろう、と予測はできる。

八〇年代にはじまったカジノ資本主義——金融資本主義は隆盛をきわめている。実体経済なき市場の回路をインターネット環境が増幅した。仮想社会における通信スピードは加速され、流動するマネーの量は想像を超えている。モノを製造して販売するという素朴な回路は、市場においては主要な位置を占めていない。

グローバリゼーションはさらに、災害便乗型資本主義（別名火事場泥棒資本主義）を一般化している。市場原理という観点からみれば、大規模な自然災害は大規模なビジネス・チャンスだ。一九九五年の阪神大震災は、災害便乗型資本主義の一種のモデル・ケースを提供したことになる。瓦礫の山に化した街並みは、都市再開発を容易にした。少なくとも当時の自治体の首長は、インフラ整備に要する時間と予算の軽減化を、諸手をあげて歓迎した。廃墟から復興へという局面は、人道的な観点によってのみ測られるのではない。

支援も復興も、市場の活性化に寄与した。ポスト「3・11」社会は、一面において、ふたたびその実験場となった。これは皮肉な見方にすぎるとはいえ、資本主義の本質を忘れないためには、必要な教訓だ。

資本主義の勝利はこのようなものだが、その下にある大衆のイデオロギーはどこに向いているか。何をもって、彼らは、勝利と自覚するか。ここで大衆というのは大衆一般であり、災害の被災からは免れた層を、漠然と指示している。

八〇年代に拡大した中間層は、豊かな社会の享受者でもあった。彼らは、日本一国的な「喪われた二〇年」を通過して、かなり量的に減少していると思われる。一パーセントvs九九パーセントという図式は、すでにしっかりとイデオロギー化しているはずだ。

大衆の大衆的欲望は、九九パーセントの上に立つ一パーセントを目指すことだろうか。常識的に考えても、勝ちあがりの確率はかなり低い。ラット・レースに勝ち残ることができるかどうかは、宝くじを自ら積極的に買いつづける哀しみに似ている。現実はもっと狡猾に組み立てられる。勝利には、必ず何等級かの段階が措定されているだろう。一番トップの勝ち組にとどかなければ、何段階かレベルを落としたレースで勝ち組となれる。宝くじでいえば、残念賞とか前後賞とかが、細かく配されているようなものだ。小さな欲望を糧に資本主義は勝利し勝利し勝利し勝利する。宝くじの胴元であるメガバンクが伸張の一途を突きすすむように。

じつのところ、勝ち残りレースは、勝利のごく限定的な側面だ。勝利には、もっともっと低次の段階がある。転落(賃金や雇用形態が劣化)しても、イデオロギーにおいては、元の中間層にとどまっている、というケースだ。彼らの一部は、転落への怖れから、他者にたいしてひどく攻撃的になる。この層はさらに転落していくかもしれないが、幻想領域(イデオロギー)では「勝ち組」を維持しているので、変わらず新自由主義政策の支持者でありつづける。自らの生存基盤を切り崩す現実イデオロギーと自らの幻想イデオロギーを混同してしまうのだ。これが倒錯的な勝利であることは明らかだが、資本主義とは、そうした不安定で不条理な支持者に支えられるしかない営為なのだ。

ただし、こうしたイデオロギーの根強さも理由のあることだ。いったん豊かになった大衆は、自然に、貧困への想像力を喪う。いつまでも豊かな社会を享受できるという幻想から脱け出せない。高度成長期以前の記憶を持っている者は高齢化していくし、記憶を持たない年代は、そもそも、裸電球一個の部屋とか、ツギハギの当たったズボンとか、日常生活全般において貧しかった暮らしというものを想像できない。

今日の、若年層の貧困と格差は、日本社会がいかに民主主義社会にふさわしい公共の互助システムから遠かったかを白日に暴きだした。豊かな時代の福利厚生は企業が労働者にたいして譲歩していたものだ。企業に余力があった。それは、労働者によって勝ち取られた側面は持つにしろ、社会全体に還元されるものではなかった。中小企業の雇用者にまでは適用されていない。国家が手厚い政策によって自国民を保護したものではない。企業からその剰余余力が欠落していくに応じて保護は消失していった。非正規・不安定雇用者が大量に発生すると、彼らはハダカのまま、低賃金・不安定雇用という、安全ネットのない世界に追いやられた。

これが、喪われた十年・喪われた二十年に発する「階級闘争」のスケッチだ。

展望を語るなら、ますます未来は暗く閉ざされている。来るべき超高齢化社会に向けての有効な政策は見つからない。高齢者になって、労働からリタイアし、社会的資産による養護・介護を受ける権利を薔薇色に思い描ける者は、やはり一パーセントのエリートか。いま負けている者は、将来的にも勝てない。それは自明のことだ。高齢者を養うために、人口分布では少数となる若年層の賃金がまたもや、二重三重に搾取されるだろうという、暗く不安定な見とおしがあるだけだ。自らの労働力を再生産するに足る最低賃金すら保障されていない社会層に、さらなる「負担」を強いるという未来の青写真。明日の希望をここに重ねることは出来ない。

これが資本主義の勝利の帰結だ。

蛇足を一つだけ――。

だが、グローバリゼーション世界において、この窮状を一国的な危機と受け取ってしまう感性は依然として有力だろう。第二の敗戦とは、至便な言葉だ。この比喩は何度となく使われたものの、いささか色褪せてきた。恒久的な展望の喪失を正確にいい表わす言葉はない。バブル崩壊から不良債権の整理、銀行の救済に、国民は「一丸」となった。その結果は？　この国を代表する大企業は命脈を保っているのだから、彼らの捲土重来を応援するナショナリズムは自然な感情ともいえる。日本を代表するブランド企業の巻き返しによって、ふたたび豊かな日本を取りもどす、といった希望だ。それは、とどのつまり、まったく勝利していないという感情の証左にほかならないのだが。

3　敗北と勝利と――一つにして一つのこと

グローバリゼーションは世界を一つにした。しかし、その一つが「一つ」にあらざることは、強調するまでもあるまい。のみならず、グローバリゼーションは、そのシステムなかでの世界再編成の蠢きをみせている。再編成というより、領土の再分配か。およそ一世紀前の、帝国主義列強による衝突にも似た予兆が起こってきている。あまりに、新帝国主義の時代を強調するのも正確さに欠けよう。だが、まったく視野から消し去ることも不適切だ。

では、当然、次のことが考えられる。――「帝国主義戦争を内乱に転化せよ」という、レーニンの一世紀前のテーゼは蘇るのか、と。時代は進行し、比較できないほどの複雑な要素を加算している。人口の激増も無視できない。けれども、歴史が繰り返さないと誰にいえよう。資本主義の野蛮さは、いたるところに再浮上している。熾烈な階級闘争がおさまることはない。資本主義が資本主義であるかぎり、その本質として、資本主義は自分自身を維持するために、階級闘争を継続せねばならない。故に、帝国主義国家間の衝突も回避できない。衝突が引き起こすだろう「内乱への転化」という可能性もまた、もっと錯綜とした現代モードをまといながら、現実の相に現われている。

現象的世界の崩壊、とめどない衰退は、革命を接近させる。待望するものではない。自然とやってくるものではない。だが、機が熟することはたびたびある（機を逸することも頻繁に起こるように――）。グローバリゼーションと新帝国主義秩序が耐えがたい連携をもって不均等かつ非対象的な抑圧をばらまく世界。そのどこか任意の場処で、徹底した「権力奪取」のドラマがいつ起こったとしても不思議ではない。それは正当な行為だ。正当であることは疑いない。しかし――。

しかし、裏切られた革命の諸相を記憶から消しさることは可能だろうか。革命そのものと革命後社会の圧制とは別のものだといっても、二つの事象を切り離して考えることは出来ない。革命後社会は革命の結果だ。そもそも革命がなければ、革命後社会はこの世界に誕生しなかった。——そのような固定観念から逃れるには、「短すぎた」二〇世紀はまだあまりに生々しく継続している。社会主義オーケー。立派なヴィジョンであり、望ましいシステムだ。ただ、それは人間へのかぎりない信頼、度外れた性善説を前提にしてのことだ。——とする異見は有力だろう。人間は共産主義社会を求め、そこに自足するには、あまりに愚かで、他傷的で、あまりにエゴにとらわれている。共産主義は科学であっても、それを体現するのは矛盾にみちた人間の集団なのだ。

本書が追ってきた範囲のみにかぎっても、日本の前衛党や左翼党派の成員が犯した愚劣は、ゆうに数世紀分の過ちに値するのではないか。革命を失敗した社会においては、どうしても、その要因を、前衛党を名乗った組織の諸問題に求めざるを得ない。党の規律、形骸だけ残った中央集権的党の規律とは絶対の条件だったのか。そして、彼らの理論には何が欠落していたのか。彼らはまったく歴史のうちに現われてくるべきではなかった魔界天使なのか。

——そうした疑念から脱却することは難しい。わが左翼の醜状には目をつぶる(つぶり得た)としても、あまりに革命後社会の現実は地獄の様相を呈していた。プロレタリアート独裁はまたたく間に「革命国家」の防衛に転換し、現われてきたのは、想像もしなかった収容所国家であり、それを支える秘密警察と相互監視社会だった。その後になお人は、革命への想像力を持ち得るのか?

悪夢に直面しなければならないことが必然であるなら、誰もが進んで資本主義の煉獄を、次善の、第二候補として選ぶと思われた。同じ地獄でも、こちらのほうがまだ少しマシだ、と。

それが、この数十年、雪崩のよう起こったことの要約だ。社会主義への幻滅は、まさに、現実の社会主義国家の崩壊によって完結したわけだ。だが、いまだに、ペレストロイカのあの短い時期、わずか五年で引きちぎられてしまった歴史のページを前にした慄きは忘れがたい。あの時期に、ほんとうに社会主義は自浄力を発揮するかもしれない、と思われた。もしかすると、自らを修正し、社会主義の正統の途をたどり直すコースに急旋回していくのではないかとも思われたのだ。

じっさいに発動されたのは、自壊力だった。

冷戦システムにおける没落、軍拡ゲームでの敗北。革命国家は革命の大義とは似ても似つかぬものに変容して、終わった。

その失敗から距離を置くことは不可能だった。今なお不可能だ。したがって、勝利と敗北が一つであることは、動かせない。

4 終わったのか終わらないのか

そして——。

「歴史は終わった」という馬鹿げた歴史観が一定の話題を提供したのは、ワンサイクルの時間が消費される八〇年代の入口に当たっていた。もちろん、何も終わっていなかった。ワンサイクルが消費されても同じだ。何も終わっていない。「終わった」という身ぶりがイデオロギーとしての有効さを持ち得た時期に終わりがきただけだ。

一九六〇年代の桂冠詩人、吉本隆明は、こんな告知を六〇年代のなかばに投げつけたことがある。

いまや一切が終ったからほんとうにはじまる／いまやほんとうにはじまるから一切が終った／見事に思想の死が思想によって語られるとき／われわれはただ／拒絶がしずかな思想の着地であることを思う　――「告知する歌」（一九六六年四月）

古い雑誌を引っ張りだしてきて、今これを書き写していると、この歌が、六〇年代に流行したド演歌の一節のように、ちゃらちゃらと「不滅」であることに気づく。この詩には何の意味もない。歴史のどんな局面にだって、この告知はおごそかに発することが出来る。老人になってからの吉本が、この種の変奏を書きつづけていたとしても、少しも驚くべきことではない。不滅の告知ソングだ。AはBである、ゆえにBはAに等しいとなり、間然するところがない。

だが、こうした絶息もまた、過去の歴史項目に陳列される成り行きになりつつあるようだ。単純な論理で説明しても、必ず説明しきれない剰余が生じる。したがって、剰余をつくらないために、逆説が必要となる。二重否定の仮定法によって、「AはBである」を論理的に転倒させてみる、といった措置を取ってみればどうか。転倒してみると、吉本的告知は、次のようにスライドされる。

いっさいが終わらないから何もほんとうに始まらない。ほんとうに始まらないからいっさいが終わらない――。

いささか言葉遊びの愉しげな迷路にはまっている傾きはあるが、この認識の救いは、「歴史は終わった」という歴史修正主義に、まったりした否を表明していること、その点にだけあるだろう。

終わりもしていないし、始まりもしていない。

この点は、もう少し具体的に述べたほうがいいだろう。二つの項目を、雑然としたまま、並べてみる。一つは、インターネット社会の現段階に関してのこと。もう一つは、この国の原子力支配体制の、やはり現段階にかかっている。

5 音楽データ・ファイルが世界を変えた

何も終わっていないのに、日々、あらゆることが現象世界で始まっているかのようだ。正常な精神がとる常識的な反応は——ともかく、その新しい流れに遅れないように、好奇心のアンテナをほうぼうに張りめぐらせておくことだ。

インターネットは双方向《インタラクティヴ》なメディアだ——。コンピュータ文明が双方向民主主義を可能にするツールであるとする、楽天的な論調は依然としてかげりをみせていない。

この一年ほどの短いスパンにかぎってみれば、市場はすっかり、モバイル・コンピュータに主要に占められたようだ。スマートフォン、ブラックベリーなどの、従来のイメージでは、SF小説にみる小道具と思われていたポケット・コンピュータが多くの若者をとらえている。中高年層はたんに、製品開発のスピードに対処できないという理由によって、新しい「文化」から取り残される。携帯電話での通話→メール→LINE……と、コミュニケーション・ツールが「進化」するにつれ、その手段（メディア）も刻々と変容（つまり、新製品開発）されていく。コミュニケーションの当事者たる人間はその変容に即応していくだろう。即応できなければ、古代の原始人のような疎外感に突き落とされる。この疎外感の強さが「若者文化」を支えている主たる要素といえるかもしれない。

携帯電話はすでに通話のみのツールではない。カメラであり、記録媒体であり、ボイスレコーダーであり、記録画像の通信手段であり、検索ソフトを利用した道案内であり、伝言板であり、ヴァーチャル・コミュニティの広場であり、ウェブ・マネーであり……。さらにいくつかの「超」機能を搭載されていくだろう。この変身――モデル・チェンジは当分、市場を活性化する有力アイテムでありつづけるはずだ。

ある反原発論者は、多数の者が電力供給手段としてどのシステムを選ぶか多様な議論を交わすことによって、脱原発社会への移行は早まる、という可能性に言及した。そうした事態はいまだ、空想にとどまる。電力を「買わされる」ことについての市民的思考は、日常性のレベルまで達していない。携帯機器の機種変更についてなら、自由競争のどのメーカーを選ぶかについて、多数の者が活発な情報交換を交わしているが……。これは、コンピュータ依存社会の最新の局面の一つといえるようだ。

マイクロソフト社は、看板商品のOS（オペレーティング・システム）ウインドウズXPの、一年後のサポート停止を予告した。事前通告だ。十数年前、新発売されたウインドウズXPは、唯一のではないが、ほとんど市場を占有したOSだった。現在のようにフリーのアプリケーションも多様でなく、ユーザ（顧客）の多くは、ワン・アンド・オールを受け入れ、その使い勝手（の悪さ）に慣れることを強いられた。ウインドウズXPとセットになったアプリケーションを使う以外に選択肢はなかった。

わたしの理解範囲でいえば、XPとセットになったインターネット・ブラウザ、音声および動画再生ソフトなどは、ゴミ箱行きするしかない代物だった。理由を書けば、横道に脱線しすぎるので、省略する。さらに腹立たしいものは、オプションの有料商品（それもかなり高価）であるにもかかわらず、セット価格に組みこまれている（初心者にとっては半強制的購入になる）マイクロソフト・オフィス（ワードやエクセルのセット）だった。オフィスなしのマシンならずっと安く買えるにもかかわらず、その選択肢を示すことなく販売していた。知らないままのユーザが多い。わたしが、創作講座で教えていた時、創作志望者のほとんどがワードを標準的ワープロ・ソフトのごとく信じ、あまり不審も持たずに使っていることを知って、その従順さに驚いたことがある。

とはいえ、こうしたマイクロソフト帝国の専横を憤激させる事態は、すでに過去のものとなった。ノートであれ、デスクトップであれ、モバイルでないパーソナル・コンピュータは、もう市場のメイン商品ではなくなりつつある。ウインドウズ・マシンの製造販売で覇を競ったデルもHPも業績の落ちこみが話題になっている。ウインドウズかマックかの二者択一の構図は、もうまったく無意味に近い。しかし、マイクロソフト帝国の黄昏は、ハード機器のほうからではなく、ソフト（アプリケーション・プログラム）のほうから比較的ゆっくりと起こってきた。

それは、音楽デジタル・ファイルMP3の普及による。簡略にいえば、音楽データをインターネットによってフリーに（無料で）ゲットできるようになった。これについては、ファイル共有ソフト「ナップスター」と全米音楽メジャーの熾烈な攻防という前哨戦があったのだが、ここでは（やはり横道に脱線しすぎるので）省略し、金と権力を持っているほうが勝った、とだけ記しておく。何かの報道番組で、ラップ・グループ、パブリック・エナミーのリードMC、チャック・Dが「音楽はみんなのものさ」と正論をいったのを憶えている。

ともあれ、世紀が変わってほどなく、MP3は世界を変え、音楽を聴くというライフスタイルを一変させてしまった。カセットテープ、CDの時期を覇者として君臨したソニー・ウォークマンという文化ヒーローの時代は、約三〇年にして終わりを遂げた。

音楽ファイルはデータ・ファイルとしてあつかうことが一般的となる。そこでチャンスをものにしたのが、マッキントッシュ（マック）―アップルだった。iTunesソフトによって、インターネットで曲（データ）を購入するシステムをつくりあげた。もちろん値段がついているが、それはあくまで建前であり、インターネットにある情報データはすべて無料でゲットできる（？）はずだ。iTunesの外部機器がiPodだった。機械としての軽量化、持ち運びできる音楽データの大量化は、まさに、ライフスタイルの「革命」にふさわしかった。

コンピュータ・メーカーとしてのアップルのイメージは、それほど目覚ましいものではない。初級ユーザにたいしての配慮に欠け、サポート体制も「故障したらジ・エンド」に近かった。極私的にいえば、テクノ・ストレスの九九パーセントは、マックのために支払った。ライバルがこれでは、マイクロソフトの覇権はゆるがないと昔は感じていた。

その覇者が交替して久しい。iPod にはじまる快進撃は、iPhone、iPad と領域を拡大していく。現代のメジャー企業のすべてがそうであるように文化シーンの頂点に立つ商品モデルの供給に成功している。単一商品モデルのみで世界ランキング入りを果たした製造業はアップルをもって嚆矢とするという。

何らかの商品イメージのオーラを放つ商品だけが成功する。モノをつくることは、カルチャーのトップに立つことなのだ。アップルのあまりの成功神話に、企業モデルとしての関心も、最近は目立つようだ。その企業実態のある側面は、やはりブラックだ。販促システムの一方的な合理性、部品メーカーへの苛烈な要求、労務管理の独特さ、そして何よりも外部にたいする極度の秘密主義。これは、アメリカ型ビジネスの現実主義と、かつての日本メーカーの組織主義精神を効率よくミックスした企業戦略とも思える。

いま現在（もうすぐ終わるはずだが）ならアップル帝国という呼称は、充分すぎるほど成り立っているだろう。その下請けは多国籍にまたがっていて、その一社には、テレビ受信機の製造で世界にアピールした（十年も前ではない）某日本メーカーもふくまれる。

誰もが気づいているように、覇者の位置に立つ企業帝国の交替するサイクルは次第に短くなっている。モバイル・コンピュータ一つをとってみても、操作に慣れるためには一定の修練の時間が必要だ。人前で見苦しくなく指タッチの出来るように練習する。しかし、苦労して身につけたわりに、こういうマシーンは飽きのくるのも早い。半年もすれば飽きてしまう。なぜ飽きるかといえば、機械の要求するように、人間の動作が規定されるからだ。自ら身体を動かす自然性にマッチしていないからだ。したがって、メーカーも小刻みなモデル・チェンジを繰り返す……。こうしたスピード・レースは、いったい何時までつづくのか。

コンピュータ・ビジネスの世界は、ハード製造販売であれソウト販売であれ、通信メディア開発であれ、一人勝ちの世界だ。覇者は何者とも分かち合わない。一パーセントによる支配という比率は不動なのだ。グローバリゼーション下の企業形態としては、ごくわかりやすい。

いったい、この仮想世界へのコミットには、果てがないのか。

6 インターネットは怖ろしい

もう少しサイバー空間の話題をつづける。

インターネット社会の薔薇色の現在と未来をメッセージする本の一冊に、クリス・アンダーソン『フリー〈無料〉からお金を生みだす新戦略』（二〇〇九年 NHK出版）がある。著者は、ネット社会の「参加民主主義」の素晴らしさについて、テレビとの対比でわかりやすく語りはじめる。テレビもパソコンも「観る」のはフリーだ。この議論はもちろん、自宅があり、機械を買い、電気代および通信費をきちんと納入している、という前提で無料《フリー》を考えている。テレビはただの箱（最近はパネル）で、放送されている番組を「一方的に」観ることしか出来ない。テレビが視聴者に許すのは、チャンネルを変えることだけだ。パソコンはネットにつないで、自分がその仮想空間に参加し、能動的に何かをはたらきかけることが出来る。

基本的に、この意見には反対ではない。

ただ一点、この能動という局面について、『フリー』の著者が書いていないことに注意を向けておきたい。能動、参加は、けっして個人の側で、個人の都合において成り立つものではない。

——たとえば、わたしが本書を書きながら、参照したい事柄があって、一冊の本が必要となるとする。仮に、それはマルクスの『共産党宣言』にしておく。わたしの年代であれば、岩波文庫の一つ星（星の数は値段）、薄い本で読んでいるのが普通だ。家にあるだろうと思ったが、最近は、貧弱な書庫をさらに縮小することに努めているから、始末したらしい。見当たらなかった。急ぐので、某ネット書店を利用する。検索し、値段を確かめ、注文する。必要手続きは五分ほどで済み、執筆時間や集中力を殺がれることはない。翌日に本はとどく。

これは、この側面でみるかぎり、インターネット生活の快適さを示す見本のような体験だ。ところが、数日して、もう一つ、別に望んでもいないものがとどく。メールだ。——某日、某商品を購入されたユーザに、次の関連商品をおススメします、というものだ。ネット・ショッピングをしている者の多くは、この種のことに慣れて、とりわけ違和感にはとらわれないはずだ。また、意外なところで関連商品を教えられて、「なんと気の利くメールだ」と、嬉しくなるかもしれない。

けれども、翻って、これは、何を意味しているのか。——端的にいって、私的であるはずの買い物の詳細が記録に残った、ということだ。いいかえれば、個人情報の漏洩だ。この点は、反論を予想できる。「メールは自動的に返送されてくるもので、検索ソフトが商品情報をリサーチし、関連データを選択するだけだ」。個人情報は洩れてなどいない、と。これには、そのとおり、というしかない。誰か、他人があなたの個人情報を覗いている、のではない。機械が、機械のなかを走るプログラムが覗いている、ということだ。のみならず、しっかりとログは記録されている――。

このプロセスは、タイトルを検索枠に打ちこむという能動から始まっている。検索枠が反応すると、コンマ一秒もかからずに結果が出てくる。そして、検索の履歴はログに残る。これが――「検索－監視」という双方向能動の第一段階だ。検索がインタラクティヴの表、監視がインタラクティヴの裏。二つで一つ、ということだ。

もちろん、裏の過程が監視と呼ばれることは、通常では考えられない。何と呼ぶか。――サービスである。商品購入に付随するサービスだ。購入金額に応じてポイントがつくのと同じだ。サービスは有り難くちょうだいしておけばいいではないか。もちろん、そうだ。近頃はどこのスーパーでも、ポイント・カードが貯まるシステムになっている。けれども、ポイントがつけば、買い物の内容も当然ログに残っている、ということになる。

パソコンは、オフライン、オンラインにかかわらず、どんな能動をしようが記録に残す。秘密領域はない。どんなモノと遭遇しようが痕跡を消すことが出来ない。繁華街に外出すれば、いたるところで監視カメラにとらえられて、気分が悪い。といって、自宅なら聖域だと安心は出来ない。パソコンの電源を入れれば、パソコンが「監視機械」となる。

先に、購入本として『共産党宣言』を例にとったのは、一つの理由がある。当核の書物は、かつて、所持していることが投獄につながる可能性を持った危険本だった。現在のネット社会がそのまま、超監視社会に地滑りしていったとすれば、危険本のたぐいは、別の手段で手に入れなければならないだろう。いや、仮定の話などしても仕方がない。要するに、機械によるサービスに、消費者は慣れ親しみすぎている。それが不自然かもしれない、という感覚が摩耗してしまっている。

参加型のもう一つの側面をみよう。

これは、もっと明るい。たとえていえば、資本家幻想を体験させてくれる。より実状にそえば、「小遣い稼ぎ」だ。ウェブ・ページのワンクリックがポイントのゲットにつながる。パソコンの段階で進行していたシステムは、モバイルの世界ではさらに急速に拡がっているようだ。あるアプリ（アプリケーション）をＤＬ（ダウンロード）するとポイントがつき、画面の広告アイコンをクリックすると、さらにポイントが加算される仕組みだ。ＤＬに要する時間はごく短い。短い時間でポイント（仮想マネー）を自分のものにする。副業にはならなくても、お小遣いにはいい、というわけだ。ウェブ・ページの閲覧アクセス数が、テレビでいえば、視聴率に当たるものだ。アクセスは簡単で、しかもキックバック（露骨すぎる言葉だろうか）がある。けっこうなことだ。インターネットの双方向性は、この一面にもはっきりと出ている。ユーザによるアクセスという能動は、そのサイトを支える「労働」とも考えられる。労働に代価があるのは当然だ。そうした新たな「賃金労働」の構図を、インターネット文化は、曖昧化することによって成り立っている。

だが監視よりも、参加幻想よりも、もっと怖ろしいものがある。外部からの攻撃だ。

インターネットのネットワークは可視的ではない。放射能は無味無臭の、目に視えない毒物だとは、最近になって、にわかに強くいわれだした事実だ。インターネットの世界も視えないし、感じることも出来ない。毒物ではない、という意見もあるだろう。しかし、人間の制御できるものかどうかは、意見が分かれるのではないか。

セキュリティ・ソフトは個人のローカル・マシンに常駐する監視システムだ。個人のプライバシーを満載した環境を外的な脅威から護る。その監視機能は、常にアップデートされている。それなしには、個人は、パソコンという仮想の自宅を護ることが出来ない。たとえていえば、泥棒や空き巣狙いを防ぐために、他人を同居させているのと同じだ。危険があれば警告を鳴らしてくれる。しかし、プライバシーを常に見守られているという間の悪さは、あまり気分のいいものではない。個人的にいえば絶対に避けたいが、自分の能力もかぎられているし、我慢してセキュリティ・ソフトは入れている。

モバイル・コンピュータに関してはどうなのだろうか。わたしの無知からくる偏見かもしれないが、機能をコンパクトにまとめたマシンは、外部から襲来するサイバー攻撃をより受けやすいように思える。かつてウインドウズXPが多数派だった時期、ウイルス攻撃を集中して受けたように、急激な需要の伸び、さまざまなソフトの導入が、攻撃目標となる環境を肥大させているのではないか。

今やそれなしでは日常生活に支障が生じるほど、人びとはモバイルと親しんでいる。ポケットに入る暴走する世界《ランナウェイ・ワールド》だ。そのこと自体が社会の暗い側面であるとはいえない。だが、危険と隣り合わせだという危惧を打ちはらうのは難しい。

7 電力を制する者が世界を制する

もう一つの話題に移る。

電力の重要性については、「共産主義とは、ソヴェト権力プラス全土の電気化だ」というレーニンの有名なテーゼがある。このレーニンは、権力掌握後、より強く国家建設に方向転換していった「後期レーニン」だといえるだろう。この革命後社会は、皮肉なことに、チェルノブイリの大災害によって、大きな汚染を国土にきざみつけることになった。少なくともフクシマまでは「史上最悪の」人為的事故だったチェルノブイリは、冷戦システムの幕引きを早めた。あるいは幕引きそのものだったといえるかもしれない。

荒正人は、戦後ごく早い時点のエッセイ「火」(一九四六年六月)で、原子核エネルギーの利用に注目していた。「この地球をアクロポリス(世界市)にするか、ネクロポリス(大墓地)にするか」課題を解くのは、社会主義政治だとする。荒の昂然たる宣言は、戦後文学の一つの主調低音だったといえよう。だが、荒の美文的な対句は、彼には想像もつかなかったかたちで、半面だけ現実化したのだった。ネクロポリスは崩壊前夜のソヴェト連邦に、局地的に現実化してしまった。

エネルギーを支配する者が権力を恒久的に握る——。レーニン・テーゼがそのように解釈できるとすれば、彼の政治的直観は、二〇世紀をつらぬき、体制を異にする国家にまで当てはまった、といえよう。

わが国における原子力平和利用の推進は、独特の体制によって実現していった。戦時下の国家総動員時代から引きずる官僚指導のもとに「社会主義的」計画にそって、原子炉を建設していった。原子力開発利用長期計画が、一九五六年九月の第一回から、六一年、六七年、七二年、七八年、八二年、八七年、九四年、二〇〇〇年と、計八回の改定をともなって策定された。（吉岡斉『新版原子力の社会史』二〇一一年一〇月　朝日新聞出版）

ほとんど社会主義体制下の五カ年計画のように原発建設は進んでいった。「気がつけば五十一基の原発過密列島」という状態は、民主主義社会の外側で進行していた、ともいえる。原発は国策共同体によって管理・運営され、それに反対したり、異議をとなえたり出来る政治機構はなかった。原子力エネルギー支配システムは強固に構築され、支配のネットワークを張りめぐらせる。資本主義社会でありながら、聖域としての電力は、別の経済原理で動かされていった。

日本的な経済成長の特殊さを分析する研究は多々あったと思うが、原子力平和利用における計画経済の大胆な導入は、一つの盲点をつくっていたのかもしれない。電力は、発電・送電とも地域ごとの独占体制で成り立っている。この地域分けも、総動員体制下の産物であり、米軍による占領下にも壊されることなく、現在にいたっている。価格競争はむろんない。なかば公共事業でありながら、電気料金を私企業として徴収し、莫大な利益によって多額の広告費による宣伝活動をまかなった。原発は「安全・安価・クリーン」であるという民意世論を、新聞やテレビによる広告によってつくりだした。

この原子力支配のネットワークは「3・11」を通過しても、根底的には動かないようだ。

しかし、今や再稼働の目処がまともに立っている原子炉は数えるほどしかない、という状態だ。原発列島は原発廃炉列島に変じてしまったかのようだ。原発列島の稼働と電力会社の健全経営が、原発を維持し、運転しつづけていくことによってのみ保障されてきたとすれば、わが国での原子力支配体制の根幹は破綻した、ともいえる現状だ。

最近のマスコミに出た情報だけで判断しても、フクシマの汚染水洩れに有効な対策はないようだし、除染事業が公共事業への予算バラマキと同様に、ゼネコン救済目的であることを隠せなくなっているし、再稼働できそうもない悪条件下にある（ことが発見された）原発も増える一方だ。東電のみでなく原発をかかえた電力会社のほとんどが赤字決算に直面している。計画経済によって建設した施設が赤字転落したことは、国策の大破綻に他ならない。

だが復活再生した自民党政権は、原発依存体制への回帰をますます露骨に推進している。広範な反原発世論を反故にしつつある政権が高い支持率を保持しているというマジックは、何か出来の悪いドタバタ喜劇につき合わされているような脱力感をもたらせる。

現状ではっきりしていることは、二点ある。一、原発稼働ゼロになっても電力供給は可能だ。二、(それとは両立しそうもないが）このままでは電力会社が総倒れになる。

これもまた、子孫に残す悲惨な遺産の一項目だろうか。放射能と財政破綻と。

バブル破綻の時期まで、この国の金融政策は護船団方式と揶揄される独特のものだった。それが、不良債権処理を境にして、沈没船方式へと転換していったことは、記憶に新しい。

原子力支配ネットワークはまだ存続しているし、当面、自壊することはないだろう。しかし、金の成る木ではなくて、果てもなく資金を喰いつづける金喰い虫になってしまった。除染ビジネスは、予算バラマキという側面に限ってみても、一時しのぎの救済にしかならない。ひたすら原発を建設しつづけていく「計画経済」の未来は見えない。もともと見えていなかったのだが、目先の利益をべつにすれば、すべてが「想定外」ということなのか。

いずれにせよ、稼働できない原発は廃炉にしていくほかない。しかし、廃炉に向けたコストは計算されていなかった。各電力会社の「廃炉積立金」の不足が報道されている。不足分は、消費者への料金値上げによって、埋めるしかない、という冗談のような見通しが、その報道とセットになっている。原子力支配ネットワークは、コスト計算の詐術を継続していくようだ。

支配層にとって、新しい活路は、原子炉および周辺インフラの輸出という方向に現われている。原子力支配ネットワークに注ぎこんだ人材および、組織力を縮小せずに活用していこうとすれば、諸外国への輸出は突破口となる。「一度しか事故を起こしていない」日本の優秀な技術力であるから、受け入れる国家は多数あるはずだ。この方針は、事故後の民主党政権からすでに始まっていたし、自民党政権の首相も先の「外国訪問」でさっそく商談をまとめてきた。以降も、政治家の（皇族まではわからないが）セールスマン化は果断なく進行していくだろう。

8　レーニン・イン・ビカミング　Lenin in Becoming

倒された銅像のレーニンの流す涙。その涙は、赤いのか、白いのか。

答えを最後に出しておこう。

「レーニンはレーニン全集の中にしかいない」と一九五六年、埴谷雄高はいった。この件については、第一章2、第四章5と6、第七章7に述べている。

「われわれは真正のレーニン主義者にならねばならない」とアントニオ・ネグリはいった。これは、一九七〇年代前半、彼がアウトノミア運動に関わっていた時代の、大学での講義においてだった。彼は、それから祖国を追われ、また、投獄された。その後、「敵性外国人」の危険な煽動者として、わが国への入国を拒否されたことがある。

ネグリのレーニン講義は、二〇〇四年に『戦略の工場――レーニンを超えるレーニン』として刊行され、二〇一一年に日本語訳が出ている。序文には「レーニンの抽象力が、現実的になるために戻ってきたのだ。というのも、レーニンのユートピアが欲望になるために戻ってきたからだ」とある。テーマは、レーニンの生成、レーニンをわれわれのもとに獲りもどすこと。それ以外ではない。

もう一人のレーニン主義者のいうところをみよう。

「レーニンを不断に再生せよ」とスラヴォイ・ジジェク（一九四九年～）は、『迫り来る革命　レーニンを繰り返す』（二〇〇二年、長原豊訳　〇五年　岩波書店）で主張した。

ジジェクによれば、現代の孤立する左翼が置かれた情勢は、レーニン主義を生みだした一世紀前の過酷な世界情勢に酷似している。

ツァーリの専制を完全に破壊し、民主的体制を導入した一九一七年二月の第一革命から一〇月の第二革命の狭間で書かれたレーニンの全文書ほど彼の偉大さを示すものはない。……今日、おそらくは人類史上初めて、われわれすべてが、遺伝子組み換えや環境問題、また仮想現実といった日常的経験に強いられて、自由の本質や人間のアイデンティティといった基本的な哲学的論題に対峙せねばならなくなった……。その政治的担い手も含めて、国家とその装置がますます基本的問題を処理することができなくなっている……。

多くの国民国家は例外なく、環境問題、金融市場、インターネット犯罪、貧困、多国籍企業などのグローバリゼーションの問題を処理する能力を喪っている。そして、国民を統制する正当性を喪った国家が、列強として覇を競う新帝国主義時代が到来している。処理する難問が手に余ろうと余るまいと、権力を握った者らはその保全に全力をかたむける。
ジジェクはさらにいう。

> レーニンへ回帰するのではなく彼をキルケゴール的な意味で反覆すること、それがわれわれの考え方だ。今日的な配置図のもとでレーニンと同一の衝動を奪回すること、それがわれわれの課題である。

レーニン文献を学習せよ、などとは、埴谷もネグリもジジェクも欠片もいっていない。それは、スターリン主義によって歪曲されたレーニンにすぎない。彼らが提起するのは、まったく逆の精神運動だ。レーニンを構築せよ、レーニンを自ら生成せよ。

未成の、未知の、われわれが創出せねばならないレーニンとは何なのか。それは、新たな理論なのか。新たな理論体系なのか。しかしながら、それに関して、本書が具体的に提起しうることは、あまりない。

本書は、レーニンの名をたびたび記してきたが、もちろんレーニン研究を求めているからではない。レーニン・イン・ビカミングという場合、わたしの主要な関心は、後段の「ビカミング」にある。——人間はいかにして人間になるのか《ビカム》。一つの例を示して、本書は終わる。

一九六五年フォルサム刑務所に服役する一人の黒人青年が獄中からのメッセージを書いた。タイトルは「オン・ビカミング」——日本語訳すれば「なることについて」。彼の名はエルドリッジ・クリーヴァー（一九三五〜九八年）。彼が獄中で、指導者マルコムX（一九二五〜六五年）暗殺事件を知らされるのは、それを書く数カ月前だった。彼は、数年後、自衛のためのブラック・パンサー党の情報相になる。彼のまとめられたエッセイは、一九六八年『氷の上の魂』として一冊になり、翌年、日本語訳も刊行された。

愚かで視野の狭い青年がささいな犯罪によって刑務所に送られる。そこでさまざまに曲折はあっても、己れから人間性を掠め取ったところの「不正」とは何なのかについて、雄弁な教育を受ける。これは、マルコムX自身が通過した痛切な「自己教育」過程であり、あえて付言すれば、先進国での被抑圧マイノリティ青年層を襲う「普遍的運命」でもある。同時代同民族でいえば、ドナルド・ゴインズ（一九三七〜七四年）のように、服役を終えて犯罪小説作家になった者がいる。

これらは、単に、アフロ・アメリカンの限定されたドキュメントにとどまらない。歴史のなかに翻弄される個人の生きた証しとして長く読み継がれるだろう。彼らの闘争の軌跡は、たとえそれが無様な失敗に終わっていたとしても、人間に「なること《ビカミング》」をなした得がたい記録だ。

ここで、本書は最初のページにもどる。

一つの敗北をめぐる物語は、敗北からの生成《ビカミング》にむけた物語に転換される、彼ら三人の演じた喜劇も笑劇も悲劇も、高見の見物席から鑑賞するものではない。そうあってはならない。彼らを陽気な同時代人とするためには――まず、われわれがわれわれの同時代人となること《ビカム》が求められる。

絶望も希望も担保にはなりえない時代に、われわれは生きている。だが、幸いに、人間であることは止めていない。いないだろう。絶望するパワーも、希望のための力も喪ってはいない。力を尽くさねばならない。力を尽くすとは人間になること《ビカム》だ。人間であることを解除させる諸力に全身をもって抗うことだ。その力は、われわれのなかある。まだ、残されている。埋まっている。

参考文献

『埴谷雄高全集』全十九巻＋別巻　一九九八年〜二〇〇一年　講談社
『埴谷雄高作品集』全十五巻　一九七一年〜一九八一年　河出書房新社
『花田清輝全集』全十五巻＋別巻二巻　一九七七年〜一九八〇年　講談社
『吉本隆明全著作集』全十五巻＋続巻三巻　一九六八年〜一九七四年、一九七八年　勁草書房
『吉本隆明全対談』全十二巻　一九八七年〜一九八九年　青土社
『共同研究　転向』思想の科学研究会　上中下　一九五九年〜一九六二年　全六巻　平凡社東洋文庫
『転向研究』鶴見俊輔　一九七五年『鶴見俊輔集四』一九九一年　筑摩書房
『転向の思想史的研究』藤田省三　一九七五年『藤田省三著作集二』一九九七年　みすず書房
『椎名麟三全集』一、二十一　一九七〇、七七年　冬樹社

主要著書（＊は小説）

『幻視するバリケード　復員文学論』田畑書店 1984.7
『獣たちに故郷はいらない』田畑書店 1985.4
『亡命者帰らず』彩流社 1986.1
『空中ブランコに乗る子供たち』時事通信社 1988.3
『地図の記号論』（共著）批評社 1990.1
『アクロス・ザ・ボーダーライン』批評社 1991.5
『北米探偵小説論』青豹書房（1992 年度・日本推理作家協会賞受賞）1991.9
『エイリアン・ネイションの子供たち』新宿書房 1992.10
『夕焼け探偵帖』＊講談社 1994.3
『李珍宇ノオト』三一書房 1994.4
『ドリームチャイルド』＊学研ホラーノベルズ 1995.3
『ラップ・シティ』＊早川書房 1995.5
『アメリカン・ミステリの時代』日本放送出版協会 NHK ブックス 1995.10
『物語の国境は越えられるか』解放出版社 1996.5
『臨海処刑都市』＊ビレッジセンター 1996.6
『大藪春彦伝説』ビレッジセンター 1996.7
『超・真・贋』＊講談社 1997.5
『異常心理小説大全』早川書房 1997.9
『謎解き「大菩薩峠」』解放出版社 1997.10
『復員文学論』（復刊）インパクト出版会 1997.12
『Ryu's Virus 村上龍読本』毎日新聞社 1998.1
『給食ファクトリー』＊日本放送出版協会 1998.8
『北米探偵小説論』（増補決定版）インスクリプト 1998.10
『煉獄回廊』＊新潮社 1999.9
『前世ハンター』＊新潮社 2001.7
『これがミステリガイドだ 1988-2000』東京創元社 2001.11
『安吾探偵控』＊東京創元社 2003.9
『アノニマス』＊原書房 2003.10
『アメリカを読むミステリ 100 冊』毎日新聞社 2004.4
『風船爆弾を飛ばしそこねた男』＊原書房 2004.12
『イノチガケ　安吾探偵控』＊東京創元社 2005.11
『北米探偵小説論』双葉文庫 日本推理作家協会賞受賞作全集 69 2006.6
『オモチャ箱　安吾探偵控』＊東京創元社 2006.12
『魂と罪責　ひとつの在日朝鮮人文学論』インパクト出版会 2008.9
『捕物帖の百年』彩流社 2010.7
『日本探偵小説論』水声社 2010.10
『最新版・ミステリを書く！ 10 のステップ』東京創元社 2011.10
『ミステリで読む現代日本』青弓社 2011.11
『山田風太郎・降臨　忍法帖と明治伝奇小説以前』青弓社 2012.7

野崎六助（のざきろくすけ）
1947 年東京生まれ。作家評論家
1992 年『北米探偵小説論』で日本推理作家協会賞受賞

異端論争の彼方へ
埴谷雄高・花田清輝・吉本隆明とその時代

2013 年 9 月 20 日　第 1 刷発行

著　者　野　崎　六　助
発行人　深　田　　　卓
装幀者　宗　利　淳　一
発　行　インパクト出版会
〒 113-0033　東京都文京区本郷 2-5-11　服部ビル 2F
Tel 03-3818-7576　Fax 03-3818-8676
E-mail：impact@jca.apc.org
http:www.jca.apc.org/~impact/
郵便振替　00110-9-83148

モリモト印刷